WARRIORS

貓戰士

幽暗異象

六部曲之IV

黯黑之夜

Darkest Night

艾琳・杭特(Erin Hunter) 著
高子梅 譯

晨星出版

特別感謝基立・鮑德卓

藤池：深藍色眼睛的銀白相間色母貓。見習生，嫩枝掌。

鴿翅：綠色眼睛的淺灰色母貓。

櫻桃落：薑黃色母貓。

錢鼠鬚：棕黃乳白相間的公貓。

雪灌木：毛絨絨的白色公貓。

琥珀月：淺薑黃色母貓。

露鼻：灰白相間的公貓。

暴雲：以前叫法蘭奇，灰色公虎斑貓。

蕨歌：黃色公虎斑貓。

栗紋：暗棕色母貓。

雲雀歌：黑色公貓。

蜂蜜毛：帶有黃色斑點的白色母貓。

火花皮：橘色母虎斑貓。

見習生（六個月以上的貓，正在接受戰士訓練）

嫩枝掌：綠色眼睛的灰色母貓。導師：藤池。

貓后　（懷孕或照顧幼貓的母貓）

黛西：來自馬場的雜黃褐色長毛母貓。

煤心：灰色母虎斑貓。

花落：雜黃褐色和白色相間的母貓，有花瓣狀的白色斑塊。

長老　（退休的戰士或退位的貓后）

灰紋：長毛的灰色公貓。

蜜妮：藍色眼睛的條紋灰母虎斑貓。

本集各族成員

雷族 *Thunderclan*

族長　**棘星**：琥珀色眼睛的暗棕色公虎斑貓。

副手　**松鼠飛**：綠色眼睛的暗薑黃色母貓，有一隻腳爪是白色。

巫醫　**葉池**：琥珀色眼睛、有白色腳爪和胸毛的淺棕色母虎斑貓。

松鴉羽：藍色眼睛的盲眼灰色公虎斑貓。

赤楊心：琥珀色眼睛的暗薑黃色公貓。

戰士　（公貓，以及沒有子女的母貓）

蕨毛：金棕色的公虎斑貓。

雲尾：藍色眼睛的白色長毛公貓。

亮心：帶著薑黃色斑點的白色母貓。

刺爪：金棕色公虎斑貓。

白翅：綠色眼睛的白色母貓。

樺落：淺棕色的公虎斑貓。

莓鼻：乳白色公貓，尾巴只剩短短一截。

鼠鬚：灰白相間的公貓。

罌粟霜：雜黃褐色母貓。

獅燄：琥珀色眼睛的金色公虎斑貓。

薔光：暗棕色母貓，後腿癱瘓。

百合心：嬌小，藍色眼睛，雜黃褐色和白色相間的母貓。

蜂紋：淡灰色公貓，有黑色條紋。

風族 *Windclan*

族長　**兔星**：棕白相間公貓。

副手　**鴉羽**：暗灰色公貓。見習生，蕨掌。

巫醫　**隼翔**：毛色斑駁的灰色公貓，身上的白色斑點很像隼的羽毛。

戰士　（公貓以及沒有子女的母貓）

夜雲：黑色母貓。見習生，斑掌。

見習生（六個月以上的貓，正在接受戰士訓練）

蕨掌：灰色母虎斑貓。導師：鴉羽。

斑掌：棕色斑點母貓。導師：夜雲。

煙掌：灰色母貓。導師：燼足。

長老　（退休的戰士和退位的貓后）

白尾：體型嬌小的白色母貓。

影族 *Shadowclan*

族長　花楸星：薑黃色公貓。

副手　虎心：暗棕色公虎斑貓。

巫醫　水塘光：有著白色斑點的棕色公貓。

戰士　（公貓以及沒有子女的母貓）

褐皮：綠色眼睛的雜黃褐色母貓。見習生，蛇掌。

刺柏爪：黑色公貓。見習生，螺紋掌。

爆發石：棕色公虎斑貓。

石翅：白色公貓。

草心：淺棕色母虎斑貓。

焦毛：暗灰色公貓，其中一隻耳朵有被砍過的痕跡。見習生，花掌。

見習生（六個月以上的貓，正在接受戰士訓練）

螺紋掌：灰白相間的公貓。導師：刺柏爪。

花掌：白色的母玳瑁貓。導師：焦毛。

蛇掌：蜂蜜色的母虎斑貓。導師：褐皮。

貓后　（懷孕或照顧幼貓的母貓）

雪鳥：綠色眼睛的純白色母貓。（生了白色小母貓小海鷗、白灰色小公貓小松果、和灰色虎斑小母貓小蕨葉）

長老　（退休的戰士或退位的貓后）

橡毛：體型較小的棕色公貓。

鼠疤：棕色公貓，背上有條很長的疤。

見習生（六個月以上的貓，正在接受戰士訓練）

溫柔掌：灰色母貓。導師：薄荷毛。

斑紋掌：灰白相間的公貓。導師：塵毛。

微掌：棕白相間的母貓。導師：鯉尾。

夜掌：藍色眼睛的深灰色母貓。導師：閃皮。

金雀花掌：灰色耳朵的白色公貓。導師：蕨皮。

長老（退休的戰士或退位的貓后）

苔皮：雜黃褐色和白色相間的母貓。

河族 *Riverclan*

族長　**霧星**：藍色眼睛的灰色母貓。

副手　**蘆葦鬚**：黑色公貓。

巫醫　**蛾翅**：有斑紋的金色母貓。
柳光：灰色母虎斑貓。

戰士　（公貓以及沒有子女的母貓）
薄荷毛：淡灰色公虎斑貓。見習生，溫柔掌。
塵毛：棕色母虎斑貓。見習生，斑紋掌。
鯉尾：暗灰色母貓。見習生，微掌。
錦葵鼻：淺棕色公虎斑貓。
豆莢光：灰白相間的公貓。
鷺翅：暗灰和黑色相間的公貓。
閃皮：銀色母貓。見習生，夜掌。
噴嚏雲：灰白相間的公貓。
蕨皮：雜黃褐色母貓。見習生，金雀花掌。
鶚鼻：棕色公虎斑貓。
湖心：灰色母虎斑貓。
冰翅：藍色眼睛的白色母貓。

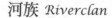

貓后　（懷孕或照顧幼貓的母貓）

微雲：體型嬌小的白色母貓。

長老　（退休的戰士或退位的貓后）

鹿蕨：聽力喪失的淺棕色母貓。

＊在初版的六部曲之四名為「驚濤溪」，但由於在《Skyclan and the Stranger》一書，提及為了紀念索日，葉星以索日的舊名「哈利」來為這隻小貓命名。特此2019年後印刷版本更名為哈利溪。

天族 *Skyclan*

族長　**葉星**：棕色和奶油色相間的母虎斑貓，眼睛琥珀色。

副手　**鷹翅**：黃色眼睛的暗灰色公貓。

戰士　（公貓，以及沒有子女的母貓）

雀皮：暗棕色公虎斑貓。

馬蓋先：黑白相間的公貓。見習生，露掌。

梅子柳：暗灰色母貓。

鼠尾草鼻：淺灰色公貓。

哈利溪：灰色公貓。*

花心：薑黃色和白色相間的母貓。見習生，鰭掌。

沙鼻：矮壯的淺棕色公貓，腿部薑黃色。

兔跳：棕色公貓。見習生，紫羅蘭掌。

貝拉葉：綠色眼睛的淺橘色母貓。見習生，蘆葦掌。

見習生（六個月以上的貓，正在接受戰士訓練）

露掌：身材結實的灰色公貓。導師：馬蓋先。

鰭掌：棕色公貓。導師：花心。

紫羅蘭掌：黃色眼睛的黑白相間母貓。，導師：兔跳。

蘆葦掌：母虎斑貓。導師：貝拉葉。

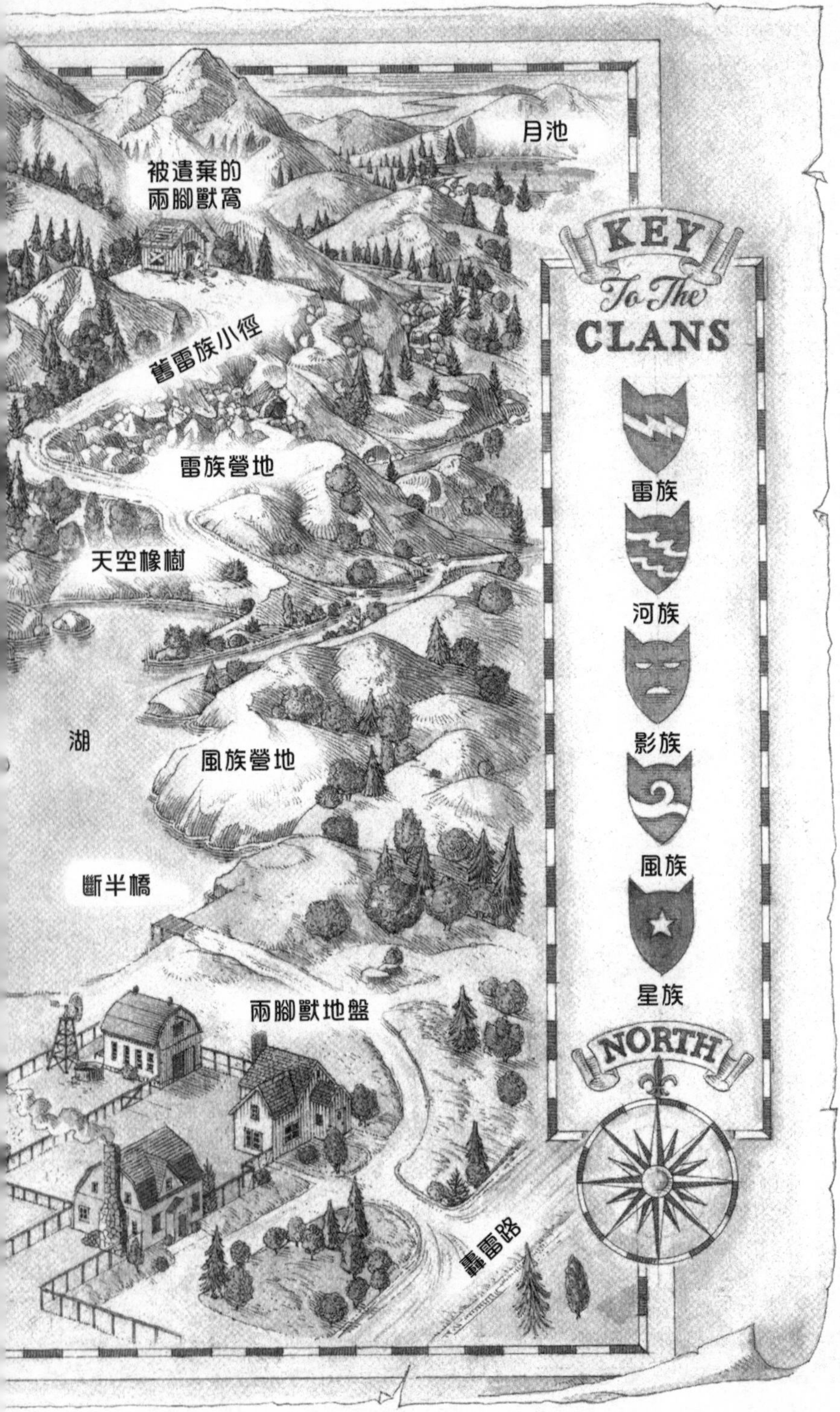
月池
被遺棄的
兩腳獸窩
舊雷族小徑
雷族營地
天空橡樹
湖
風族營地
斷半橋
兩腳獸地盤
轟雷路
KEY
To The
CLANS
雷族
河族
影族
風族
星族
NORTH

綠葉
兩腳獸地盤
兩腳獸窩
兩腳獸小徑
兩腳獸小徑
空地
影族營地
半橋
小轟雷路
綠葉
兩腳獸地盤
半橋
CAT VIEW
小島
小河
河族營地
馬兒地盤

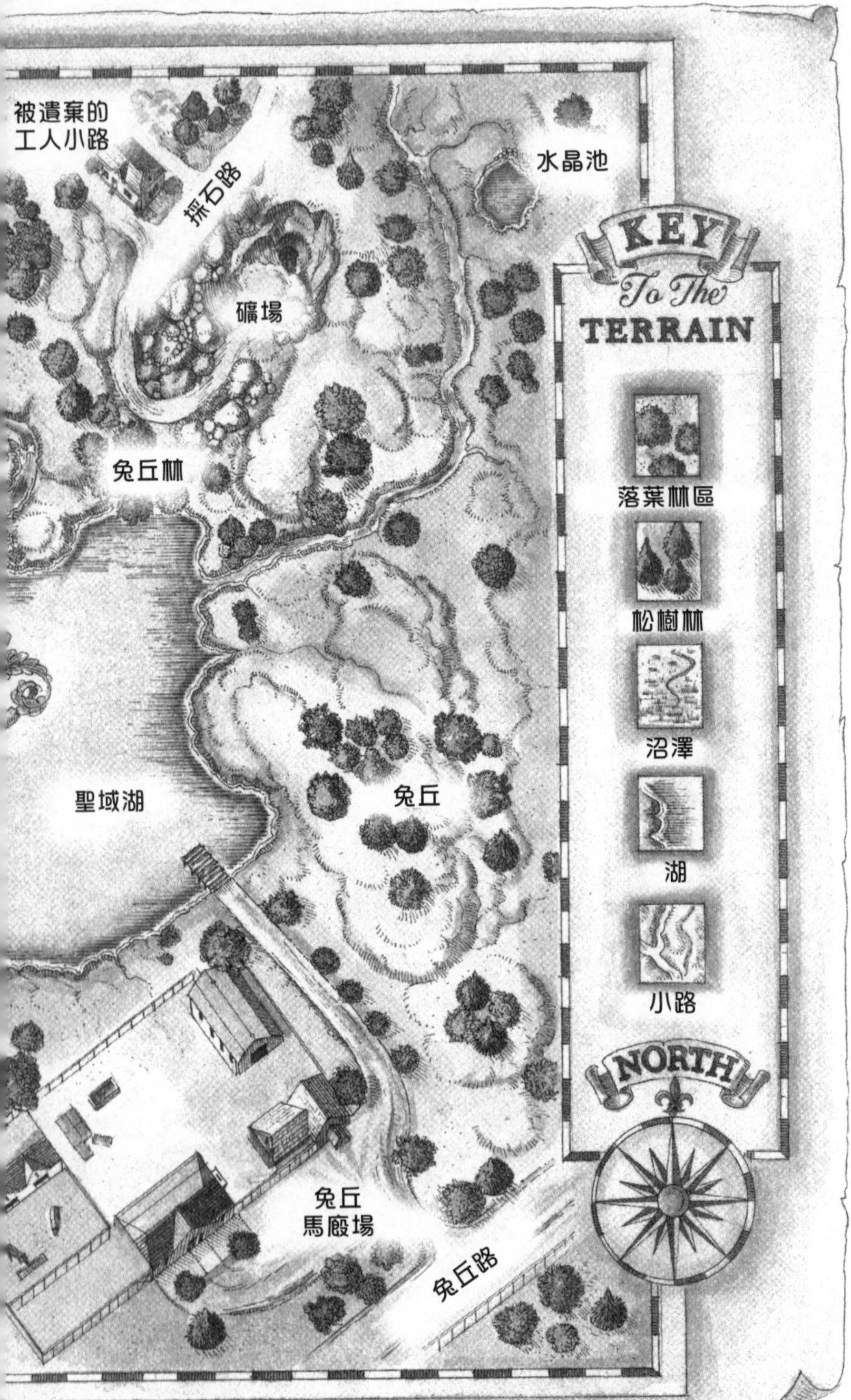
被遺棄的
工人小路
採石路
水晶池
礦場
兔丘林
聖域湖
兔丘
兔丘
馬廄場
兔丘路
KEY
To The
TERRAIN
落葉林區
松樹林
沼澤
湖
小路
NORTH

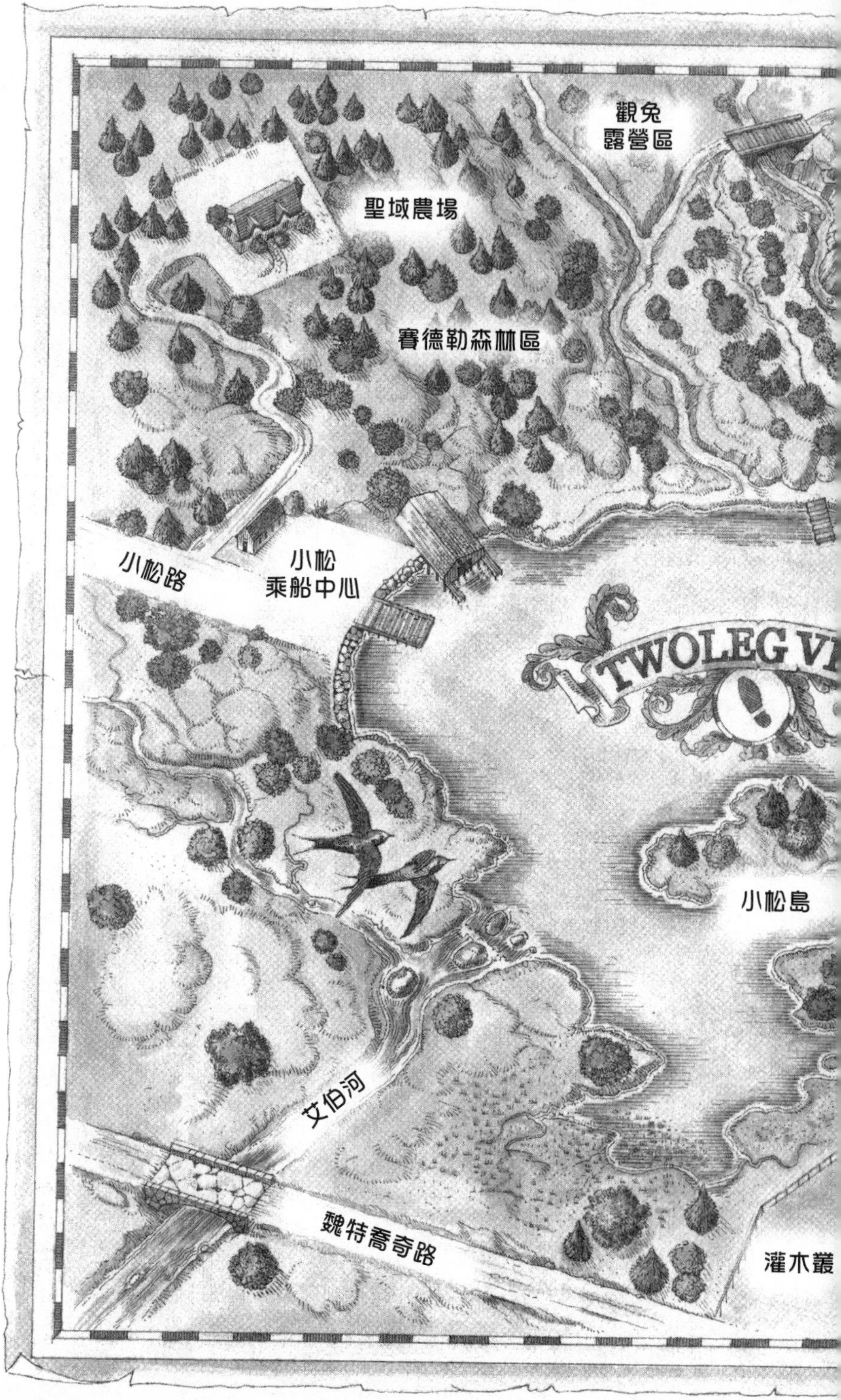
觀兔
露營區
聖域農場
賽德勒森林區
小松路
小松
乘船中心
TWOLEG VI
小松島
艾伯河
魏特喬奇路
灌木叢

序章

落日西沉，地表的裸岩反照出古銅色的光。岩石上坐了一隻黃色毛髮豔如火燄燃燒的公貓，身後拉出長長的影子。今天運氣不錯，他抓了足夠的獵物填飽自己的肚子，還沿著小溪追逐蝴蝶，那兒的水質清澈，嚐起來有山澗的味道。下方岩堆有條裂縫，足以躲開狐狸的窺探，同時也能避風，很適合過夜。

他坐下來，享受著沁涼的風拂過毛髮。天氣轉涼，宣告落葉季即將到來，他不由得興奮。獵物為了度過漫長的嚴寒季節，都會先養肥自己。他舔舔嘴巴，滿心期待吃到更肥美鮮嫩的肉。他不再害怕季節的冷冽。幾季下來，他的狩獵技巧愈來愈好。如今只有酷寒的禿葉季才會害他餓到肚子。

他低頭查看，瞄見下方暗處有動靜。銀色身影？他認識嗎？「是誰？」一雙綠色眼睛閃閃發亮地朝上張望。他立刻認出對方。「針尾！」他開心地喵嗚，等著她爬上岩堆，停在面前。「我好久沒看到妳了。妳好嗎？」

母貓繞著他轉，身體微微抽搐。

她隨後停下腳步，眼神悲悽地凝視著他。

公貓緊張地等她開口，毛髮微微刺癢。

「好可怕。」她低吼道，風吹亂了她的毛髮。

公貓繞著她緩緩移動，用身體撫平她身上的毛，感覺到她的身子不再僵硬。「有那麼糟嗎？」

針尾的不安似乎不再，取而代之的是疲憊，她縮起身子蹲伏下來。

他也在她旁邊盤坐下來，循著她的目光望向遠方的天際線。他感覺得到身邊的她瘦骨嶙峋，她怎麼變得這麼瘦？「妳怎麼了？」他輕聲問道。

「我太笨了，」她喵聲道。「我不該相信那隻貓。好多貓兒在受苦。我必須設法彌補。」她轉頭迎視公貓的目光。「你能幫我嗎？」

「我會盡力幫妳。」他對她熱切地眨眨眼睛，這時他愣了一下，突然驚覺她眼神呆滯，眼底幽黯。他身子一僵，坐了起來，瞄了瞄她銀色的身軀。只見她全身泛著幽光，他以前見過這種光，但從沒在針尾身上看過。原來刺眼的陽光掩蓋她身上的幽光，但如今隨著背光處漸漸沒入黑暗，身上的幽光益發地明顯，猶如被幽明的月光點亮全身。他頓時心痛難過。

他低聲問道：「針尾，妳是怎麼死的？」

第一章

「快點，嫩枝掌！」藤池的喵聲響徹林間。

小聲點！嫩枝掌性急地彈動尾巴。有隻老鼠正在橡樹底下的葉堆裡不停嗅聞。她看到牠就藏在樹根暗處。藤池的喵聲劃破寂靜時，老鼠頓了一下。嫩枝掌不敢動，直到又看見牠開始在葉堆裡窸窣翻找，才鬆了口氣。

她立馬撲上去，腳爪猛力一拍，柔軟的軀體就在爪下。她迅速地張口一咬，用牙齒叼起癱軟的屍體，轉身去找她的導師。

藤池正從一坨羊齒植物底下拉出一隻畫眉……那是稍早前抓到的獵物。火花皮在蕨歌後面走來走去，櫻桃落閒適地躺在夕照斑斕的地上。嫩枝掌一走近他們，便將那隻老鼠丟在他們剛剛收集的獵物堆上。

獅燄坐得很挺，目光探向林子，彷彿正在搜找可能的危險。

「我不知道你在找什麼，」火花皮對他嗤之以鼻地說。「惡棍貓已經走了，其他部族的貓都在我們營地裡。」

「不是每個部族都在我們營地。」藤池指正道。

「影族幾天前就回去了。」蕨歌補充道。

「可是我們還有一半的河族貓和一堆新的部族貓擠在我們窩裡。」火花皮蓬起毛髮。「我受夠了睡在蕨葉叢底下，就為了要讓出臥鋪給一隻河族戰士。再過一個月，蕨葉就會乾枯，到時我一定會睡到著涼。」

「蘆葦鬚需要你的臥鋪，」蕨歌提醒她。「他從惡棍貓那裡被救回來之後，身體到現在都還沒完全康復。」

「他不會待太久，」藤池喵道。「霧星說他們就快整建好營地，馬上要回去了。」

「那天族怎麼辦？」火花皮質問道。

目光始終沒離開遠方林子的獅燄回答道：「他們也快走了。」

「去哪兒？他們沒有地方可去啊。」櫻桃落站了起來。

「下次大集會時，族長們就會決定。」獅燄告訴她。

火花皮背上的毛頓時豎得筆直。「他們能怎麼決定？難不成變出一個新的領地給天族嗎？」

「湖邊沒有足夠的空間給多出來的部族。」櫻桃落看了嫩枝掌一眼。

嫩枝掌縮起身子。薑黃色母貓是在怪她嗎？**是我發現天族，帶他們回來的。**一開始她對這件事還挺引以為傲的，但現在卻像隻烏鴉一樣老啄著她的良心。營地過於擁擠，天族要住哪裡？**可是我父親在天族，我現在有血親了。**儘管她很開心，但也還是滿肚子憂愁。**也許我太自私了，不該帶他們回湖區，這裡可能沒有空間再容納另一個部族。**

「誰會把領地讓給他們？」火花皮瞪著獅燄，彷彿金色公貓活該回答這個問題。

他聳聳肩。「交給星族決定吧。」

「星族想要他們回來，」櫻桃落用爪子翻了翻今天抓到的大小獵物。「就讓星族幫他們找個地方住吧。」

蕨歌蠕動著腳，「至少獵物還夠多，」他喵聲道。「我只希望今晚有足夠的獵物餵飽每隻貓。」

「棘星今天派出五支狩獵隊，」藤池提醒他。「而且河族貓在他們營地忙完之後，也會帶獵物回來。」

「那也得他們有回來才行啊，」火花皮哼了一聲。「昨晚霧星和她的隊員們就沒回來。」

嫩枝掌頓時一陣反感。「我還以為妳希望他們別回來。」為什麼火花皮看他們這麼不順眼。「所以妳應該高興他們沒回來才對。」

火花皮不屑地彈動尾巴。「我們把獵物帶回去吧。」她張嘴同時叼住地鼠和田鼠的尾巴。

「是該回去了。」藤池跟著叼起畫眉。

嫩枝掌抓起她的老鼠。**至少火花皮現在嘴裡叼著東西，就沒辦法再抱怨什麼了。**獅燄、櫻桃落和蕨歌也都叼起獵物，一起走回山谷。

嫩枝掌等在營地入口處，讓其他隊員低頭鑽進荊棘通道，然後跟在後面擠了進去，枝葉不停搔刮她的毛髮。通道另一頭的空地擠滿了貓兒，聒噪聲像一群八哥一樣此起彼落。四周充斥著各種味道……河族、有天族、還有她自己部族的味道。空地四周的灌木叢間仍隱約殘留影族的氣味。

一如往常，天族戰士們全都躺在見習生窩附近，趁綠葉季末的陽光隱身在崖頂之前，再多曬點太陽。他們的兩名見習生露掌和鰭掌正在空地上練戰技，蘆葦掌忙著在玩笑嘲弄她弟弟笨拙的跳躍和翻滾動作。落葉季就快到了，葉子不斷從山谷頂飄落，輕輕掉在他們四周。

嫩枝掌掃視天族，想找到鷹翅、花心和紫羅蘭掌，也就是她妹妹。影族幾天前就回自己營地去了，當時花楸星特允紫羅蘭掌多留幾天，好讓她跟自己的父親和姊姊多團圓幾天。嫩枝掌自然很高興能跟自己的父親、妹妹同住，所以當她遍尋不到他們的蹤影時，難免心焦，他們到哪兒去了。她始終擺脫不了可能再度失去他們的那種恐懼心理。

葉星站在她的族貓附近。嫩枝掌捕捉到她的目光。毛色棕黃交錯的天族族長察覺到了她眼裡的憂慮，朝巫醫窩的方向點了點頭。「赤楊心正在幫鷹翅做檢查。」她抬高音量，蓋過貓群的低語聲。「紫羅蘭掌正陪著他。」

嫩枝掌不免擔心，毛髮倒豎。「他沒事吧？」

「別緊張，」葉星喵嗚道。「赤楊心今天幫每隻天族貓都做過檢查。我覺得你們的巫醫貓很喜歡叫我們吃藥草。」

天族母貓花心抬起頭來。嫩枝掌最近才知道她是她父親的妹妹。「他說藥草可以幫助我們增強體力。不過我覺得他只是喜歡看我們吞藥草的痛苦表情。」

育兒室外面的微雲渾身打了個哆嗦。「在我生小貓之前，我絕對不再吞任何藥草了。」她憤慨地說道，同時看了看自己圓滾滾的肚皮一眼。「我肚子裡都快沒有空間給小貓住了，還吞什麼藥草啊。」

花落躺在她旁邊。「妳的小貓很快就要出生了。」她說話的同時，小莖和小鷹正從他們母親身上爬過去，追著正在貓群裡橫衝直撞的小梅和小殼，他們開心地吱吱尖叫，玩著戰士追獵物的遊戲。花落大聲喵嗚：「而且妳又不是不知道，等他們出生之後，妳就片刻不得安寧了。」

嫩枝掌餓到胃有點痛，趕緊衝向生鮮獵物堆。一群河族貓齊聚在高聳岩下方。曾被暗尾和他的手下抓去的蘆葦鬚、薄荷毛、蕨皮和冰翅，受盡了折磨之後，到現在看上去都還是瘦巴巴的，連眼窩都陷得厲害。當時被囚禁的他們一直在挨餓，傷口跟著惡化潰爛。此刻湖心和錦葵鼻正一臉防備地守在他們兩側，讓柳光用舌頭把惡臭的藥泥舔進薄荷毛的傷口裡。

雷族的巡邏隊也回到了營地。莓鼻和罌粟霜正在戰士窩旁邊享用獵物，亮心和雲尾在附近互舔毛髮。松鴉羽待在巫醫窩外面幫忙蓄光做運動。樺落站在空地中央，一臉無助。他伸長脖子，掃視貓群，似乎正在找誰，結果一看見白翅，立刻開心地喵嗚一聲，朝她奔去。

就在嫩枝掌低頭擠過或坐或躺在空地上的貓兒時，灰紋也從長老窩裡鑽了出來。他身後的忍冬花園牆正隨著窩裡頭貓兒的走動而窸窣抖動。河族長老苔皮和另外兩隻天族貓都住在裡面。灰紋甩甩毛髮。「總算呼吸到新鮮空氣了！」他低聲說道，語氣如釋重負。「裡面實在擠到連跳蚤都想快點逃出來。」

他的喵聲被其他貓兒的聲浪吞沒。不過棘星從高聳岩那兒捕捉到長老的目光，一臉同情地點頭致意。

嫩枝掌終於走到生鮮獵物堆那裡，放下嘴裡獵物。

「妳有沒有看到這個？」早已站在生鮮獵物堆旁的錢鼠鬚說道。「河族竟然把青蛙帶回來。」他一臉厭惡地看著一隻光滑的軀體躺在一堆毛絨絨的獵物裡。

嫩枝掌皺起鼻子。「我猜是因為他們喜歡這種味道。」

「只要他們別叫我們吃就好了。」錢鼠鬚吸了吸鼻子。

櫻桃落把她的兔子放進獵物堆。「至少他們有抓東西回來。」她意有所指地瞥了天族貓一眼。「我們有些訪客到現在都還虛弱到不能去狩獵。」

嫩枝掌惱怒地說：「這不能怪他們，他們之前受了很多苦。」

藤池從旁邊擦身而過，將獵物放在地上。「松鴉羽說他們應該好好休息，直到體力恢復為止。」

櫻桃落哼了一聲。「那我們餵飽了森林裡一半的貓之後，又有誰來幫我們恢復體力啊？」

獅燄和蕨歌也把獵物放在其他貓兒的獵物旁邊。獅燄狠瞪了櫻桃落一眼。「抱怨解決不了問題。」

「她有發表意見的自由啊。」錢鼠鬚朝薑黃色母貓移動，同時瞪著獅燄。「再說，我們真的確定天族是一個新的部族嗎？」

櫻桃落附和地彈動尾巴。「搞不好他們也只是另一群惡棍貓。」

嫩枝掌瞪著她。**她怎麼可以這樣說。**

她張嘴想為她父親的部族辯解，但蕨歌搶先開口。「棘星說他們是原始部族之一，難道你懷疑族長說的話嗎？」淺黃色虎斑公貓對錢鼠鬚眨眨眼睛。

「那為什麼我們以前沒聽過天族的事？怎麼可能只有棘星知道有天族這回事？」

藤池不以為然地彈動尾巴。「星族知道啊，」她喵聲道。「你對祖靈有意見嗎？」

嫩枝掌很感激她的導師。

藤池繼續說道：「天族選錯時機回來找我們，這並不是他們的錯。」

「他們必須現在回來。」獅燄補充道。「這是預言的一部份。」

「但他們不是因為星族的引導才回來，」櫻桃落的目光落在嫩枝掌身上。「是有隻貓兒想找她父親，才帶他們回來。」

「那也是星族預言的一部份，」獅燄反駁道。「我們在幽暗處發現嫩枝掌，她才能使天空轉晴……」

嫩枝掌無法再聽下去。櫻桃落的每句話都帶刺。她羞愧到全身發燙，於是轉身離開。櫻桃落說得沒錯，她去找天族是因為她想找到她父親，並不是在星族的引導下，而是出於自己的自私。

「等等我。」藤池追在嫩枝掌後面。

嫩枝掌停下腳步，懊惱到全身微微刺癢。「我不是故意搞成這樣的。」

「妳把天族帶回來，是做了一件大事。」藤池告訴她。「他們本來就屬於這裡。是星族要他們回來。妳是那個找到他們的使者。」她用鼻子輕觸嫩枝掌的額頭。「我以妳為傲，而且……」她往後退，看著嫩枝掌的眼睛……「我很抱歉在妳想找回自己血親時，卻沒能在背後支持妳。」

嫩枝掌一臉感激地看著藤池。聽見她導師對她致歉，的確令她心裡好過一點。要是當初雷族有派出一支搜索隊，她就不必違抗棘星的命令，獨自前往了。而且當初最令她難過的是，連她的導師都不力挺她，這的確傷透了她的心。「謝謝妳。」她閉上眼睛。「不過我擔心我帶天族回來，反而給各部族添了更多麻煩。」

「就算是這樣，也是星族要我們面對的。」藤池看著正睜開眼睛的嫩枝掌，繼續說道：「更何況跟幾個月前比起來，這根本不算是什麼麻煩吧。暗尾死了，他的惡棍貓都跑了。各部族又重新站了起來。我們一定要幫天族找到落腳的空間。這任務或許不簡單，可是一旦完成了，所有部族都會更興盛。」藤池垂下頭。「我很抱歉，當時沒有為妳和天族多設想。」

「妳當時在擔心什麼？」

藤池緊張地看看四周。「那時候虎心和鴿翅馬上自願參加搜索行動。」她壓低聲音。「我不認為他們結伴前往是件好事。」

嫩枝掌懂她的意思。虎心待在雷族營地的那段時間，總是和鴿翅找盡各種藉口出外狩獵和巡邏。他們甚至分食獵物。嫩枝掌曾看見每次他們相偕去生鮮獵物堆的時候，總是刻意碰觸身子，雷族貓們只是一副不以為然的樣子。藤池一定很高興虎心和影族貓總算離開了。為什麼她姊姊和他族的副族長發生感情，就會惹出麻煩呢？

她點點頭。「所以妳當時並不是要阻止我去找我父親？」

藤池對她緩緩地眨著眼睛。「當然不是。我很抱歉妳對我有所誤會。而我的行為也害妳陷入險境。」

「妳不氣我偷偷溜出去？」嫩枝掌追問。

「要是我，也會做同樣的事情。」藤池的目光溫暖。「我很高興妳平安歸來。雷族何其有幸能有妳成為我們的一份子。」

嫩枝掌的喉間發出快樂的喵嗚聲。她很高興把誤會說開了。突然間，櫻桃落的抱怨不再重要。她再度覺得自己把天族帶回來的這件事做對了。「謝謝妳，藤池。」

藤池朝巫醫窩的方向點頭示意。「我想紫羅蘭掌在找妳。」

嫩枝掌循著她的目光，看見紫羅蘭掌正在入口焦急地望著她。鷹翅出了什麼事嗎？嫩枝掌趕忙跑過去，緊張到一顆心快跳出胸口。「怎麼了？」

松鴉羽在她經過時，抬眼看了一下。「沒事，」他用腳爪幫忙抬起薔光兩條跛掉的後腿，慢慢地上下拉舉。「只是赤楊心剛剛決定天族貓需要的照顧比營地裡的其他貓兒多出兩倍。也許他巴不得葉星可以升他當天族的巫醫貓吧。」

「你這樣說太不厚道了，」嫩枝掌停下腳步，瞪著松鴉羽。「他只是想做一個好巫醫，你不是這樣教他的嗎？」

松鴉羽的藍色盲眼瞪著她，但沒吭氣。事實上，他的眼睛瞪得有點大，彷彿很刮目相看她竟然敢跟他對嗆。

「進來吧。」紫羅蘭掌催促她，同時目光飛快地掃視忙碌的營地。嫩枝掌知道她妹妹很不習慣待在雷族。但她以前在影族也很不習慣，跟惡棍貓為伍也一樣。她似乎只有陪在鷹翅身邊才顯得開朗。

嫩枝掌跟著她走進巫醫窩。窩裡頭，最後一抹陽光正在中空的洞頂流連，潮溼的崖面閃閃發亮，水滴往下流淌，注入小水池。赤楊心正在檢查鷹翅的身子。「擦傷的部份已經癒合，你看起來好多了。」巫醫貓告訴他。

「所以我可以去狩獵了嗎？」鷹翅表情急切。

「你應該再多休息幾天。」赤楊心把一小堆藥草推向天族副族長。

「你確定？」鷹翅不耐地說道。「我不想成為雷族的負擔，我想幫生鮮獵物堆補點貨。」

「我確定。」赤楊心蹲坐下來。「而且我也確定那幾隻老鼠和田鼠會很高興能夠多活幾天。」

鷹翅一看到嫩枝掌進來，便喵嗚說道：「狩獵成績如何？」

「很好。」她穿過巫醫窩，與他互磨面頰。「我抓到一隻老鼠和一隻地鼠。」

「我等不及想跟你們一起出去狩獵。」他的目光轉向紫羅蘭掌。「我一直夢想有一天能跟我的小貓們一起狩獵。」

紫羅蘭掌坐下來，尾巴覆在腳爪上，開心地迎視她父親的目光。

嫩枝掌頓時覺得有股罪惡感。鷹翅曾說過，他很樂意讓她加入天族。她應該加入嗎？血親真的比撫養她長大的部族還重要嗎？

「你們兩個真的長大了。」鷹翅朝赤楊心轉身。「我真的不知道該怎麼謝你，謝謝你找到她們，把她們照顧得這麼好。」

赤楊心不好意思地別過臉去。「這是我的榮幸，」他咕噥道。「而且我很高興天族終於又回到老家，自從我看見第一個異象之後，就一直在找你們。」

「能和其它部族團圓，真是太好了。」鷹翅喵聲說。「我們現在只需要有自己的領地，不用再靠其他部族。」

湖邊沒有多出來的空間給多出來的部族，櫻桃落的話仍在嫩枝掌的腦海裡迴盪。可是應該有吧。雷族領地的邊界得花一整天的時間才能標示完畢，她相信其它部族的領地也一樣。他們不需要這麼大的空間吧？**櫻桃落只是故意找麻煩而已。**她刻意甩開櫻桃落的那些話。「外面有獵物，」她喵聲說：「我們去拿一點來吃。」

「先吃掉你的藥草。」赤楊心告訴鷹翅。

鷹翅低頭舔食地上泥狀的藥草，嫩枝掌朝入口走去。就在她低頭鑽出去的時候，一個憤怒的聲音劃破空氣。

「那苔皮吃什麼？」棕色虎斑河族公貓鴞鼻怒氣沖沖地瞪著雲尾。獵物堆上的獵物雖然變少了，但還是有很多老鼠和田鼠，再加上櫻桃落抓到的那隻兔子。

「還有很多夠苔皮吃啊。」雲尾不客氣地回答。「我不懂你在兇什麼。」

鶚鼻怒瞪他。「你忘了戰士守則嗎？老弱婦孺得先吃。」他看了看在空地邊緣進食的雷族戰士，又看看灰紋和蜜妮，後兩者正在大快朵頤一隻畫眉。他的怒氣令大夥兒頓時噤聲，山谷裡陷入寂靜。「為什麼你們的長老在吃東西，我們的長老卻得挨餓？」

苔皮老眼昏花地坐在長老窩外面。

正在進食的灰紋抬眼張望，耳朵豎得筆直。「有誰在餓肚子啊？」

「苔皮。」鶚鼻憤憤不平地說道。

「她剛剛睡著了，」灰紋告訴他。「就算是河族貓，睡覺的時候也不能吃東西吧。我不想叫醒她，打盹的時候最討厭被叫醒了。」

鶚鼻怒瞪他。「那難道就該讓她餓肚子嗎？」

蜜妮坐了起來。「苔皮可以跟我們一起吃。」她彈動尾巴，示意河族長老過來吃畫眉。

苔皮走了過來，表情尷尬，毛髮微豎。

鶚鼻賁張起全身毛髮。「所以我們現在活該吃雷族吃剩的獵物囉？」

「如果你多花點時間去狩獵，而不是在那裡抱怨，一定有足夠的獵物供大家吃飽。」錢鼠鬚挑釁地抬起下巴。

可是本來就有足夠的獵物讓大家吃飽啊。嫩枝掌看了看生鮮獵物堆那裡剩下的獵物。**這些公貓幹嘛大驚小怪啊？**

鷹翅和紫羅蘭掌從巫醫窩裡出來。

「他們在吵什麼？」紫羅蘭掌低聲問道，這時湖心和蕨皮也都加入鴞鼻，虎瞪著錢鼠鬚。

嫩枝掌不安地蠕動著腳。「我想是因為營地裡有太多戰士。」

荊棘屏障一陣窸窣抖動，霧星大步走進來。鯉尾、微掌、錦葵鼻和豆莢光跟在後面。他們停下腳步，表情驚詫。營地頓時陷入沉默。「發生什麼事？」河族族長質問道。

棘星從高聳岩上跳下來。「只是有點意見不和。」他解釋道。「沒什麼好擔心的。等大家都吃飽了，就沒事了。」

霧星看著鴞鼻、湖心和蕨皮。「我希望你們懂得尊重。雷族一直對我們很好。」

戰士們避開她的目光。

霧星用力彈著尾巴，然後朝棘星轉身，垂頭致意。「謝謝你的寬宏大量。不過我想河族該回自己的營地了。」

棘星的鼻口指向傷勢最重的河族戰士蘆葦鬚和薄荷毛。「妳確定這決定妥當嗎？」

霧星看了他一眼。「別擔心，我們會好好照顧受傷的貓兒。我們的巫醫貓醫術一樣很精湛。而且營地重建的進度也很順利，我們得回去完成最後的工程。」

棘星點頭。「那好，妳要我派支隊伍護送你們嗎？他們可以留在那裡幫忙。」

「謝謝你，不用。」霧星語氣堅定。

「至少等大夥兒吃飽再動身吧。」棘星看了苔皮一眼，後者才剛咬了一口畫眉。大家都看著霧星。嫩枝掌突然感到胸口很悶，這才發現原來自己正屏息以待。她不希望看見河族貓是在劍拔弩張的情況下離開這裡。

過了一會兒，霧星才輕輕地眨著眼睛。「謝謝你，棘星，我們會吃飽再走。」

嫩枝掌如釋重負，她站在紫羅蘭掌和鷹翅旁邊，看著棘星領著河族族長走向生鮮獵物堆，將櫻桃落抓到的那隻兔子推給她。

霧星卻推開牠，挑了一隻地鼠。「這個就夠了。」

她一離開，嫩枝掌就走向獵物堆，遞給鷹翅一隻老鼠，再遞一隻地鼠給紫羅蘭掌，然後才幫自己挑了一隻田鼠。

「我們上哪兒吃呢？」紫羅蘭掌緊張地環顧擁擠的空地。

「那裡。」嫩枝掌朝天族貓旁邊空出來的地方點頭示意。

正當鷹翅和紫羅蘭掌朝那兒走去時，藤池突然朝嫩枝掌大喊。

「嫩枝掌！」她的導師開心地跑過來。「我跟棘星談過了，我們倆都同意你該接受評鑑了。」

我的評鑑！嫩枝掌全身興奮不已。她終於要有自己的戰士封號了。但她突然愣住，朝正在天族貓旁邊吃東西的鷹翅和紫羅蘭掌看了一眼。**我真的想要這個封號嗎？我真的想成為雷族戰士嗎？**也許她應該做好下半輩子在天族過活的準備，紫羅蘭掌顯然有這個打算。畢竟那是她父親的願望。

雷族真的是我的家嗎？

第二章

赤楊心用腳爪輕撫微雲的肚子，很滿意她肚皮上的毛髮變得濃密滑順，小貓正在裡面動來動去。「他們長得愈來愈大了，妳的身體也好多了。」他坐了下來，向躺在雷族育兒室外面的天族貓后道賀。她跟其他天族貓一樣，自從來到雷族之後，體重漸增，看上去愈來愈能適應這裡的環境。她的肩膀不再佝僂。「妳的小貓就快出生了。」

葉池在他旁邊移動身子，低頭俯看貓后。「還好他們是等到妳身體養好了，才準備從肚子裡出來。」

「我希望他們能夠等到我們有自己的營地之後再出生。」微雲的眼裡閃著興奮的光芒。

赤楊心喵嗚地笑了。經歷了這幾個月來，現在總算一切否極泰來。河族三天前就離開了，他們的營地應該重建好了。影族一定也在他們的老家安頓了下來。風族的邊界不再對外封閉。天族戰士們的體力也都恢復到可以出外狩獵。

有幾隻雷族貓仍在抱怨營地過於擁擠，但是天族很快就會有自己的新領地。星族的預言終於要實現：天族又可以重回部族之列。赤楊心對微雲溫暖地眨眨眼睛。「妳的小貓會是誕生在湖區的第一批小貓。」

這時他突然看見葉池的表情警戒。「走吧，」她語調犀利地說道。「松鴉羽要我們幫忙清理藥草庫。」

他說錯話了嗎？「我們要不要討論到時誰來幫微雲接生？」他追著正穿過空地的淺棕虎斑巫醫貓。「別忘了，天族還沒有巫醫貓，所以我們當中得有一個去幫她。」

「時候到了再說。」葉池沒有停下腳步。

「可是到時要是她在新營地生小貓呢？」赤楊心反駁道。「也許他們搬走的時候，我應該隨行，直到他們有自己的巫醫貓為止。」

葉池在巫醫窩外面停下腳步，轉身面對他。「你不應該跟她說，她的小貓會在湖邊出生。」

赤楊心詫異地眨眨眼睛。「本來就會啊，不是嗎？他們隨時都會出生。」

「我們還不確定天族會不會待在這裡。」

葉池的話像一陣強風橫掃過來。「妳在說什麼？」

「你也聽過貓兒們的抱怨，不是嗎？」葉池壓低聲音，目光掃過正在空地上活動的雷族貓。錢鼠鬚和刺爪忙著比劃戰技，樺落和藤池跟蕨歌分食一隻老鼠。火花皮坐在高聳岩上，陪在松鼠飛旁邊。「我也像你一樣希望他們能在這裡落地生根，但不是每隻貓兒的想法都一樣。」

赤楊心一頭霧水。「他們會抱怨是因為他們必須讓出自己的窩和生鮮獵物。等天族有了自己的營地，他們就沒什麼好抱怨啦。」

葉池朝他趨近。「你怎麼會認為那些不願意分享臥鋪的貓兒會願意分一些領地給他們？要是天族住在湖邊，他們要住哪裡？他們需要土地，而這些土地就一定得從其他部族那裡瓜分出去。」

「所以呢？」赤楊心不想理解她的意思。他不想讓貓兒們的自私想法改變他的念頭。「星族要天族待在這裡。是祂們降下預言，引導他們回到我們這裡。怎麼可能有誰會認為領地比星族的旨意還重要？」

「有些貓兒就是不太願意相信星族會要他們放棄自己曾拚死拚活才得到的領地。」葉池警告他。

「不會有貓兒認為領地比星族重要吧？」

「你確定嗎？」葉池的目光瞟向高聳岩。

赤楊心一臉不解，抬頭望向正在聊天的松鼠飛和火花皮。「松鼠飛就很支持我去找天族啊。」

「那火花皮呢？」葉池喵聲道。

「我們第一次去找他們的時候，她也有同行啊。」

「找是一回事，答應他們留在這裡又是另一回事了。」

「妳到底想說什麼？」赤楊心不敢相信自己的耳朵。「妳認為火花皮不想要天族留下來？」

「你自己去問她。」葉池聳聳肩。

就在她說話的同時，松鴉羽現身巫醫窩入口。「快一點，你們兩個！我想趕在日正當中前把藥草整理好。落葉季不會等我們。藥草的庫存量不夠，我們得趕在寒冷的季節摧殘藥草之前，先收集齊全才行。」

葉池看了赤楊心一眼。「我兒子似乎忘了我在他出生之前就在管理巫醫窩了。」

赤楊心幾乎聽不到她在說什麼。他不安地朝火花皮那裡瞥了一眼。**如果連她都不肯讓天族住在湖邊，那麼還有誰會願意呢？**

✦✦✦

赤楊心加快腳步，追上他姊姊。「我希望嫩枝掌明天的評鑑能夠順利過關，」他趁她跟著族貓沿著湖邊走的時候追上去，跟在旁邊。「我覺得她有點緊張。」這話不假。自從藤池告訴嫩枝掌要接受評鑑了之後，這些天來她似乎變得心事重重。赤楊心心想，要是他刻意提起帶天族回湖邊的嫩枝掌，或許就能得知火花皮對新部族的反應是什麼。

「她沒問題的，」火花皮喵嗚道。「明天這時候，她就會有自己的戰士封號了。」

月亮又大又黃，高掛在黑烏烏的夜空之上。湖邊風大，赤楊心的毛髮不停翻飛。大集會馬上要開始。棘星和松鼠飛帶隊前往島嶼。後面跟著葉池和藤池。櫻桃落和錢鼠鬚尾隨其後。刺爪和樺落遠遠落後，在湖邊像黑影一樣跟在百合心、蜂蜜毛和嫩枝掌的旁邊。天族走在最後，遠望之下，猶如岸邊的黑點。

赤楊心一直想問火花皮對天族的看法是什麼。可是松鴉羽一整個下午都支使他去採集藥草。這還是他第一次有機會找她單獨說話。現在他正絞盡腦汁地想該如何開口。要是他直接問她是不是覺得天族不屬於這裡，會不會太挑釁了？如果她真的這麼認為，又該怎麼辦？

「妳覺得各部族會怎麼決定？」他腳下的小石子嘎嘎作響。

「決定什麼？」火花皮看了他一眼。

「天族的事啊。」

火花皮回頭瞥了棘星一眼。「只希望他們能做出正確的決定。」

「什麼是正確的決定？」赤楊心故作漫不經心。

「正確的決定就是讓真正的部族繼續過他們本來就習慣過的生活啊。」

「真正的部族？」

「就是我們雷族，還有影族、河族和風族啊。這四個部族向來都住在湖邊。」

「不包括天族嗎？」赤楊心緊張到毛髮微微刺癢。

「這裡又不是他們的家。從來都不是。」火花皮的語氣聽起來很不關痛癢。

赤楊心吞吞口水。「所以妳認為他們接下來該怎麼辦？」他很怕聽到她的答案。

她看了他一眼，目光犀利。「他們應該回到他們原來的地方。」

赤楊心不敢相信自己的耳朵。

「暗尾已經離開了峽谷，」她繼續說道。「他們可以回自己的老家去。」

「可是星族怎麼辦？」赤楊心氣急敗壞地說。「我看的異象又怎麼解釋？難道這一切對妳來說都不具任何意義嗎？」

「星族要我們找到天族，我們找到啦。」島上蓊鬱的林子正陰森逼近，前方湖岸月影幢幢。「他們有說過要天族搬到我們的領地裡嗎？」

赤楊心還記得星族所傳遞給他的訊息，他真希望他的祖靈不要那麼語焉不詳。祂們催他去找天族，但火花皮說得沒錯。祂們沒有明確指示找回來之後，該怎麼做。「是沒有明說啦，但我確定星族希望我們跟天族保持緊密的關係。」

火花皮疑色地看他一眼。「這樣好嗎？你又不是沒看見陌生貓兒住進我們領地後會有的下場。」

「天族不是陌生貓兒！」她真的把天族跟暗尾的惡棍貓都看作一丘之貉嗎？「他們是戰士，跟我們一樣，他們也有同樣的戰士守則，也跟他們的祖靈在夢裡溝通。」

「所以是哪個部族要讓領地給他們？」火花皮質問道。「你真的想看到湖區四周出現更多邊界嗎？你確定這會帶來和平嗎？」

她沒給他機會回答，便快步追上櫻桃落和錢鼠鬚。赤楊心只能嘴巴發乾地在後面瞪看著她。他努力了這麼久，難道都白費功夫了？四大部族會逼天族離開嗎？

細浪拍打湖岸。他聽見島上的風在林間呼嘯。**星族，求求祢們，別讓其他貓兒跟火花皮的想法一樣。**

他停在樹橋旁邊等候族貓通過，樹橋橫跨在湖岸和小島之間。葉池這時走到他旁邊停下來。「你還好嗎？」

他沮喪地眨眨眼睛。「妳說得沒錯，火花皮希望天族離開。」

葉池用鼻頭輕觸他的耳朵，溫暖的鼻息徐徐吐在他臉上。「火花皮不代表所有貓兒。」她低聲說道：「但是如果四大部族決定天族不能留在這裡，你也只能接受。」

赤楊心頓時惱火。「我辦不到。」

「我們沒有選擇。」葉池跳上樹橋，越過湖面。「不管發生什麼事，我們都要相信星族會為族長們指引方向。」

天族快走到樹橋這裡了。赤楊心趕在他們抵達之前，跳上樹橋，不想面對那一雙雙殷切盼望的眼睛。他跟著雷族貓穿過對岸的長草叢，進入後方空地。風族、影族和河族已經抵達，但空地上只有微弱的低語聲。大家都刻意壓低音量，小心翼翼地互換眼神，畫地自限。

赤楊心擔心到毛髮微微刺癢。他原本以為會看到一片祥和的模樣。畢竟，他們解決了暗尾，趕走了領地上的惡棍貓，天族也被找到了。**天空已經轉晴，**赤楊心的腦海裡響起星族當初給的預言。**難道只有我滿意這個結果嗎？**

葉池彈動尾巴，朝他示意。她已經坐在橡樹下面，旁邊是柳光、蛾翅、水塘光、和隼翔。他們弓背坐在那裡，坐姿僵硬，表情不安地看著族貓們。

赤楊心快步地從河族貓和影族貓中間擠過去。他很訝異影族貓的數量竟然這麼少。風族坐在空地遠處，保持距離。他自己的族貓則齊聚在巫醫貓附近。他突然想到他的第一次大集會經驗，當時來自各部族的見習生都在互相交流和炫耀剛學到的狩獵技巧。

但此刻的見習生們卻安靜地坐著。螺紋掌和蛇掌像石頭一樣動也不動地坐在影族導師們的後面。年輕的風族貓斑掌、蕨掌和煙掌眨著眼睛看著他們，彷彿很是不解對方的冷漠。暗灰色的河族見習生夜掌緊張地看了微掌一眼。但她的同窩夥伴卻別過臉去，那身棕白相間的毛髮被風吹得有點凌亂。

赤楊心緊張到腳爪微微刺癢。他們怎麼了？他遠望空地四周。長老們都到哪兒去了。他們向來最愛來大集會嚼嚼舌根，互道長短。但今夜卻只有蜜妮和灰紋在場。

就在他朝葉池走近時，天族貓開始從長草叢裡現身。空地上的貓群頓時噤聲。梅子柳和花心跟在葉星和鷹翅後面進來，其他天族貓尾隨其後。所有天族貓都來了，只有微雲沒到，她必須待在營地裡，因為產期接近，沒辦法前來。

葉星停下腳步，抬起下巴，讓她的族貓們魚貫通過。鷹翅瞇起眼睛掃視貓群，然後朝雷族旁邊的空間走過去，並彈動尾巴，示意梅子柳跟上。

花心緩步走在她後面。露掌、蘆葦掌、和鰭掌緊跟導師後面。年輕貓兒瞪看著其他部族貓，眼睛瞪得斗大。他們是第一次看到這麼多貓嗎？紫羅蘭掌鑽出長草叢時，表情看起來有點緊張。她停在鷹翅旁邊，目光來回掃視她父親和她的影族族貓。赤楊心猜她一定很納悶自己該坐在哪裡：是跟影族貓坐？還是跟天族貓坐？也許她會選擇影族貓。他們在這裡的數量太少了。

她在她父親耳邊低語。鷹翅低聲回答，紫羅蘭掌垂下目光，快步朝坐在獅燄旁邊的嫩枝掌走去。赤楊心突然很是同情那隻年輕母貓。這時候天族貓也開始在鷹翅旁邊紛紛落坐。花楸星曾允諾紫羅蘭掌在雷族多留幾天，但她真的知道自己屬於哪個部族嗎？

棘星緩步向前，向兔星、花楸星、和霧星垂頭致意。接著這些族長便一個接一個地躍上巨橡樹低矮的長樹枝上。

赤楊心一臉期待地看著葉星。她會加入他們嗎？但他卻看見她走進大樹底下，坐在她的族貓中間，將棕色的長尾巴蜷在腳爪上。

虎心、松鼠飛、還有現在看起來身體已經恢復得差不多的蘆葦鬚、以及鴉羽這幾位副族長，都在巨橡樹的樹根處坐下來。鷹翅仍待在葉星旁邊，其他天族貓也都往樹底下聚攏。幽暗中有敵視的目光若隱若現，投向花楸星。

「花楸星有資格上去嗎？」冰翅尖銳的嗓音劃破冷冽的空氣。這隻河族母貓怒氣沖沖到全身毛髮豎得筆直。

湖心甩著尾巴。「沒錯，影族還稱得上是一個部族嗎？」

「他們曾經讓惡棍貓加入他們。」豆莢光吼道。

「我沒有。」花楸星回瞪河族戰士。

豆莢光不甘示弱地回瞪。「可是你的族貓覺得暗尾比你更適合當他們的族長。」

「得不到族貓們的支持，還配當什麼族長？」鴉羽吼道。

「我們的族貓都是被你害死的！」

赤楊心大氣不敢喘，因為他發現發聲的是錢鼠鬚。

「我們也失去了很多族貓。」花楸星反駁道。

赤楊心看了影族貓一眼。他們的數量少得可憐，可是看上去跟以前一樣自以為是，他們挺起胸膛，毛髮豎得筆直。他不免好奇他們有沒有把眾多影族貓的喪命怪在花楸星頭上。坐在其他副族長旁邊的虎心，表情莫測高深。褐皮一臉同情地抬頭望著花楸星。他們兩個當然不會批判花楸星。畢竟虎心是他兒子，褐皮是他的伴侶貓。兩隻貓兒始終對他忠心耿耿。可是其他影族貓的感受是什麼呢？

影族貓們不安地動來動去，避開彼此的目光，也閃躲著其他部族貓的目光。赤楊心感覺得到他們的難堪。他們曾經選擇追隨惡棍貓。他們的決定毀了他們的部族。但花楸星若是一位稱職的族長，他們會走上那條可怕的不歸路嗎？

棘星目光凌厲地掃過貓群。「現在怪誰都無濟於事，最重要的是記住我們曾經同心協力，趕走惡棍貓。當初我們沒有讓他們毀了部族。現在也不能因為他們而分崩離析。團結才有力量。如果說過去幾個月來所發生的事曾帶給我們什麼教訓，那麼團結才有力量正是我們應該學到的教訓。」

貓兒們憤憤不平地竊竊私語，但沒有誰敢大聲回嗆。

棘星繼續說道：「我們今晚來這裡的目的是要悼念亡者和規劃未來的路。」他眼帶鼓勵地瞥了葉星一眼，稍微挪動身子，似乎是想讓出樹枝旁邊的空間給她。葉星搖搖頭，好像在示意他時機尚未成熟。赤楊心可以理解何以天族族長現在仍不願面對其他部族。畢竟大家都還是氣頭上。

「花楸星，」棘星向影族族長垂頭致意。「很遺憾你失去了一些族貓，讓我們在這裡一起悼念他們。」

花楸星一臉感激地眨眨眼睛。「很多貓兒在暗尾的統治下失蹤，」他開口道。「我們不知道他們的下落。但我擔心他們可能已經遭遇不測。我們失去了霧雲、樺樹皮、苜蓿足、獅眼、板岩毛、莓心、漣漪尾、麻雀尾……」

赤楊心聽見花楸心不斷唸出下落不明的貓兒名字，聽得他心驚膽跳。**怎麼這麼多？**而且連他也不清楚他們的下場如何。也難怪大集會上的影族貓少得可憐。

「要是我們能知道他們發生了什麼事就好……」花楸星越說越小聲。

「搞不好他們跟惡棍貓跑了。」湖心沒好氣地說道。

「沒有！」花楸星怒目回瞪河族戰士。「我們的確有幾位戰士跟惡棍貓跑了。光滑鬚、蓍草葉和穗毛都選擇跟他們一起離開。影族永遠不會原諒他們。可是其他貓兒都是因為試圖逃離暗尾而宣告失蹤。」

「這是真的。」雪鳥嚎啕道。「我勸過莓心和蜂鼻快去找雷族，以求自保，結果一直沒等到他們。」

「樺樹皮和獅眼告訴我，他們打算離開惡棍貓的營地，」水塘光喊道。「可是後來再也沒再見到他們了。」

紫羅蘭掌瞪大憂傷的眼睛。「針尾是為了反抗暗尾才死的。她救了我和族貓。」

花楸星抬眼看向各部族。「你們批判我們，但是你們不瞭解我們受了多少苦。要是我們曾犯錯，我們也已經用自己的鮮血付出了代價。」

「我們也流了血。」霧星甩著尾巴。「花楸星，你的部族選擇自己的路，但你們的選擇卻害苦了我們。因為你們，我們失去了族貓。蔭皮、狐鼻、花瓣毛、和鷺翅，他們都在跟惡棍貓大戰時喪命身亡。」

花楸星一臉嚴肅地看著河族族長。「我知道，」他喵聲道：「我希望有一天星族會原諒我們。但我並不寄望能得到你們的寬恕。」

「我們永遠不會原諒你。」冰翅吼道。

憤怒的嘶聲又在河族貓當中響起，很快擴散到其他部族。

「影族幾乎毀了我們所有貓兒！」

「花楸星不配當族長。」

怎麼會這樣？赤楊心突然害怕起來。各部族會不會因為無法擺脫過去的陰影而從此分崩離析？

兔星站了起來，抬起尾巴。「你們都在怪花楸星，卻忘了暗尾之所以對部族貓展開復仇，全源於他與一星之間的恩怨。一星是暗尾的父親，卻拋棄了他。暗尾選擇了一條殘酷和冷血的路。一星為了終止這一切而犧牲自己。我們都付出了代價。但我們必須聽從棘星的忠告。他說得沒錯。別再互相指責。就讓我們緬懷亡者和失蹤的貓兒。但千萬不要忘了一星和他的勇氣。他勇敢面對過往的錯，用他的最後一條命毀了他的親生兒子……暗尾。」

這番話像陣寒風掃過所有部族。貓兒們的情緒總算平靜，怒氣漸消，表情也肅穆了起來。冷靜的氛圍像水一樣滲進空地。赤楊心這才發現自己正在發抖，但心裡有小小的希望火苗被點燃。大家終於恢復理智。赤楊心想起葉池剛說的話：**我們要相信星族會為族長們指引方向。**

霧星朝新的風族族長轉身。「兔星，你說得很有道理。風族選你當族長選對了。我很高興星族賜了你九條命，你會需要的。」她還顧其他部族。「我祝福你們，祝福你們一切順利。」她的語調突然變得鬱鬱，赤楊心跟著緊張起來。「不過這是我們河族最後一次參加大集會，河族決定告辭一陣子。」

兔星驚訝地眨著眼睛。「妳這話什麼意思？」

「我們會待在我們的領地裡專心重建被惡棍貓毀掉的家園。」霧星告訴他。赤楊心瞪著她看，嘴巴發乾。她這番話似乎是深思熟慮過後才說出來的。河族今天來這裡，就是為了告知這件事嗎？霧星之前怎麼不說？難道她是想先看看影族會說什麼嗎？「就算我們缺席，其他部族也一樣可以自行決定各種要事。河族需要一點時間沉澱。我們想要平靜度日，我們得先內省，治癒那些傷痛。從今晚起，我將關閉河族的邊界。」

她從樹上跳下來，點頭示意她的族貓。他們往前聚攏，跟著她朝長草叢走去。

「可是我們還得決定天族的事啊！」棘星在她後面喊道。

霧星回頭看了一眼。「你們想怎麼決定都行。但我要警告你，最好先想清楚讓陌生貓兒進入領地的這件事。你也看到前陣子的經驗了。」

「妳不能走！」花楸星喊道。「妳想想看，當初風族關閉了邊界，結果出了多少事。我們必須一起合作。」

「我們不是風族，」霧星回答。「如果出了什麼事，你們還是可以派隊伍過來求援。但從現在起，河族要走自己的路。」她鑽進草叢，河族貓跟在後面。

赤楊心的目光尾隨著他們，看著他們像水一樣被長草吞沒。「他們不能走。」

葉池在他旁邊動了動身子，毛髮微豎。「也許這樣也好。」

赤楊心對著她眨眨眼睛。「妳怎麼這樣說？」

她沒有回答，反而望著惶惶不安的貓群，充滿疑慮的喵聲此起彼落。

「這不像河族的作風。」

「河族瘋了。」

焦慮不安在貓群裡漫開。

葉池站了起來。「你們別緊張。」她的喵聲在空地上迴盪。「河族想要專心地重建家園，也是很合情合理的事。他們就像一隻受傷的貓，很脆弱，必須小心保護自己的傷口。就讓他們過段平靜的日子吧。我瞭解河族。我很理解他們的復原方式。就讓他們去療傷吧。等他們回來找我們的時候，我們就會有一個更強大的盟友。」

貓群終於不再大聲喧嚷，取而代之的是嗡嗡低語聲。棘星很是感激地對葉池眨眨眼，然後朝貓群轉身。「在河族缺席的情況下，我們更需要團結一心。而且我們何其有幸能迎接一個古老盟友的歸來。」他朝天族點點頭。「葉星，請上來加入族長的行伍。」

當葉星站起來的時候，鴉羽的吼聲劃破空氣。「不行！」葉星開始遲疑。「她不屬於這裡。我們又不瞭解天族。」

「在雷族提起他們之前，我們從沒聽過他們的事，」焦毛從影族貓裡喊道。「為什麼當初火星和現在的棘星要把這祕密藏這麼久呢？」

「典型的雷族作風。」爆發石嘶聲道。

影族貓的態度突然變得很有自信了起來。

赤楊心看了火花皮一眼，後者正興奮地來回看著風族和影族。**她也想加入他們的抗議聲浪嗎？**

棘星甩打尾巴。「你們都聽過星族的預言。是星族要我們帶他們回來。」

「星族只告訴我們找到他們，」焦毛爭辯道：「並沒有要我們把他們納入部族之列。」

「他們也是部族之一。」棘星的語調充滿挫折。

「那都是你在說。」鴉羽回嗆。

是星族說的！赤楊心很想大聲說出來，但是他不敢。他有資格代星族發言嗎？

「星族降下一個跟天族有關的預言，」花楸星的音量蓋過所有部族。「如果我們置之不理，未免太愚蠢了。」

兔星點頭稱是：「多一個部族，可以讓我們更強大。」

鴉羽貼平耳朵。「以前我們沒有他們，也很強大。」

「他們的家在這裡，跟我們一樣。」棘星很快地彈動尾巴，向葉星示意。「上來吧。」

她動作笨拙地爬上樹幹，站在雷族族長旁邊，掃視下方貓群，目光顯得不安。「我們只希望能跟其他部族和平相處，」她的音量蓋過下方貓群的嘶聲。「暗尾是我們的仇敵！他也殺了我們的族貓。」

「怎麼可能？」刺柏爪質問道。「你們只參加過最後一場惡棍貓大戰。我不記得你們有任何傷亡。」

「他曾侵入我們在峽谷的家園，接管一切。」葉星解釋道，「最後還把我們趕出營地。」

「最後？」刺柏爪語帶懷疑。

「他跟我們住過一陣子。當初我們就跟影族一樣，不知道他有多邪惡，等到知道的時候，已經來不及了。」

貓群陷入不安的沉默，赤楊心覺得周遭世界正在旋轉。他可以感受到部族貓的不信任。**星族啊！請讓他們理解這一切！**這時火花皮站了起來，他屏住呼吸。她要說什麼？他在心裡做了最壞的打算。

「我知道天族受了很多苦，也失去很多族貓，」她開口道，聲音有點顫抖，但語氣堅定。其他貓兒頓時噤聲，聽她說下去。在橡樹樹根處靜觀一切的虎心，這時傾身向前，聚精會神地看著她。「可是他們為什麼不能回自己的老家呢？暗尾已經死了，其他惡棍貓也都走了。天族的老家又安全了。我相信他們會很高興回到那裡。他們可以重新開始，快樂地生活。我們以前沒有他們也都熬過了，為什麼現在就需要他們了呢？」她停頓一下，炯炯目光吸引了全場注意。「如果他們留在湖邊，誰要把領地讓給他們？」

赤楊心吞吞口水。他知道她說出了許多貓兒的心聲。為什麼各部族把領地看得比什麼都重要？

貓群還沒來得及附和火花皮的話，虎心就跳上橡樹根，抬頭看著他的族長：「花楸星，我能說幾句話嗎？」

花楸星點點頭，一臉不解地看著他的副族長。

「暗尾的殘酷冷血，害我們受創甚深，」虎心沿著樹根往前走，停在月光底下。「我們元氣大傷，變得像驚弓之鳥。河族為了重建殘破的家園，決定退守領地，完全封閉自我。影族失多了眾多戰士，需要好幾個月才能完全復原。」

花楸星在樹枝上動來動去，顯得不安，但還是讓他的副族長繼續說下去。

「毫無疑問的，是星族要我們找到天族。我相信星族有祂們的理由。不只是為了讓天空轉晴，使我們不必在黑暗中受苦，更是因為星族知道五個部族是一體的。湖邊多出另一個部族，我們的實力才會更強大。」

「但是誰要讓出領地給他們？」鴉羽狐疑地抽動耳朵。

「我們可以讓。」虎心的目光轉向花楸星。「我們現在要餵的貓口數沒有那麼多，可以出外巡邏邊界的戰士也沒幾個。所以用一些領地來交換一個盟友也算值得。」

花楸星若有所思，彷彿正在盤算虎心的話。貓群全都默不作聲地看著他。他轉向葉星。「妳願意當我們的盟友嗎？」

「願意。」葉星告訴他。「我們都是部族貓。我們都有相同的祖靈。我們何其有幸能做你們的盟友。我們會永遠感激你們所讓出的領地。」

赤楊心大氣不敢喘，風族貓和雷族貓互看著彼此。

錢鼠鬚的目光閃著疑色。「妳會是我們所有貓兒的盟友，不會只是影族的吧？」

「當然，」葉星注視著貓群。「我們想跟遠古的祖靈一樣住在部族貓之間。」她滿臉企盼地看著花楸星。「你願意讓土地給我們嗎？」

花楸星緊張地蠕動腳爪。「靠近雷族附近的那塊領地可以讓給你們，再加上一塊面向大湖的狹長領地。」

「我們的土地？」焦毛表情憤怒。

花楸星挺起身子，彷彿下定了決心。「沒錯，我們的土地。」他堅定地回答。

虎心眼睛眨也不眨地看著焦毛。「有問題嗎？」

焦毛別過臉去，獨自生著悶氣。

葉星眼睛一亮。「謝謝你們。」她的喵聲滿是歡喜。

「好了，那就這樣決定了。」兔星彈動尾巴。

棘星點點頭。「葉星，你們今晚還是得住在我們營地，明天影族會幫忙你們標出新的領地。」

赤楊心如釋重負。總算塵埃落定，天族要定居湖邊了。各部族開始散去，他感覺到緊張氣氛慢慢緩和，就像石頭融冰一樣。影族失去了一些領地，但也許更重要的是，他們贏得了鄰邦的感激與尊敬。

棘星跳下巨橡樹。花楸星、兔星、和葉星也跟著跳下來，大集會結束了，各部族開始散去，各自尾隨自己的族長踏上歸途。

赤楊心看著嫩枝掌和紫羅蘭掌開心地走向鷹翅。她們的父親總算可以留下來了。「你看，」葉池一臉如釋重負。「我們絕對可以相信星族，祂們一定會幫我們找出方向。」

✦✦✦

山谷裡霧氣很濃，哪怕太陽高掛崖頂了，仍沒有散去。已經變黃的林子在清晨的陽光下折射出金色的光。赤楊心從巫醫窩裡緩步出來，蓬起全身毛髮抵禦潮溼的空氣。他緊張地看了營地入口一眼，好奇嫩枝掌的評鑑順利與否。

松鼠飛正在高聳岩下方編派當天的狩獵隊伍。灰紋朝長老窩走去，嘴裡叼著一隻僵硬的老鼠。蕨毛坐在煤心和獅燄旁邊，朝著太陽的方向抬臉，彷彿正在享受暖意。天族貓在空地邊緣不安地走動，全都亢奮到毛髮如波起伏。

紫羅蘭掌繞著鷹翅轉，他倆都望著營地入口。荊棘屏障一陣抖動。紫羅蘭掌甩打尾巴。「他們回來了。」她穿過空地，奔向入口，鷹翅留在原地，目光一路尾隨著她。

赤楊心看見藤池快步走進營地，緊張到腳爪微微刺癢。他看見她深藍色的眼睛閃著驕傲的光芒，心跳不免加速，期待好消息的到來。

紫羅蘭掌在藤池面前剎住腳步。

藤池對著黑白相間的見習生喵嗚地說：「她過關了。」

嫩枝掌穿過荊棘通道，走了出來，毛髮凌亂，氣喘吁吁。

「妳過關了！」紫羅蘭掌在她姊姊四周跳來跳去。

赤楊心快步過來向她道賀。「做得好！這是妳應得的。」

「謝謝。」嫩枝掌對他眨眨眼睛。

為什麼她看起來一點也不開心？

「我們去告訴鷹翅。」紫羅蘭掌朝空地對面努努鼻子，但鷹翅已經快步過來找她們。他眼神好奇，滿是期待。

赤楊心轉身面對藤池，莫名的憂慮像蟲一樣爬滿他全身。「她表現得還好嗎？」他不確定嫩枝掌的導師是否知道她無精打采的原因。

藤池開心地抖動鬍鬚。「她表現得太好了。我很以她為榮。她的戰士封號會拿得實至名歸。」她爬上亂石堆，朝棘星走去。

赤楊心皺起眉頭。嫩枝掌靜靜站著，鷹翅和紫羅蘭掌正輕聲對她說話。赤楊心不免納悶自己是不是看錯了，因為他看到鷹翅眼裡有失望的神色。**他是希望她加入天族嗎？**可是這無法解釋嫩枝掌無精打采的原因啊。他推斷也許她累了，不然就是很緊張即將到來的受封大典。畢竟這場受封大典只有她一隻貓兒受封。多數見習生都已經跟他們的同窩夥伴一起得到戰士封號，並在受封大典過後共同守夜。

天族貓在入口附近聚攏，他們興奮不已，因為正準備要出發前往新領地。鹿蕨和梅子柳分站在微雲兩側保護她，哈利溪正嗅聞著空氣，兔跳則緩步走在他們旁邊。

馬蓋先緊張地彈動耳朵。「這裡離新家可能很遠。」

「我們只要越過邊界就行了。」沙鼻提醒他。

馬蓋先看了微雲一眼。貓后看起來疲累不堪，彷彿正費力地承載著小貓的重量。「希望小貓可以在我們找到適當的營地之後再出生。」

「他們已經等了這麼久，」雀皮很是驕傲地說道。「一定可以再撐幾天的。」

赤楊心快步走向虎斑公貓。「要是她要生了，你們一定要來通知我或葉池哦。」他還是很擔心天族貓得在完全沒有巫醫貓的情況下獨自在湖邊展開新生活。

「我會的。」雀皮保證道。

葉星站在營地入口旁邊，抬起尾巴。「你們準備好了嗎？」她看了族貓們一眼。他們點點頭，棘星跳下高聳岩。「祝你們一切順利。」他向葉星垂頭致意。「影族巡邏隊會在邊界跟你們會合。你們需要我們護送你們過去嗎？」

「我們可以自己過去。」她告訴他。

赤楊心的目光彈向嫩枝掌。她一定不知道怎麼跟她父親和妹妹開口道別。他本來想找話來安慰她，結果發現她似乎一點也不憂傷，不禁皺起眉頭。事實上，她看起來如釋重負，似乎肩上的重擔沒了。

他的目光一迎上她，她就快步走來。「我有話要說。」她避開其他族貓的目光，直接看著棘星。

赤楊心突然全身打起冷顫。他直覺知道她要說什麼。他吞吞口水，覺得心痛。

「謝謝你們撫養我長大，還紮實地訓練我。」嫩枝掌向雷族族長垂下頭。「我永遠珍惜我在這裡所學到的一切。但是我不想當雷族戰士。我的家在天族……」她停頓了一下，看著紫羅蘭掌和鷹翅，雙眼感傷，但炯炯發亮，「我想跟我父親和妹妹生活在一起。」

第三章

紫羅蘭掌正在做夢。蕨葉叢在月光籠罩的空地上微微顫動。森林裡有毛絨絨的黑影若隱若現。她知道這地方。她和嫩枝掌還小的時候，赤楊心和針尾曾帶她們來這裡見面。

她聽見模糊的吱吱叫聲和毛髮刷過葉子的聲音。她輕聲喵嗚，自言自語。難道嫩枝掌不知道自己發出的聲響比森林裡的其他聲音還大嗎？她躡手躡腳穿過林地裡的淺坑，偷偷摸摸地朝蕨葉叢走去。

就在快走近時，蕨葉叢突然一陣抖動。她豎起耳朵，聽見她姊姊的呼吸聲。**雷族貓實在很不會玩躲貓貓的遊戲**。她低下身子，雖然她不確定自己適不適合住在影族，不過他們倒是教會了她如何像月光一樣悄悄移動。

她停在蕨葉叢前面，心跳加快。她聽得到她姊姊正強忍住喵嗚笑聲，但沒成功。她暫時停下動作，先享受一下勝利的滋味。待會兒，她要潛入草叢嚇嫩枝掌，保證嚇得她吱吱尖叫。

她的胸口泛起一股暖意。**謝謝妳，針尾，謝謝妳帶我來這裡**。她一想到她朋友，突然愣住。林間滑過一條銀色尾巴。

她立刻忘了她的遊戲。「針尾！」她必須追上針尾。她已經很久沒見到她了。「等等我！」她縱身躍進黑暗，追在那道銀光後面。針尾不斷移動，身影猶如星光在幽暗裡飛掠而過。枯葉在紫羅蘭掌腳墊下嘎吱作響，風在耳邊呼嘯。「針尾！等等我！」為什麼針尾要逃走？「我必須跟妳說幾句話。」她跑得更快了，但針尾始終領先。身手敏捷的母貓速度快到似乎完全不費吹灰之力，紫羅蘭掌勉強跟上。荊棘不時勾住她的毛髮，腳爪也不時被樹根絆到。紫羅蘭掌覺得自己的肺快要炸開。她不斷費力前奔，四條腿愈來愈沉重，四周空氣濃濁到自己像在水中艱難地涉水前進。前方針尾猶如魚兒似地繼續前行。「拜託妳，等等我！」

終於，針尾停下腳步。紫羅蘭掌瞥見她的綠色眼睛在幽暗裡一閃而逝。

「為什麼現在才追著我？」針尾的喵聲冷漠帶著嘲諷。「妳已經選擇了妳自己的路。」

恐懼油然而生，紫羅蘭掌猛地被嚇醒。「沒有，我沒有！」

她身旁有個聲音：「紫羅蘭掌，妳還好嗎？」

紫羅蘭掌仍在半夢半醒，空氣裡猶聞得到針尾的氣味。「我從來沒有不要妳。」

「紫羅蘭掌，快醒來，妳在做夢！」

「我沒有選擇。」她被自己的聲音嚇醒。她抬起頭，睜開眼睛，原來她正躺在跟鷹翅、嫩枝掌同住的臨時窩穴裡。她感覺得到他們的體溫。黑暗將她包覆，現在是半夜。

鷹翅對她眨眨眼睛。「妳在做夢。」

她甩開夢裡的思緒，眨眨眼看著她父親。嫩枝掌還在打呼，睡得很沉。

「妳還好嗎？」鷹翅瞪大眼睛，很是擔憂。「是惡夢嗎？」

「不是惡夢。」紫羅蘭掌在臥鋪裡移動身子，不想解釋。「只是有點怪。」

他皺起眉頭。「妳確定?」

「我確定。」紫羅蘭掌將鼻口枕在腳爪上,閉上眼睛,免得他繼續追問。但就在她閉上眼睛的那一剎那,針尾的影像在她腦海一閃而過。

可怕的回憶像燃燒的碎片扎在她身上。她的朋友沒入河裡,被暗尾壓進水裡。他腳下的針尾不斷掙扎,惡棍貓面無表情地瞪著紫羅蘭掌。「也許妳說得對,」他喵聲道:「也許我該再給針尾一次機會。妳覺得呢?」

「是啊!」紫羅蘭掌記得她當時愚蠢地以為有了轉機,總算如釋重負。「請再給她一次機會,你要我做什麼都可以!」但其實根本沒用,她的心悲痛不已。**我當時應該再多加把勁兒。**

恐懼攫住她的的腳爪,她想逃,想讓夜裡冷冽的空氣洗刷掉這段回憶。但她不能讓鷹翅看見她的悲痛。她還沒告訴他關於針尾的事。她不確定自己該不該說。**要是他知道我眼睜睜地看著她死在眼前,會不會就不想認我這個女兒了?**

✦✦✦

「謝了,」紫羅蘭掌聞了聞嫩枝掌從生鮮獵物堆那裡叼來的老鼠,但聞起來已經有點不新鮮了。黎明曙光下,鷹翅在她旁邊伸個懶腰,打起哈欠。

紫羅蘭掌有點內疚。「對不起,我昨晚吵到你了。」

「沒關係，」鷹翅坐下來，向嫩枝掌點頭致謝，後者帶了隻田鼠給他。「我很快就又睡著了。」

「怎麼了？」嫩枝掌放下自己要吃的老鼠，在他們旁邊坐下來。「你們昨晚有醒來？」

「紫羅蘭掌做了惡夢。」鷹翅告訴她。

「不是惡夢。」紫羅蘭掌再次強調，試圖讓自己相信那不是惡夢。「只是有點怪而已。」

「妳夢醒之後好像很難過。」鷹翅喵聲道。

「那不重要。」紫羅蘭掌想改變話題。

嫩枝掌咬了一口老鼠。「紫羅蘭掌向來很神經質。」她一邊說一邊咀嚼。

四周的天族貓都醒了。鹿蕨和貝拉葉正在互舔毛髮。花心在教鰭掌狩獵的蹲姿，她抬頭張望，不經意看見嫩枝掌和紫羅蘭掌，於是點頭招呼。紫羅蘭掌也很快點頭回應，然後才低頭專心吃她的獵物。她知道這隻母貓也是她的親戚，所以她必須對她友善。不過她只有跟嫩枝掌或鷹翅在一起時才感到自在。

葉星正在獵物堆裡翻找，這堆獵物從昨天起就堆得像小山一樣高。

自從他們離開雷族營地之後，已經過了三個日出。他們開始建立新的營地。葉星挑選了松樹林裡的一處小空地，林子前面有條小溪潺潺流過，幾棵雪松和刺柏在筆直的松樹林裡形成了難得一見的綠洲。紫羅蘭掌很熟這地方，幾個月前針尾曾帶她來過。低矮的樹枝爬滿灰暗的地衣，在小樹林裡自成一天然的穹頂。平滑的岩石沿溪排列，岩面布滿柔軟的青苔。蕨叢形成天然圍籬，不過葉星打算用荊棘來補強。天族族長已經選定一株低矮的刺柏作為見習生窩，另一株荊棘充當戰士窩，但仍需要一些工事才適合居住。小溪流進營地的那塊地方長了另一株荊棘，未來將作為育兒室之用。馬蓋先和雀皮已經開始動工，他們織進長長的藤蔓，以強化牆面。

葉星的窩就在營地深處一棵老雪松的中空樹洞裡，洞口位於盤根的上方，樹根下面形成一處天然洞穴，很適合當巫醫窩，到時只等部族決定誰來當巫醫貓，就能進駐。

紫羅蘭掌咬了一口鼠肉，嫩枝掌剛剛的話令她很不舒服。**紫羅蘭掌向來很神經質。**她姊姊沒有什麼貶意，可是總覺得像在批評她。紫羅蘭掌氣得全身微微刺癢。**妳是在一個備受疼愛的環境下長大。**她看了嫩枝掌一眼，後者正開心地吃著東西。**要是當初是妳被影族挑走，搞不好也會很神經質。**

嫩枝掌抬起頭來。「妳做了什麼夢啊？」

紫羅蘭掌避開她的目光。「沒什麼。」

「她不想說就算了。」鷹翅輕聲說道。

「如果這夢能驚醒妳和鷹翅，那一定很重要。」嫩枝掌又咬了一口鼠肉，一臉好奇地看著紫羅蘭掌。「我想知道。」

「跟針尾有關。」紫羅蘭掌看著鼠肉。

「針尾是紫羅蘭掌的朋友，」嫩枝掌跟鷹翅解釋。「暗尾殺了她。」

紫羅蘭掌全身發顫。

鷹翅將尾巴搭在她尾巴上。「我們都失去過一些什麼。」他一臉同情地凝視她的眼睛。「只是難過的時候千萬不要自己躲起來。」他朝馬蓋先點頭示意，抬高音量，想讓黑白色的公貓也聽見。「過去幾個月來，我們都經歷過類似的傷痛。」

正在工作的馬蓋先轉身迎視副族長的目光。「沒錯。」他看了花心一眼。於是這種心照不宣似的目光在營地裡頭竟像薪火似地一個貓兒接一個貓兒的傳遞，最後大家都停下動作，神情肅穆起來，彷彿啟動了悲傷的記憶。

葉星在生鮮獵物堆旁直起身子。「我們不再是以前的天族，」她承認道。「不過等我們安頓下來，我會派支隊伍前往峽谷搜找可能還活著的天族貓。」她語帶鼓勵地說道：「我們絕對不能放棄那些失蹤的天族貓。」

「一定還有很多天族貓還活著。」花心附和道。

微雲朝小溪走去。「等我的小貓誕生後，天族或許就能恢復原樣了。」

鷹翅喵嗚地說：「要是有小貓到處跑來跑去，那就太好了。」

「你有沒有好奇過我們小時候長什麼樣子？」嫩枝掌兩眼發亮地看著他。

「我每天都在想像。」鷹翅眼帶傷感。

「你想念我們的母親嗎？」嫩枝掌問道。

紫羅蘭掌瞪著她看。雷族貓都這麼神經大條嗎？嫩枝掌似乎沒察覺到她在瞪她，仍然眨著眼睛，等她父親回答。

「想啊，」鷹翅的喵聲沙啞。紫羅蘭掌縮起身子，感覺得到他的哀傷。「卵石光心地善良，個性溫暖，我很愛她。」

「你要不要跟我們說說她的事？」嫩枝掌問道。

「他會的，等他想說的時候再說。」紫羅蘭掌很快說道。

鷹翅感激地看了紫羅蘭掌一眼。「沒關係，紫羅蘭掌，我很樂於告訴你們有關你們母親的事。」

紫羅蘭掌垂下目光。他是當真的嗎？她的確很好奇那位才生下她們，就在她們還沒開眼便死去的母親。她真希望她記得她的樣子。可是腦海裡始終沒有卵石光的印象。**我甚至不記得她的氣味。**

嫩枝掌跳了起來。「那就趁我們狩獵的時候說說她吧。」她一臉熱切地瞥了營地入口的蕨叢通道一眼。「我有好多問題想問哦。」

鷹翅開心喵嗚道：「讓我先吃完我的田鼠。」他看了紫羅蘭掌一眼。她的老鼠已經吃了一半。「我們最好吃快點，不然嫩枝掌待會兒就等不及自個兒跑出去了。」

嫩枝掌對他眨眨眼睛，一臉不解。「我絕對不會丟下你們離開。」

「妳當然不會，」鷹翅安撫道。「我只是開玩笑。」

紫羅蘭掌吞下最後一口鼠肉。**希望待會兒的狩獵可以讓嫩枝掌暫時忘記剛剛的提問。**鷹翅吃完了田鼠。三隻貓兒結伴走出營地。

花楸星讓給天族的領地有一半跟雷族邊界接壤，看上去像隻腳爪伸向湖邊。所以天族有一片狹長的湖岸，但越深入松樹林，腹地便越廣大。

嫩枝掌快步前進，尾巴抬得高高的。紫羅蘭掌想起當初是如何告知花楸星她想離開影族，加入天族。當時天族貓正在水邊嗅聞，標出新家園的邊界，花楸星就站在湖邊。

「我能理解。」花楸星看著她，但眼神多少洩露了他的心情。她不免好奇他是真的難過失去了她，還是對她的決定一點都不驚訝。

「我想跟我的父親和姊姊住在一起，」她解釋道，「不過我永遠感激影族對我的養育之恩。」她說話的同時，其實有點心虛。她一點也不感激，她巴不得當初他們沒有把她跟嫩枝掌硬生生地分開。不過他們也許也是好意。要是惡棍貓後來沒有介入，或許她會有機會認識真正的影族。

花楸星垂下頭。「我尊重妳的決定。」

湖邊冷風颼颼，他緩步離開，獨自留下紫羅蘭掌。他一定是很氣她在影族最缺貓兒的時候，棄他們而去。但她也感覺得到他並沒有特別失望。畢竟她曾離開影族，與惡棍貓為伍。有可能在經歷了這麼多事情之後，他覺得他再也無法信任她。

「溝渠是在這個方向嗎？」嫩枝掌停下腳步，回頭看了紫羅蘭掌一眼。溝渠是最容易抓到獵物的地方，獵物喜歡沿著深溝跑。

「不是，」紫羅蘭掌快步追上，朝斜坡的方向點頭示意。「在那裡。」嫩枝掌還是覺得松樹林的方向很難分辨。

嫩枝掌皺皺眉頭。「這裡的樹木長得都一樣。」她抱怨道。

「妳會習慣的。」紫羅蘭掌承諾道。「等妳再待得久一點，就會發現每棵松樹其實都長得不一樣，就像橡樹長得跟白蠟樹不一樣。」

嫩枝掌一臉懷疑。「是哦。」她吸吸鼻子。

「讓紫羅蘭掌帶路好了。」鷹翅在她們後面喊道。「妳可以在路上多跟她學學。」

嫩枝掌垂著尾巴讓出空間，讓紫羅蘭掌從她旁邊擠過去，沿斜坡往下走。紫羅蘭掌也覺得有點不好意思。**但我就是比妳熟這裡的領地啊。**她猜她姊姊一定是意識到自己到現在仍是見習生。畢竟她已經在雷族通過評鑑。**希望葉星能盡早賜給她戰士封號。她這麼努力，戰士封號是她應得的。**「溝渠就在下坡處，」她告訴她。「只要記得跟著水流的方向走就對了。」

「我懂了，謝謝。」嫩枝掌跟在鷹翅旁邊，她改變話題。「你會告訴我們卵石光的事吧？」

紫羅蘭掌回頭看了她父親一眼，試圖讀出他眼裡的含意。提到他死去的伴侶貓會令他難過嗎？她加快腳步，心想等他們開始狩獵後，嫩枝掌就會忘了追問這個問題。

鷹翅甩著尾巴。「我可以跟你們說說你們母親受訓的故事，」他開口道。「那時她才當了一個月的見習生，但她已經覺得夠久了。」

「我懂她的感受。」嫩枝掌嘆口氣。

鷹翅繼續說道。「她一心想讓她的導師比利暴對她刮目相看。於是每天早上天沒亮就起床，趕在導師醒來之前把戰技全練過一遍。每次比利暴從窩裡出來，就發現她正在埋伏突擊營地空地上的松果，再不然就是潛行追蹤蟋蟀。」鷹翅感傷地喵嗚道，彷彿正在重溫一切。「有一天他給了她一個測驗。要她找條密道離開峽谷，抓隻兔子回來。而且還告訴她，他會在路上埋伏突擊，搶走她的兔子。她必須躲開他的埋伏，帶著兔子跑回來，看誰先跑回營地。」鷹翅甩著尾巴。「她好興奮，這是一個她可以令比利暴刮目相看的好機會。我還記得她在峽谷裡找密道要爬出去時，背上的毛髮真是亂得可以。」他的眼神一黯，神情感傷。「她那時好年輕。」

紫羅蘭掌聽見他的哽咽聲。「你不用現在說她的故事。」她回頭喊道。

「可以啦！」嫩枝掌熱切地說道。「我好想知道。」

「卵石光每件事都做得很好，她爬出峽谷，抓到兔子，當比利暴突襲她的時候，她用盡所有學過的技巧將他擊退，但是她忘了一件最重要的事。」

鷹翅故意停頓，逗弄她們。

「快說啦！」嫩枝掌追問道。

鷹翅喵嗚地回答。「她把那隻兔子丟在比利暴突襲她的地方。她一心想要擊敗他，趕快回營地，結果忘了拿兔子，自己飛快跑了回來。」

「完蛋了！」嫩枝掌倒抽口氣。「她一定很難過。」

「故事還沒說完呢。」

紫羅蘭掌豎起耳朵，她跟嫩枝掌一樣想聽後面的故事。

鷹翅彈著尾巴。「卵石光一到營地就發現自己犯了大錯。她知道比利暴就在後面離她沒多遠的地方。我當時正等在入口，想知道她的成績如何。結果她一看到我，就求我幫忙。她喘到幾乎說不出話來。她要我引開比利暴。她說我一定要跑到附近兩腳獸的巢穴，爬上樹，等在那裡。我以為她腦袋裡長了蜜蜂。為什麼爬上樹就可以引開比利暴？但我還是照做了。我跑到兩腳獸巢穴，爬上一棵樹。沒多久，我就看見比利暴朝我跑來。他全身毛髮倒豎。停在樹底下抬頭朝我大喊。」鷹翅聲音突然粗嘎，顯然是在模仿比利暴的語調。「鷹翅，你還好嗎？卵石光告訴我，說她好像看到狗在追你。」

「她撒謊！」嫩枝掌語氣驚駭。

「也不算撒謊啦，她只說她好像看到有狗在追。附近真的有狗在叫啊。我也可能被狗追啊。妳母親太聰明了。她的伎倆成功引開了比利暴，時間長到她可以跑回去拿回她的兔子，再趕在他之前跑回營地。」

嫩枝掌快樂地甩著尾巴。「比利暴對她很刮目相看嗎？」

「當然囉，那天晚上他讓她第一個去挑獵物堆上的獵物。」鷹翅的眼裡充滿愛意。「當他發現她利用我當誘餌時，竟也說她反應很快，這代表她有資格成為一名優良的戰士。卵石光開心地吹噓了好幾天。」

紫羅蘭掌回頭看了他一眼。聊到卵石光似乎令他很開心，哪怕她已經死了。當你失去摯愛時，就會這樣嗎？她的思緒飄回針尾身上。可是一想到她朋友，紫羅蘭掌便覺得揪心。**我絕對沒辦法開朗地談到針尾的事，尤其在發生了那種慘事之後。**

她繼續往前走，腳步突然沉重。

一個身影從她身邊擠過來，原來是鷹翅，他走在她旁邊。「我希望妳不介意我談到卵石光，」他輕聲說道。「我知道妳一定很想她。」

「我其實不記得她。」紫羅蘭掌心虛地避開他的目光。

「妳失去她的時候還很小。」他的語調輕柔。

「你這樣聊她，心裡不會難過嗎？」紫羅蘭掌問道。

「我喜歡這樣想念她。」鷹翅喵聲道。「現在找到你們了，更不會難過了。」他回頭看了嫩枝掌一眼，抬高音量。「她是我見過心地最好、個性最甜美的貓兒。我每天都很想她。不過想她的時候不見得要難過啊，因為我們現在有你們了。」

「我們會讓你想起她嗎？」嫩枝掌從後面問道。

紫羅蘭掌有點火大。嫩枝掌就不能安靜一點嗎？老是問個沒完。

鷹翅停下腳步，看著嫩枝掌。「你們常讓我想起她。」他愉快地說道。

嫩枝掌開心地鼓起胸膛。

「謝謝妳找到天族。如果妳母親還在，一定也會做這種事。她很勇敢，也很愛冒險。」

紫羅蘭掌忍住心裡的妒嫉。**我就不勇敢，不愛冒險嗎？**

鷹翅用鼻頭輕觸紫羅蘭掌的耳朵。「妳比較像我。」他喵嗚道。「你們的母親要是還在的話，一定也像我一樣好愛你們。」

紫羅蘭掌迎視他的目光，沒有吭氣。她心裡的憂傷化成了滿腔的暖意。她喵嗚一聲，用鼻口揉搓鷹翅的下巴，再搓搓嫩枝掌的下巴。她終於開心了起來，而且從沒想過自己可以這麼開心。這是紫羅蘭掌這輩子以來第一次覺得自己終於有了歸屬。

第四章

嫩枝掌緊張地瞥了高聳的松樹林一眼。冷風在枝葉間呼嘯，松樹不停搖晃。她想念雷族的領地，那裡的樹木似乎比較堅固，古老的樹根盤根錯結地深紮在土裡。但是在松樹林裡，總覺得樹隨時可能倒下來。

「嫩枝掌！別再盯著樹看了，快點來幫忙。」鰭掌喊道。棕黃相間的見習生對她眨眨眼睛。

葉星派嫩枝掌和鰭掌、露掌出來找些小嫩枝回去蓋營地。蘆葦掌則留下來整理他們昨天收集回來的青苔，剔掉裡頭的芒刺。鰭掌已經收集了一堆棍子，他的弟弟在比較遠的地方，正在一叢荊棘底下搜找。

嫩枝掌朝他們快步走去，但仍伸長脖子看著正晃動不停的樹頂。「你們不會擔心可能有樹隨時倒下來嗎？」

露掌從荊棘底下鑽出來，棕色虎斑毛髮凌亂不堪。「怎麼會倒下來？它們在這裡的時間已經跟星族一樣古老了吧。」

「可是風那麼大。」嫩枝掌必須抬高音量，才能蓋過樹枝的颼颼拍打聲。這時突然有根小樹枝掉到她背上，她嚇得尖叫一聲。

鰭掌覺得好笑，鬍鬚微微抽動。「我還以為妳很習慣住在森林裡。」

「雷族的森林跟這裡不一樣。」嫩枝掌蓬起毛髮，掩飾尷尬。「那裡起風的時候，你根本感覺不到，因為樹木會幫我們擋風。它們不像蘆葦一樣搖來晃去。」

「影族似乎在松樹林裡住得很習慣。」鰭掌提醒她。

「至少一起風，就有很多小樹枝可以撿。」露掌補充道。

嫩枝掌掃視森林。視線所及，到處都有正在掉落的小樹枝。林地裡散落著細長的樹枝，很適合拿來編織窩穴的牆。她抓起其中一根，再轉身去撿從她身上彈落的那一根。她其實滿肚子火，但只能盡量不去想背後的原因。為什麼要派她來幹見習生的活兒呢？她已經通過評鑑了。要是她還在雷族，早就得到戰士封號了。那麼現在的她就會在營地裡建窩穴，而不是出來收集材料。

她甩開這念頭。**是妳選擇加入天族的，**她提醒自己，**妳想跟紫羅蘭掌和鷹翅一起生活。**可是她總覺得這些新的族貓有點怪。天族貓個性是很好啦。但她畢竟已經習慣了雷族營地的紀律與常規。葉星感覺上不太像族長，而是比較像一般戰士。因為她會跟族貓們一起工作、狩獵和巡邏，完全沒有差別待遇。鷹翅雖然是副族長，但狩獵隊伍都是由貓兒們自行組成。他偶而會建議該去巡邏邊界，但都由他們自願前往，而不是透過命令執行。

她心想，應該是因為他們剛剛才找到一個新家園吧。

但是這並無法解釋天族對寵物貓的信任。嫩枝掌得知天族以前常有寵物貓前來，便覺得很不可思議。聽說他們總是來來去去，既住在他們的部族，也住在兩腳獸那裡。天族稱這些貓兒為「晨間戰士」。嫩枝掌不懂戰士這種工作怎麼可能兼差呢。要嘛你是戰士，要嘛你不是。至少馬蓋先最後決定留在天族，所以他幾乎算是真正的戰士。不過他也像雷族的蜜妮一樣仍保留寵物貓的名字。

而且天族貓好少哦。嫩枝掌皺起眉頭。這裡的見習生幾乎跟戰士一樣多。奇怪的是，一個長老也沒有。嫩枝掌想到灰紋和蜜妮，不免感傷。因為他們就像雷族裡堅固的樹根一樣穩穩地盤住整個部族，總是能說出一些令族貓們寬心的話，再不然就是用語帶調侃的抱怨來化解一切。

她以為只要跟紫羅蘭掌和鷹翅生活在一起，就不會再有鄉愁。可是她跟他們相處得越久，便越發現他們兩個其實好像，想法幾乎一模一樣，有時候跟他們說話，就像跟同一隻貓說話似的。這總讓她覺得自己像個局外者。**我還以為我才是那個跟鷹翅最投緣的孩子，畢竟是我救了天族，**這念頭令她有點羞愧，但還是忍不住會想。**鷹翅也是很疼我，**她告訴自己，**只是跟疼紫羅蘭掌的方式不一樣。**

她發現鰭掌正瞪著她看。「雷族貓都喜歡做白日夢嗎？」他喵聲道。

她對他眨眨眼睛，很不好意思自己又發呆了起來。「對不起，」她伸爪去搆另一枝樹枝，把它拖進她那一堆小樹枝裡頭。針狀的松葉不時卡進她的腳爪裡。「我還在適應新家。你不覺得這裡很怪嗎？」

「什麼都很怪啊，這種感覺其實已經很久了，所以現在已經差不多習慣了。」鰭掌告訴她。

「你想念峽谷嗎？」她問道。

鰭掌聳聳肩。「我沒住過那裡。」

露掌走了過來，嘴裡叼了一捆樹枝，丟在鰭掌旁邊。「我們是在他們離開峽谷後才在另一座湖邊出生的。」他解釋道。「天族在那裡度過了一整個季節。」

嫩枝掌豎起耳朵。「所以你們從沒見過峽谷？」

「從沒見過。」鰭掌告訴她，黃色眼睛帶了些遺憾。

「你希望你見過嗎？」她好奇問道。

鰭掌別過臉去。「別的貓兒常談到那地方，」他喵聲道：「我當然也希望自己見過他們說的那座峽谷。」

嫩枝掌的心微微刺痛，她懂他的感受。「我也是。」她還以為天族貓在緬懷以前的日子時，只有她覺得自己被排擠在外。

鰭掌眼神溫暖地朝她眨眨眼睛。「下一次他們談到以前的日子時，我們也可以緬懷一下我們一起撿樹枝的日子啊。」他扮個鬼臉，然後對著她那一小堆樹枝點頭示意。「我們再多收集一點，就可以回營地了。」

露掌掃視林地，看見有塊地方散落了好多木條，忍不住甩打起尾巴。「我去把它們撿過來。」

嫩枝掌快步跟在他後面。她想彌補自己剛剛樹枝收集得不夠多的事實。她鑽進灌木底下，肚皮貼在地上扭動。灌木中間的莖梗勾住了其中幾根樹枝，她伸爪過去，拉了出來。等她從灌木底下鑽出來時，有樣東西從她身邊滑過去。「有蛇！」她尖聲大叫，往後一彈，毛髮豎得筆直。

鰭掌大聲喵嗚。「那不是蛇啦，」他用腳爪拾起一根歪扭的樹枝，對嫩枝掌眨眨眼睛。「妳太神經質了！」

嫩枝掌甩甩毛髮，盡量不讓他看見她的腳爪在發抖。「這裡的風大到我有點神經緊張。」她不好意思地說道。

風仍在林間肆虐，而且呼嘯聲愈來愈大。林地裡迴盪著樹幹的嘎吱作響聲。

「我們把這些樹枝帶回營地吧。」鰭掌提議道。他朝露掌喊道：「我們回去了。」

「我來了！」露掌用嘴叼起一捆樹枝，朝他們走來。

就在他快走近的時候，突然強風大作，猛刮周遭林子。某種斷裂聲劃破空氣。嫩枝掌心上一驚，抬頭一看，只見一根粗壯的樹枝直墜而下，鰭掌首當其衝。

「小心！」她飛快伸爪勾住鰭掌的頸背，一把拉了過來。樹枝撞上地面，砰地發出巨響，針葉飛噴在她臉上。塵土飛揚、樹皮四濺。

「鰭掌！」

見習生躺在她旁邊，驚恐地瞪大眼睛。

「鰭掌！」嫩枝掌甩掉身上的針葉，低頭看他。

「他的尾巴！」露掌跑了過來，全身毛髮豎得筆直。

嫩枝掌循著灰色公貓的目光，後者正瞪著鰭掌的尾巴看。它被壓在樹枝底下。

「我們得移開它！」嫩枝掌跳起來頂住樹枝，試圖滾動。但太重了，根本紋風不動。

「樹枝太粗了。」露掌繞著樹枝看了一下。它比貓兒的肚子還寬，長度猶如一整棵樹幹。

「鰭掌！」嫩枝掌朝他頭顱的方向轉身，直視他的眼睛，只見他痛得瞪大著兩隻晶亮的眼睛。「你可以說話嗎？」

「可以。」鰭掌上氣不接下氣。

「我們得找幫手。」嫩枝掌的思緒紊亂。天族沒有巫醫貓，她需要赤楊心。可是雷族營地太遠，鰭掌需要幫手，現在就要。她看著露掌。「你快跑回營地去找貓兒來幫忙，越多貓兒越好，才有辦法移開這根樹枝。我去影族營地找水塘光來。」

露掌瞪著她，害怕地貼平耳朵。「我們不能單獨留下鰭掌，萬一他……」

嫩枝掌打斷他。「這裡離營地不遠，你很快就可以回來。鰭掌不會有事的。」她看了鰭掌一眼。「你不會有事的，」她承諾道。「我們馬上回來。你只要撐住就行了。」她搜尋著他那雙驚嚇過度的眼睛。

「你們要快一點。」他沙啞說道。

嫩枝掌朝露掌轉身。「你跑快點！」灰色見習生早已鑽進林子，衝了回去。

她也趕緊朝影族邊界急奔，林地在她腳下飛掠，布滿林地的針葉富含彈力，不斷將她往前推，她越跑越快，終於抵達氣味記號線。她氣喘吁吁，但還是馬不停蹄地往前跑。**拜託不要讓我跑錯方向**。她以前來過影族營地找過紫羅蘭掌。不過當時是夜裡。但她知道她得朝大湖的反方向跑。太陽高掛頭頂，風在後方呼嘯。她突然認出一棵腐朽的樹墩，影族的氣味頓時變得強烈。她繼續前奔，腳爪像著了火，雙眼掃視前方林子。樹幹之間若隱若現的是不是就是荊棘叢？她衝了過去，終於認出影族營地的圍籬，這才如釋重負，繞了一圈，鑽進入口。

她在空地上剎住腳步，眼前是滿臉驚詫的影族貓兒們。

「妳來這裡做什麼？」焦毛怒瞪著她。

刺柏爪驚訝地眨著眼睛。「妳好大膽……」

「嫩枝掌？」水塘光從窩裡探出頭來。「出了什麼事？微雲要生了嗎？」

嫩枝掌搖搖頭，上氣不接下氣。她深吸一口氣，脫口而出：「是鰭掌！」

水塘光趕緊從窩裡出來。

「有根樹枝砸下來，」嫩枝掌呼吸急促。「他的尾巴被壓在底下。」

水塘光對她眨眨眼睛，隨即轉身回窩裡。「妳等我。」他鑽了進去。

刺柏爪和焦毛不發一語地瞪著她看。

過了一會兒，水塘光又出現了，嘴裡叼著一包用葉子紮起來的東西，藥草被裹在裡面，兩端有點外露。

嫩枝掌趕緊朝空地盡頭正瞪大眼睛望著她的花楸星點個頭，隨即衝出營地。

她跑得飛快，急著帶水塘光回去找鰭掌。就在她快跑到的時候，看見那根樹枝四周有眾多身影在移動。「他們正在設法搬動它。」她加快腳步，這時她看見鷹翅也在其中，頓時鬆了口氣。

梅子柳蹲在鰭掌的頭顱旁邊。「別擔心，鰭掌，我們很快就會搬開這根樹枝。」

嫩枝掌一抵達，便看見戰士們正使勁兒地想搬動它。鷹翅、沙鼻、鹿蕨和兔跳用肩膀抵住樹皮，用力往上頂。花心和馬蓋先在它底下放了一根較小的樹枝，想把它撬起來。可是腳爪老是在布滿針葉的林地上打滑，沙鼻費力地大喝一聲。但樹枝仍不動如山。

水塘光從他們旁邊擠過去，蹲在鰭掌的尾巴那裡。他檢查了一下，然後低身趨近鰭掌的頭，用腳爪輕輕撫過他的頭和背脊。「你有覺得哪個地方在痛嗎？」

鰭掌沒有回答。他的雙眼呆滯。

「他驚嚇過度，」水塘光說道。「我們得保持他的體溫。」

梅子柳貼近她的孩子，眼裡閃著恐懼。

「搬不動。」鷹翅眼神狂亂地瞪著樹枝。

「我們可以把他尾巴拉出來嗎？」馬蓋先問道。

水塘光搖搖頭。「它被壓得太緊了。」

嫩枝掌一陣反胃。

「我需要把他尾巴切掉。」水塘光直言道。「誰幫我去找塊鋒利的石頭。」

「切掉？」梅子柳一臉警戒地瞪著影族巫醫貓。「你確定？」

水塘光壓低聲音。「如果他再繼續待在這裡，一定會休克死亡。他已經快沒意識了。只能切掉尾巴了。」

梅子柳似乎愣住了，她的目光緊緊盯著巫醫貓。

沙鼻小心走到她旁邊，看著水塘光。「這是救他的唯一方法嗎？」

水塘光點點頭。

「那就動手吧。」沙鼻喵聲說。

水塘光看著梅子柳，彷彿在徵詢她的許可。暗灰色母貓點頭答應。

馬蓋先在水塘光旁邊放下一塊鋒利的石頭，後者便低頭趨近鰭掌的尾巴。他彈動自己的尾巴，示意戰士們退開。

嫩枝掌全身顫抖地快步走到她父親旁邊。「鰭掌不會有事吧？」

「我們還不知道。」他用鼻口輕觸她的面頰，讓她倚靠，給她溫暖。她緊挨著他。

嫩枝掌朝鰭掌的方向張望。他看起來全身癱軟，體型變得好小，有一半身影被水塘光擋住。「我不想離開他。」她低聲說道。她總覺得鰭掌是她在天族交到的第一個朋友。要是他死了怎麼辦？

「我們送妳回營地吧。」

「水塘光會盡全力救他。」鷹翅保證道。「沙鼻和梅子柳也會陪在他身邊。妳身上好冷，妳應該回臥鋪休息，妳恐怕也驚嚇過度。」

嫩枝掌突然想到她妹妹不見了。「紫羅蘭掌呢？」

「兔跳帶她去跟葉星狩獵。」鷹翅輕輕推著嫩枝掌前進。「也許現在已經回來了。我們去找她。」

嫩枝掌回頭瞥看，聽見鰭掌痛苦地喘息，胃跟著揪緊。

鷹翅趕緊帶她離開。

紫羅蘭掌在營地入口遇見他們。「大家都上哪兒去了？」她問道。兔跳站在小溪旁邊，環顧空盪盪的營地。

「他們都在想辦法救鰭掌，他出了意外。」鷹翅告訴紫羅蘭掌。

兔跳快步走過來。「很嚴重嗎？」

「他的尾巴被壓在一根樹枝底下，」鷹翅解釋道。「水塘光現在也在那裡。」

兔跳不安地彈彈尾巴。「真希望回颯還在就好了。」

「要不然有斑願也行。」鷹翅喵聲說。

就在他說話的同時，葉星低頭鑽進蕨葉通道。「我聞到恐懼的氣味，出了什麼事？」

嫩枝掌還在發抖，她覺得她全身的寒意滲到了骨子裡。

「讓兔跳告訴妳吧。」鷹翅輕聲說道。「我先帶嫩枝掌回她的臥鋪。」

「她還好嗎？」葉星表情擔心。

紫羅蘭掌瞪大眼睛。「嫩枝掌也受傷了嗎？」

嫩枝掌目光呆滯地看著他們，思緒紊亂。鰭掌正在受苦，他們怎麼還有時間擔心她？

「她只是受到一點驚嚇，全身發冷。」鷹翅領著嫩枝掌往臨時的見習生窩走去，帶她進去。

正當嫩枝掌蜷伏進臥鋪的時候，紫羅蘭掌從自己的臥鋪那裡勾了一坨青苔過來，拿給鷹翅。「這可以幫她保暖。」

鷹翅將它蓋在嫩枝掌身上，並將邊緣塞緊。嫩枝掌一臉感激，偎進自己的臥鋪。窩穴入口有毛髮刷過枝葉的聲響，葉星鑽了進來。「她還好嗎？」

「她沒事。」鷹翅要她安心。

「誰是回颯和斑願？」紫羅蘭掌突然問道。

葉星對她眨眨眼睛。「她們是我們的巫醫貓。回颯在我們來這裡的路上死掉了，而斑願早在我們離開峽谷之前就失蹤了。」

鷹翅伸舌舔舔嫩枝掌的頭，嫩枝掌終於閉上眼睛。

葉星的聲音似乎變得很遙遠。「我們甚至不知道斑願是不是還活著。」

「也許我們可以找得到。」鷹翅喵聲說。「也該是時候派支搜索隊去找那些失蹤的天族貓了。」

「我可以去嗎？」紫羅蘭掌熱切地問道。

「現在要決定誰去還太早。」葉星若有所思地喵聲道。「不過鷹翅說得對，是該派支搜索隊出去找了。」

嫩枝掌感覺到自己正慢慢沉入夢鄉。搜索隊？去峽谷嗎？**如果紫羅蘭掌要去，我也應該去。因為那可能很危險。**

可是鰭掌呢？就在夢境吞沒她的時候，她突然想到一件事。

在我確定鰭掌沒事之前，我不能離開他。

第五章

緩步走出巫醫窩的赤楊心瞇起眼睛，抵禦陽光。空地上到處都是易碎的黃色落葉。微風徐徐吹來，揚起他的毛髮。

「不要忘了琉璃苣哦！」松鴉羽在他後面喊道。「我們需要更多琉璃苣。不過不是今天。記得明天提醒我。」盲眼巫醫貓自從日出之後，就在緊張藥草的事，擔心下雨前若沒有補齊新的藥草，會來不及曬乾它們。

赤楊心答應松鴉羽今天會去採集紫草，可是他到現在還沒吃東西，肚子正在咕嚕咕嚕叫。他緩步走向生鮮獵物堆，有點失望狩獵隊還沒回來。獵物堆上只剩一隻僵硬的老鼠和一隻冰冷的麻雀，那是昨天抓的。他瞥了營地四周一眼，想確定沒有貓兒正往獵物堆走來。因為他不想剝奪其他族貓用膳的機會。

他出於習慣地先往見習生窩張望，哪怕嫩枝掌在半個月前就已經跟天族走了，赤楊心還是以為她會突然出現，睜著圓亮的眼睛，滿心期待當天的訓練課程。他試著想像正在天族的她。她現在應該是戰士了。傷感的他在心裡暗自企盼葉星能賜給她一個最代表她的封號。他想念她的好問、她的一頭熱，還有那滿腦子的點子。

「嗨，赤楊心，」葉池愉悅的喵聲害他嚇一跳，她正陪著肢體半癱的薔光散步，後者拖著後腿繞著空地邊緣走。「我們今天做步行運動，我覺得薔光越走越快了。」

「我沒有越走越快。」薔光在她旁邊氣喘吁吁，前腳撐起身子，無力的後腿拖在後面。「是妳越走越慢。」

葉池發出好笑的喵嗚聲，然後朝赤楊心走來，對著乏善可陳的獵物堆點頭示意。「你為什麼不等狩獵隊回來？」

赤楊心翻了翻老鼠，把牠拉過來。「我討厭浪費獵物。」

「趁你還能浪費，就浪費吧，」薔光暫時停下動作，喘口氣。「禿葉季就要來了，到時就有很多時間吃走了味的獵物了。」

「謝囉，」赤楊心嘆口氣。「可是我好餓。這隻放了很久的老鼠味道嚐起來也許還是不錯。」

薔光又開始繞著空地緩步前進。

葉池快步追上去。「再走一圈好了，」她鼓勵道。「讓我們看看這次可不可以中途不用休息就走完。」

就在赤楊心低頭叼起獵物時，松鼠飛的喵聲從空地盡頭傳來。她站在高聳岩上，棘星正在嗅聞空氣。「雲尾、刺爪、罌粟霜，我要你們跟我去邊界巡邏。」她跳下亂石堆，三名戰士快步過來會合，跟著她朝入口走去。

罌粟霜那身淺玳瑁色與白色交錯的毛髮微微聳起。「現在我們有三種邊界得巡邏，」她抱怨道。「影族、河族、和天族。」

「可是邊界還是一樣啊。」松鼠飛提醒她。

「但邊界對面換了不一樣的貓兒，我們就得聞出不同的氣味啊。」刺爪指出。

「早晚會習慣的。」松鼠飛利索地回答。

雲尾蓬起尾巴。「至少我們現在不用太緊張河族邊界那裡，反正他們已經斷了對外的聯繫。」

松鼠飛看著他。「就因為這樣，更要格外小心地巡邏那裡，」她告訴他。「要是他們的氣味愈來愈淡，恐怕就得擔心了。」

「為什麼？」雲尾聳聳肩。「也許對外封閉的意思是，他們連邊界的事都懶得管。」

刺爪彈動尾巴。「松鼠飛說得對，只要他們經常標示邊界的氣味記號，我們就可以確定他們的行事作為還是像部族貓一樣。」

罌粟霜的表情頓時然警覺。「你認為他們可能不再想當部族貓？」

「我已經不想再去預測任何部族的可能行為了。」松鼠飛回答，同時低頭穿過入口通道。刺爪和罌粟霜互看一眼，也跟了上去，雲尾殿後。

赤楊心在後面看著他們，憂心到胃都揪了起來。他們才剛找到一個部族，千萬別又失去了另一個。

百合心緩步走到獵物堆這裡。「你看起來憂心忡忡的。」她對著他眨眨眼睛，表情關切。

「最近的變化太大了。」他心煩意亂地說道。

百合心從他旁邊擦身而過，從獵物堆裡拿出那隻麻雀。「我還是不敢相信嫩枝掌就這樣走了。」

赤楊心聽見她語帶感傷。「妳一定很想她。」

「你不想她嗎？」她迎視他的目光。

他想像嫩枝掌快步走出巫醫窩，松鴉羽跟在後面一路嘟囔的畫面，頓時一陣惆悵。「我也想她啊。」

「好不容易把一隻小貓養大，最後卻眼睜睜地看著她離開，一定很不好受。」百合心嘆口氣。「她真的是一隻很聰明的貓兒。」

他們後方傳來石子滑動的聲響，棘星正從亂石堆下來。他停在亂石堆底下甩甩頭，然後穿過空地去找蕨毛和獅燄，後者正跟櫻桃落和錢鼠鬚坐在一起。赤楊心趁雷族族長與戰士們招呼時，跟百合心點個頭，趕緊叼起老鼠離開。他朝蕨葉叢走去，陽光在那裡迤邐了一地。去那兒用膳似乎很暖和。

他經過蜜妮和灰紋身邊，他們正在長老窩外面陪花落的小貓玩耍，花落則在育兒室附近曬太陽打盹，黛西陪在她旁邊。

小梅在灰紋身旁撐起身子，攀住他的肩膀。「我要騎獾。」她央求道。黑黃相間的身子興奮地扭動。

「我也要。」小莖在他姊姊旁邊爬上去。

「我要騎獾！」

「我也要啦！」

小鷹和小殼開始哭鬧。

蜜妮慈愛地對著他們喵嗚叫。「我想應該有空間讓你們都騎上去吧。」她叼起小鷹的頸背，把她放在小梅後面，再把小莖放在她旁邊。

灰紋假裝蹣跚。「你們怎麼比貓頭鷹還重！」

灰紋故意往一邊傾斜，然後又往另一邊傾斜，小貓們開心地吱吱尖叫，趕緊抓牢。

「太重了，我載不動。」他氣喘吁吁。

蜜妮用鼻口推他的肩膀。「你可以啦，」她告訴他。「你現在老當益壯的很呢。」

「好吧。」灰紋誇張地嘆口氣，開始在空地四周緩慢移動，每一步都故意走得東搖西晃，他一下子走這邊，一下子走那邊，嚇得小貓吱吱尖叫。

蜜妮在赤楊心經過的時候，捕捉到他的目光。「這個老呆瓜。」她好玩地喊道，同時向灰紋的方向點頭示意。

赤楊心的胸口溢滿暖意，他向蜜妮垂頭致意，但嘴裡叼著老鼠，無法開口說話。真可惜，嫩枝掌沒看到這幅情景。**不過她很快就會有微雲的小貓可以玩了，**他提醒自己。

他繞過露鼻和琥珀月，後兩者正用腳爪將落葉掃到空地上一處曬得到陽光的地方。等這些葉子曬乾了，就可以鋪在臥鋪上，幫忙趕走禿葉季的寒意。

火花皮和雲雀歌正在附近走動。露鼻表情嚴肅地瞪著他們。「我還以為你們兩個要來幫忙呢。」

火花皮表情好笑地覷著他。「我是很想幫忙啊，只要雲雀歌別老讓我分心就行了。」她表情揶揄地看了雲雀歌一眼。

灰白相間的公貓低頭看著自己的腳，一臉不好意思。

赤楊心火大到毛髮微微刺癢。火花皮分明是在挑逗。她腦袋裡有羽毛嗎？她不是向來最有企圖心嗎？一心想成為全雷族最厲害的戰士？怎麼現在反而在浪費時間，表現得像隻腦袋裡有蒲公英在飛的見習生一樣？赤楊心怒氣沖沖地從她旁邊經過。他到現在都還沒原諒她上次在大集會上對天族的出言抵制。

他在離他們幾條尾巴距離的地方安坐下來，這時太陽已經驅走了高聳岩上的陰影。藤池和蕨歌就躺在附近，在暖和的陽光底下伸著懶腰。

赤楊心才咬了一口鼠肉，正要開始咀嚼，便聽見藤池嘆了口氣。

「我還不想要有小貓。」她告訴蕨歌。

他從眼角餘光注意到黃色公貓失望的眼神。

「有了小貓，就得待在育兒室裡好幾個月。」藤池繼續說道。「黛西年事已高，不能再照顧別的小貓。而我也還想到森林裡狩獵和巡邏，不想老被關在營地裡。」

「為什麼妳必須在育兒室陪他們？」蕨歌問道。

藤池坐了起來。「你在說什麼啊？當然是要餵奶還有照顧他們啊，不然誰來餵啊？」

「可是餵奶也不用餵很久啊，」蕨歌繼續說道。「妳還是可以回來當戰士啊。」

「你要把你的小貓丟在那裡自己長到六個月大啊？」藤池語氣驚訝。

「當然不是啊。」蕨歌解釋道。「等到小貓可以吃獵物了，我就可以搬進育兒室，或者如果妳喜歡的話，我提前搬進去也行，這樣妳就可以趁沒餵奶的時候，出去當班巡邏或狩獵啊。」

「你？」藤池瞪著他看。「可是你是公貓欸，公貓不住在育兒室裡。」

「為什麼不行？」蕨歌憐愛地對她眨眨眼睛。「小貓除了食物之外，最需要的就是貓兒的疼愛和陪伴。我想不到有什麼事比這件事更好打發我的時間。」他說話的同時，灰紋正用力踏步，從旁邊經過，小貓們緊緊抓住他的背，興奮地吱吱尖叫，喵嗚聲大到赤楊心幾乎聽不見自己的咀嚼聲。

藤池看著他們走過去，然後低下身子，摩搓蕨歌的耳朵。「我考慮一下，」她喃喃說道，「也許等禿葉季過完吧。」

赤楊心又咬了一口老鼠，荊棘屏障窸窣作響，他抬頭看見蜂紋正護送紫羅蘭掌和鷹翅走進營地。他的心開始狂跳。嫩枝掌也來了嗎？他站起來，朝他們走去。「你們來這裡做什麼？」他一靠近，便往後探看，希望能見到嫩枝掌跟在後面。但沒有。「只有你們兩個來？」

「是啊。」鷹翅告訴他。

「我在邊界發現他們，」蜂紋報告道。「他們想找棘星談話。」

但赤楊心沒把灰色虎斑公貓的話聽進去。「你們怎麼沒帶嫩枝掌來？」他好失望。

「她忙著受訓。」鷹翅解釋道。

「沙鼻是她的導師。」紫羅蘭掌開心地告訴他。

「她還是見習生？」赤楊心瞪著天族副族長看。「可是她已經通過評鑑了。」

「那是雷族的評鑑，」鷹翅直言道。「葉星認為嫩枝掌和紫羅蘭掌……」他愛憐地看了紫羅蘭掌一眼，才又繼續說道：「需要學習天族貓的狩獵和戰鬥技巧。」

赤楊心惱火到毛髮微微刺癢。**天族被趕出家園，最後差點死光，是嫩枝掌救了他們。**他怒瞪鷹翅，**應該是她來訓練你們吧。**

腳步聲在赤楊心身後響起，棘星前來招呼。錢鼠鬚、獅燄、蕨毛、和櫻桃落都跟在雷族族長後面圍觀，全都好奇地豎起耳朵。

棘星向鷹翅垂頭致意。「有何貴幹？」

「葉星決定派出搜索隊去峽谷搜找我們失蹤的族貓，」鷹翅告訴他。「我們希望能向你們借用幾位戰士來幫忙帶路。我知道你以前派過幾支搜索隊去過那裡，知道怎麼走。」

棘星坐了下來。「我們的確有幾位戰士知道怎麼去，」他若有所思地說道。「可是我已經派了足夠多的隊伍前往峽谷，而且禿葉季快來了，我們的戰士必須專心補充生鮮獵物堆的獵物，而不是去找更多的貓兒回來餵。」

「就因為禿葉季要來了，所以才要去找他們，」鷹翅敦促道。「如果是你，難道你會想看見自己的族貓在殘酷的季節裡獨自流浪在外嗎？」

錢鼠鬚走上前來。「派支搜索隊跟他們去，礙不了多少事。」他小心說道。「我知道怎麼去，櫻桃落和火花皮也知道。」

赤楊心挨過身去。「我也知道。」

棘星搖搖頭。「對不起，赤楊心，松鴉羽需要你待在這裡幫他補齊藥草庫。」

赤楊心的失望像塊石頭一樣陷進肚子裡。

「我可以去。」錢鼠鬚自願道。

赤楊心看著棕黃相間的公貓，一臉不解。他為什麼這麼急著去幫他們？不過是半個月前，他都還不希望天族待在這裡。

「能幫忙帶路回峽谷是我的榮幸。」錢鼠鬚垂頭致意，同時看了櫻桃落一眼。

赤楊心很是火大。錢鼠鬚可能是想若能幫天族貓帶路回到峽谷，搞不好他們就會回去，再也不回來了？

「那好，」棘星的喵聲打斷了赤楊心的思緒。「找回失蹤的族貓，才能增強天族的實力，我們也希望我們的盟友實力夠堅強。」他對鷹翅點點頭。「我會派雷族貓去當你們的領隊。只要讓我知道你們什麼時候出發，我這邊就會準備好。」

「謝謝你。」鷹翅感激地垂頭致意。

紫羅蘭掌的眼睛一亮。「謝謝。」她開心地喵嗚道，然後看了鷹翅一眼。「我們回去告訴葉星吧。」

鷹翅朝入口走去。

「幫我跟嫩枝掌問好。」赤楊心在他們後面喊道。

「我們會的。」紫羅蘭掌和鷹翅不約而同地回答。

赤楊心看著他們消失在荊棘通道裡。紫羅蘭掌似乎跟她父親感情很要好。他希望嫩枝掌也跟她父親一樣感情這麼要好。但如果很好，為什麼她不跟他們一起來呢？**我太多慮了。**他甩開這個念頭，試著想像她正在練習狩獵技巧，沙鼻正從旁指導她。他心裡突感不安。嫩枝掌已經能夠獨立自主了。她的經驗早就豐富到足以擁有戰士封號。**她在天族當見習生，會開心嗎？**

✦✦✦

赤楊心在坑地邊緣傾身，緊張地沿著小路探看。寒冽的月光下，小溪水光粼粼，但沒見到蛾翅和柳光的蹤影。

「他們來了嗎？」葉池在月池邊喊道。

「好像沒來。」他失望地回答。

松鴉羽在月池邊不安地走動。「我們不要再浪費時間等他們了。他們一定是決定不來了。」

「可能是被下令不准來吧。」隼翔喵聲道。「當初一星切斷風族跟其他部族的連繫時，也是這樣要求我。」

赤楊心的目光從小路移到坑地，然後朝月池走去。腳下光滑的岩面冰涼到幾乎感覺不到自古以來殘留在小徑上的足跡。

隼翔一臉歉然地看著巫醫貓們。「你們應該能理解當初風族關閉邊界時，我有多想出來吧？」

葉池一臉同情地對他眨眨眼。「當然。」

水塘光移動腳步。「你不能來的時候，星族有在夢裡跟你溝通嗎？」

隼翔看著自己的腳，「沒有，」他承認道。「我想祂們可能是很生氣我沒有來月池。不過我必須留在我族貓身邊，不是嗎？」他看了其他貓兒一眼。

「你當然應該留在他們身邊。」葉池同意道。

「我們別再擔心星族怎麼想了，還是開始跟祂們溝通吧。」松鴉羽沒好氣地說。「我快冷死了。」

頭頂上的夜空清澈閃亮。寒風盤旋坑地，月池掀起陣陣漣漪。

赤楊心在葉池旁邊剛停下腳步，水塘光就清清喉嚨。「有件事我們得先討論一下。」

隼翔豎起耳朵。

赤楊心傾身向前，好奇影族巫醫貓為何看起來憂心忡忡。

「是天族的事。」水塘光告訴他們。「他們沒有巫醫貓。幾天前，我被叫去幫他們的忙。」

「是因為微雲嗎？」有股不安在赤楊心身上流竄。

水塘光搖搖頭。「一根樹枝掉下來砸到鰭掌的尾巴。我只好幫他切除尾巴。」

「切除尾巴？」葉池一臉驚駭。「他還好吧？」

「他會好起來的。」水塘光告訴她。「我之前每天都去天族營地幫他處理傷口。我切得很乾淨，沒有感染。」

「做得好。」葉池看起來很為她的前任見習生感到驕傲。

「我盡了全力，也多虧星族的保佑。」水塘光謙虛地說道。「可是他們沒有自己的巫醫貓，這樣很危險。我也沒有那麼多時間每天都過去查看他們。微雲的小貓已經過了產期，營地裡應該要有隻巫醫貓，不然她臨盆的時候會很辛苦。」

松鴉羽的尾巴掃過石頭。「我們當中應該要有一位過去他們那裡駐守，就像當初我們去影族教你一樣。」他朝水塘光點點頭。「那時候影族也沒有巫醫貓。天族有哪個見習生看起來可以跟星族溝通？」

「呃……我不確定。嫩枝掌以前想當巫醫貓。」赤楊心感傷地說道。

「老待在巫醫窩裡礙手礙腳，跟有沒有能力當巫醫貓是兩碼事。」松鴉羽不客氣地說道。

葉池沒理他。「天族計劃派支搜索隊去找失蹤的族貓。」她告訴他們。「也許他們會找到一隻有受過藥草訓練的族貓。」

水塘光還是一臉擔心。「他們現在就需要幫手。如果微雲的小貓再不出生，恐怕會有危險。」

「我去好了。」赤楊心突然想到，要是他去天族，就能再見到嫩枝掌，就有機會瞭解她在新家的安頓情況。

「別鼠腦袋了，」松鴉羽不耐地說道。「棘星已經告訴過你，你必須留在營地裡幫我整理藥草庫。」

赤楊心怒瞪著盲眼的巫醫貓。**他的聽力怎麼這麼好，什麼都聽得到？**

「再說，」松鴉羽繼續說道。「葉池訓練過影族的巫醫貓，她比較懂得怎麼跟其他部族合作。應該是她去。」

葉池垂下頭。「我很樂意前往。」

赤楊心沮喪到胃都揪了起來。為什麼每隻貓兒都阻止他去見嫩枝掌？當初是他救她回來的，是他看她長大的。他當然有權去探望她，瞭解她現在過得怎麼樣？

隼翔朝水邊挨近。「我們開始吧。」其他貓兒也跟他一樣，蹲伏在水邊。

還在沮喪的赤楊心在葉池旁邊蹲下來，把頭伸出去，閉上眼睛，用鼻子輕觸池面。腳下的地面似乎不見了，熟悉的墜落感再度襲來，他全身放鬆，任由身子盤旋下墜，無數顆星子迎面而來。突然他感覺到四隻腳踏上草地，陽光和煦地灑在身上，他睜開眼睛，一眼望見星族狩獵場那片陽光普照的草原。而且令他驚訝的是，其他巫醫貓也在旁邊。他們坐了起來，在陽光下眨著眼睛，互看彼此。赤楊心頓時緊張起來。**共同的異象！**一定是很重要的事。

「他們在哪裡？」水塘光低聲道，同時環目四顧。他們所在的坡頂是一片荒原。

赤楊心看見遠方有貓兒或趾高氣昂地走著，或在陽光下伸著懶腰，或成群結伴。

葉池站了起來。「我們去找他們。」

「沒有必要。」低沉的喵聲嚇了赤楊心一跳。他認出那聲音，趕緊轉過身去。

火星緩步朝他們走來，哪怕是大白天，那身被星光點綴的毛髮依然閃閃發亮。其他星族貓跟在他後面。赤楊心伸長脖子去看是哪些星族貓過來招呼他們。他認出了身形流線的風族貓、步法輕盈的影族貓、毛髮光滑的河族貓。雷族貓也在其中，像生前一樣毛色光亮、體格強健。其中有些貓兒他並不認識，他想八成是天族的祖靈吧。他看見波弟，立刻喵嗚地笑了。他真想讓他知道他有多想念他。

「柳光和蛾翅呢？」一隻體型很大、下巴歪扭的河族公貓鑽到火星前面，一臉詫異地掃視巫醫貓們。**曲星？**赤楊心猜他八成是河族的老族長。

葉池向祂垂頭致意。「我相信如果他們能來的話，一定也會來。」她歉然地說道。

曲星看了火星一眼。「這情況比我們想像得還糟。」

火星點點頭。「你們一定要讓河族回歸部族。」祂告訴葉池。

葉池和隼翔不安地互看一眼。

隼翔聳聳肩。「一旦族長下定了決心，就連巫醫貓都很難改變他們的心意。」他看著火星。「等他們該回來的時候就會回來，這情況跟我們風族以前一樣。」

火星翡翠綠的目光立刻黯了下來，一臉憂心忡忡。「就怕沒有時間了。」

祂還沒來得及解釋，葉池就突然倒抽口氣。原來有隻身形苗條的母貓正盯著她看。

「冬青葉！」

赤楊心聽說過冬青葉是葉池的女兒：雷族貓多少也曾談到當初冬青葉是如何死在地道裡，只是她的屍體從未被找到。松鴉羽和獅燄也鮮少提起死去的姊妹。就算聊到，言談之間也有一種奇怪的緊張氣氛。不過葉池並沒有表現得很緊張。她注視著她的孩子，眼裡盡是憐愛。

冬青葉親切地對她母親眨眨眼睛。黑色戰士緩步向前，氣定神閒。她來到葉池面前。兩隻貓兒互觸面頰，神情肅穆到赤楊心都看得於心不忍，喉頭跟著一緊。

「祢在這裡快樂嗎？」赤楊心聽見葉池低聲問道。

「我過得很平靜。」冬青葉回答。

隼翔的喵聲分散了赤楊心的注意力。「一星！」風族巫醫貓一看到他的族長，立刻垂下頭。「真高興見到祢。」

「我也是。」一星抬起頭來。祂看上去跟赤楊心上次印象中的祂不太一樣，那時候的一星看起來很瘦、很焦慮。現在祂變年輕了，而且體格強壯，眼裡有星光閃爍。

隼翔還在風族祖靈之間穿梭，火星坐了下來，目光雖然平和，但尾尖不耐地彈動，彷彿正在忍受這場不得不進行的招呼儀式，但又急著想開口。**祂到底想說什麼呢？**

水塘光用鼻子與影族貓一一碰觸。「扭毛！祢好嗎？」

扭毛甩甩灰色長毛。「終於能擺脫病痛，真是太好了。」

祂旁邊的鴉霜看起來也很健康，黑白相間的毛髮極為光滑。赤楊心的呼吸頓時加快。還有哪些影族貓在這裡？針尾也在嗎？他滿心企盼地掃視貓群，搜找祂的銀色身影。但沒看到。而且也沒看到那些失蹤的影族貓。他們還活著嗎？或是他們還在找路回星族？

火星站了起來，走到坡頂。「我知道遇見老朋友，大家都很開心，」他喊道。「但我們有重要的事要宣布。」他說話的同時，一隻體型嬌小、毛髮柔軟的銀灰色母貓也走到他那兒。

回颯！赤楊心認出那是他在異象裡見過的已故天族巫醫貓。他趕緊擠到前面。火星一臉不耐地覷看貓兒們，顯然在等著開口說話。葉池和松鴉羽走過來找赤楊心。隼翔和水塘光也過來站在他們旁邊。

火星繼續說道。「我們很高興你們讓出湖區的部份領地給天族。」

赤楊心發自內心地高興。原來他沒做錯。天族的確應該回歸部族。

火星轉向回颯，垂頭表示敬意。

她對他眨眨眼睛，隨即朝巫醫貓們轉身。「天族終於回到他們所屬的地方。但是眼前還有很多挑戰等著所有部族去克服。你們的決定將永遠改變你們的道路。千萬記住這一點。」她停頓一下，綠色眼睛顯得嚴肅。「黑暗的天空絕非風暴的前兆。」

赤楊心背上的毛全豎了起來。**黑暗的天空絕非風暴的前兆**。聽見她這麼說，哪怕眼前陽光和煦，他竟感到寒意上身，全身發抖。她這話什麼意思？他看看松鴉羽，希望能從他的藍色目光裡看出端倪。但是雷族巫醫貓竟在他眼前消失。就連他四周的草地、天空、和貓兒也都化為渺渺煙霧。他覺得自己正在下墜，心臟像是快從嘴裡跳出來，他被黑暗吞沒。

腳下又是光滑沁涼的岩面，赤楊心嚇了一跳，睜開眼睛。月池似乎正在顫動。池面反照出熒熒閃爍的星子。「回颯是什麼意思？」

其他巫醫貓都坐了起來，互看彼此，表情不解。

「又是預言。」松鴉羽站了起來，惱火地彈動尾巴。「我們別浪費時間在這裡揣測了。先回去帶話給族長，由他們來決定該怎麼辦吧。」

「不行，」赤楊心不肯回去。「我們一定得自己搞清楚。如果上次我們是等族長來解決，根本不可能找到天族。」

葉池對他眨眨眼睛。「我們還是需要時間想一想。等我們都想清楚了再來討論。因為也許還會出現別的預兆來指引我們。但今晚是不會有了。」

其他貓兒都點頭附和。赤楊心別無選擇，只好跟著他們走向坑地邊緣，但焦慮不安的感覺始終揮之不去。他一直想見到針尾，但找不到她。如果她沒在星族那裡，那麼她在哪裡？頭頂上的半月散發出靜謐的光芒，山谷間有風在低吟。

不管她在哪裡，我都希望她能安息。

第六章

紫羅蘭掌皺起鼻子，她到現在都還聞得到舌間藥草的苦味。她舔舔嘴巴，希望能快點擺脫掉這種味道。

鷹翅的鬍鬚微微抽動。「妳不喜歡藥草？」

「不喜歡。」紫羅蘭掌全身打顫。

他們站在營地入口，等著出發。紫羅蘭掌的導師兔跳和花心蹲在他們旁邊分食一隻老鼠。錢鼠鬚在溪旁來回踱步。

兔跳抬起頭來。「妳吃過了嗎？」他問紫羅蘭掌。

「只吃了旅行專用的藥草。」紫羅蘭掌緊張到吃不下任何東西。她從來沒到過部族領地以外的地方。

「這趟旅途很遠，」兔跳提醒她。「我們不知道什麼時候才能停下來狩獵。」

「這種藥草可以幫她止餓一陣子。」鷹翅說道，同時看著育兒室。微雲正在臨盆，她從天亮就開始了。葉池正陪著她。

雷族巫醫貓已經來了兩天，半月過後她就來照顧鰭掌，後者正在復元，但還不能離開臥鋪。葉池帶來的藥草就儲放在雪松下面的樹洞裡。她也在那裡幫自己做了一個臥鋪。然後把鰭掌搬過去與她同住，以便專心照顧他。錢鼠鬚是因為馬蓋先去雷族叫他過來，才在昨天到天族營地找葉池。

出發前往峽谷的時間快到了。紫羅蘭掌緊張到肚子裡像有好多青蛙在跳。她好希望嫩枝掌能跟他們一起去，可是嫩枝掌要求留下來幫忙建造營地。此刻的紫羅蘭掌看見她的尾巴從刺柏底下伸出來，正在底下挖鑿見習生的窩穴。

「峽谷有多遠？」紫羅蘭掌問鷹翅，並試著想像從這裡到那裡會遇到的狗兒、兩腳獸和一些陌生的土地。

錢鼠鬚回答：「可能要花四分之一個月。」營地上方的枝葉間隱約可見蔚藍的天色。「不過天氣不錯，對我們有利。」

花心嚥下最後一口鼠肉，坐了起來。「落葉季的天氣變幻莫測。」她舔舔腳爪，然後用腳爪擦擦臉。

「下一點雨不礙事的。」鷹翅喵聲道。

他才說完，葉池的臉出現在育兒室入口。她鑽了出來，開心地對正在外頭不安踱步的雀皮眨眨眼睛。葉星就陪在他旁邊。葉池向他們宣布好消息，兩隻貓兒的尾巴都興奮地揚起來。

「你有了三隻剛出生的小貓。」巫醫貓開心地宣布道。「一隻公貓，兩隻母貓。」她向雀皮垂頭致意。「如果你想要的話，現在可以進去看看他們。」

「謝謝妳。」棕色虎斑公貓大聲喵嗚，隨即鑽進入口。

「微雲還好嗎？」葉星等他走後問道。

「她很累，」葉池告訴她。「不過不礙事。也許雀皮可以在育兒室睡幾天，陪一下她。剛生下一窩小貓的貓媽媽，有時候心情會鬱悶。」

「當然可以。」葉星看著正準備出發的隊伍。

葉池朝育兒室轉身，天族族長走向她的副族長。「願星族照亮你們的前路。」她喵聲道。

鷹翅彈動尾巴。「放心，我們有錢鼠鬚帶路。」

葉星對著雷族公貓眨眨眼睛。「你確定你知道怎麼去？」

他點點頭。

紫羅蘭掌環顧營地。雖然天族才在這裡住沒多久，但這裡已經有家的感覺。她會想念潺潺的流水聲和松林枝葉間的颼颼風聲。

鷹翅似乎覺察到她的不安，於是用尾巴輕輕掃過她的背脊。「我們很快就回家了，希望到時是帶著更多族貓回來。」他喵嗚道。「我有很多貓兒想介紹給妳認識。」

葉星捕捉到他的目光。「我也預祝你能找到他們。」

「我們會盡全力。」鷹翅承諾道。「相信不久之後，天族就會再度興盛。」

葉星傷感地迎視他的目光。「就怕我們再也無法恢復以往的榮景。」

刺柏叢一陣窸窣抖動，嫩枝掌從底下爬出來。她奔過空地，躍過小溪，停在她妹妹旁邊。「妳要走了嗎？」她用鼻口揉搓紫羅蘭掌的下巴。

紫羅蘭掌緊貼著她。「我真希望妳跟我一起去。」

「我會在這裡等妳回來。」嫩枝掌笑容滿面地眨眨眼睛。「妳的旅行一定會很精采刺激。」

紫羅蘭掌緊張地蠕動著腳。「我也希望。」

「會的。」嫩枝掌堅稱道。「有些貓從來沒有機會離開森林，妳以後絕對忘不了這次的旅行。大家也會記得妳是促成天族貓的大團圓的功臣之一。」

嫩枝掌個性向來樂觀。有時候紫羅蘭掌真希望自己也能多少像她一樣。可是她看了鷹翅一眼，要是她比較像嫩枝掌，那就表示她會比較不像鷹翅。可是她喜歡像鷹翅。相信有一天她也會變得跟他一樣勇敢。

「我們應該出發了。」錢鼠鬚喵聲道，同時又看了天色一眼。「希望能趕在日正當中之前抵達轟雷路。」

轟雷路！紫羅蘭掌吞吞口水。

兔跳伸個懶腰，緩步走向入口，花心跟在後面。

「祝好運！」葉星趁錢鼠鬚跟著出去時在後面喊道。

鷹翅用鼻子輕觸嫩枝掌的頭。「我們不在的時候，要好好照顧天族哦。」

葉星喵嗚一笑。「我相信她會的。」

嫩枝掌轉向紫羅蘭掌，目光黯了下來。「妳路上一定要小心哦。」

「我會啦。」紫羅蘭掌用鼻口與她互觸，並深吸一口她姊姊的氣味，然後才緩步跟在鷹翅後面，後者正隨著兔跳、花心和錢鼠鬚走出營地。

當她的腳踩上布滿針葉的林地時，原本肚子裡像有青蛙在跳的感覺竟慢慢消失了。她突然對眼前漫漫的長路做好了準備。**我們要去找失蹤的族貓了。**

兩個日出之後，就在太陽攀上蔚藍的穹頂時，紫羅蘭掌聞到了另一條轟雷路的刺鼻臭味。他們已經穿越了很多條，但這一條的味道尤其強烈。怒吼聲震耳欲聾到連她的耳毛都微微震動。聲音的方向來自於樹林外面，聽起來像是一群大狗在為了獵物爭吵不休。她看了她父親一眼，納悶他們是不是應該停下來，可是他繼續往前走。錢鼠鬚也一樣。兔跳和花心互看了一眼。

她跟著他們走到林子邊緣，小心翼翼地踏上草坪。陽光刺眼，她眨眨眼睛，看見大片坡地朝轟雷路斜傾而下。這條轟雷路比他們以前穿越過的轟雷路都來得寬廣，而且不像其它轟雷路那般荒蕪，兩邊方向都有怪獸沿路怒吼，幾乎沒有任何空檔可以穿越。

紫羅蘭掌停了下來，害怕到心跳竟像漏了一拍。她想到卵石光的下場，頓時愣在原地。她母親就是死在轟雷路上。「我們過不去的。」

鷹翅轉身，停下腳步，瞪大眼睛，眼神黯了下來。「我們一定得過去。」

錢鼠鬚回頭走向紫羅蘭掌。「這是最危險的一條轟雷路，我們一定要通過。」他保證道。「只要通過了，就安全了。」

是嗎？紫羅蘭掌盡量不讓自己發抖。要是過了轟雷路，到了另一頭之後，他們的家似乎就遙不可及了。

兔跳迎視紫羅蘭掌的目光。「妳的速度夠快，身手也夠靈活。我見過妳狩獵，也看過妳練習戰技。妳所具備的技巧足以通過這條轟雷路。」

「但是我們要怎麼回來呢？」紫羅蘭掌突然覺得自己很渺小。

「如果能穿越一次，當然就能穿越第二次。」鷹翅告訴她。

「妳做得到。」兔跳將她輕輕地往前推。

紫羅蘭掌的爪子戳進草地。「卵石光就是死在轟雷路上。」她沙啞道。

鷹翅看著她，眼神突然哀傷。「她只是運氣不好，」他難過地說道。「但有我陪在妳身邊，絕不會讓同樣事情發生在妳身上。」

紫羅蘭掌心不甘情不願地朝轟雷路走去，身上的每根毛髮都在叫她後退，可是她逼著自己前進。為了讓她心安，錢鼠鬚和她的族貓們都走在她旁邊，一起朝路緣走去。

怪獸一頭接一頭地奔馳而過。酸臭的空氣迎面撲來，小石子朝她腳爪飛濺。

錢鼠鬚抬高音量。「等有空檔再過去。」

紫羅蘭掌懷疑會有空檔嗎？怪獸們一頭追著一頭，像狐狸追兔子一樣。

「當我喊衝的時候……」鷹翅抬起下巴。「你們就立刻往前衝。」

花心和兔跳點點頭。紫羅蘭掌瞪著她父親看，害怕到嘴巴發乾。一頭巨大的怪獸呼嘯而過，捲起的熱風幾乎害她站不住腳。她緊緊抓住地上惡臭的草葉，伺機等候。怪獸們川流不息，她聽得到心臟撲通撲通的跳動聲。

終於出現空檔。這一邊的轟雷路上，有頭綠色怪獸正從遠方慢慢趨近，汙泥跟著四濺。至於另一邊的轟雷路則蜿蜒隆起，路面看過去完全淨空。

「衝！」鷹翅的吼聲嚇了紫羅蘭掌一跳。花心一馬當先，兔跳緊跟在後，錢鼠鬚追在後面，尾巴在岩面飛掠。鷹翅把紫羅蘭掌往前猛地一推。「快跑！」

她奔上前去，瞇起眼睛，恐懼像火花一樣在她肚子裡跳躍。熱燙的岩面燒灼著她的腳墊。綠色怪獸緩緩前進，彷彿一點都不急。另一頭有點隆起的路面目前仍空盪盪的。

我們就要成功了！

就在紫羅蘭掌興奮之際，綠色怪獸後面傳來怒吼聲，一頭體型較小的怪獸陡地從牠身後竄了出來，朝她直奔。怪獸拚命尖嚎，不顧一切地急衝過來。紫羅蘭掌的思緒頓時被恐懼吞沒，腳爪突然動彈不了，原地愣住。錢鼠鬚、鷹翅、兔跳和花心全都已經跑到安全的綠色路堤那裡。

紫羅蘭掌嚇呆了，她原地瞪著小怪獸。只見牠連聲怒吼，從綠色怪獸後面鑽了出來，與牠並肩齊驅。小怪獸馬上就會趕過大怪獸，碾向紫羅蘭掌。她知道她應該快逃，但她害怕到身子無法動彈。**星族，救救我！**

小怪獸的腳爪在岩面上發出嘎吱聲響，裡面的兩腳獸驚恐地瞪著紫羅蘭掌。小怪獸哭嚎出聲，彷彿在警告她快走。然後突然一個轉向，往綠色怪獸的前方橫衝過去，裡面的兩腳獸嚇得眼睛快爆出來。牠的方向打得太偏，攔腰撞到綠色怪獸的鼻子。紫羅蘭掌瞠目瞪看，就像身歷其境一場由遠而近的惡夢。她像被催了眠似聽見牠們厚重的毛皮撞在一起。小怪獸在轟雷路上翻倒過去，最後停在遠處，全身不停抖動。

這時她的頸背不知被誰的牙齒一把叼起，鷹翅的恐懼氣味迎面撲來，她的腳爪隨即半吊空中。她父親大喝一聲，硬是將她拖離現場，扔在族貓旁邊的路堤上。她一臉呆滯地眨眨眼睛，看著他們。

「看在星族的份上，妳在搞什麼鬼啊？」鷹翅怒瞪著她。「妳就站在那裡等牠……」他突然打住，目光哀傷，鼻口探進她的頸間，呼吸急促熱燙。「妳差點就被撞死了，妳知道嗎？」

嚇得不敢動的紫羅蘭掌回頭查看靜靜躺在轟雷路遠處的小怪獸。綠色大怪獸也停了下來，一頭兩腳獸從大怪獸裡頭跳出來，跑向小怪獸，接著另一頭兩腳獸從小怪獸裡面爬出來。兩頭兩腳獸互相咆哮，然後從小怪獸裡面鑽出來的兩腳獸突然指向紫羅蘭掌。牠的目光定格在她身上。紫羅蘭掌心上一驚。

「快逃！」她尖聲大喊。

紫羅蘭掌拔腿就跑，逃離轟雷路，一路上不時回頭查看其他貓兒有否跟上。她奮力前奔，從一道籬笆底下穿過去，急奔而過大片曠野，直到轟雷路的聲響消失不見。

她停下腳步，胸口像著了火。鷹翅慢下腳步，停在她旁邊。錢鼠鬚、兔跳、和花心也都在前面幾條尾巴遠的地方剎住腳步。他們氣喘吁吁地瞪看彼此，眼睛瞪得斗大。

「對不起，」紫羅蘭掌喘不過氣來，毛髮仍然豎得筆直。「我嚇呆了。」

「妳現在安全了。」兔跳上氣不接下氣地咕噥說道。「這一點比較重要。」

「我不知道怪獸會彼此攻擊！」花心正在發抖。「為什麼有兩腳獸要靠近牠們？」

「誰搞得懂兩腳獸啊？」錢鼠鬚甩甩毛。「快走吧，還有很長的路得走呢。」

鷹翅看著紫羅蘭掌，眼神關切。「妳還好嗎？」

她點點頭，把恐懼吞了回去。「謝謝你救了我。」

「我當然會救妳。」鷹翅對她眨眨眼睛。「真希望當初我也在妳母親身邊，那我就能救她了。」

✦✦✦

紫羅蘭掌又來到布滿星光的林子裡。**這難道又是一場夢？**

針尾的喵聲在黑暗裡響起。「妳已經做了妳的選擇。」

紫羅蘭掌全身緊張，她看見她朋友的身影在林間穿梭。「等一下，拜託妳等一下，我不能失去妳。」

暗處有銀色身影閃現，就在幽暗的樹幹之間穿行。紫羅蘭掌再次看見針尾以責備的綠色目光瞪著她。

「我以為妳想甩掉我。」

紫羅蘭掌突然驚醒，難過到心揪成一團，在黑暗的岩縫裡眨著眼睛。搜索隊今夜就在岩縫裡過夜。她的族貓和錢鼠鬚在她四周蜷伏，為了躲避寒風，他們擠在兩座大圓石中間的窄縫裡。

她心跳得厲害，想呼吸點新鮮的空氣，驅走全身的不安與焦慮。她快要喘不過氣來，於是站起身，小心跨過睡在四周的貓兒。錢鼠鬚伸長了腿，擠到正在打呼的兔跳，後者扭動一下，隨即靜止不動，旁邊的鷹翅發出輕微的鼾聲。入口處的紫羅蘭掌往外一躍，沁涼的冷風迎面撲來。

外頭的月亮隔著薄薄的雲層釋出月光。大圓石面對著橡樹林裡的沙地。那天有大半個下午，他們都在這片樹林穿梭，還停下來狩獵，等到太陽西沉，就在這裡落腳休息。紫羅蘭掌深吸一口氣，讓自己的心沉澱下來。微風拂來，頭頂上的樹葉颼颼作響。遠處某個地方，有隻狐狸放聲尖叫。一隻貓頭鷹發聲回應，像是在叫牠安靜。

紫羅蘭掌小心翼翼地走在林間。她睡不著，也許可以狩獵。她的族貓一定會很高興一醒來就看見生鮮獵物。她張開嘴，嗅聞空氣。除了落葉的腐味之外，她還聞到老鼠的氣味。

紫羅蘭掌慢下腳步，掃視暗處的動靜。林間有東西在發亮。她眨眨眼睛，心想是不是眼花了，於是緩步靠近，好奇到全身毛髮微微刺癢。那是林地上的月光嗎？可是月亮躲在雲後，就連星子也沒有亮到足以瀉下一地的星光。她瞪大眼睛，急著想探個究竟。

熟悉的氣味迎面襲來。**針尾？**她趨近光源，看見一隻貓兒的身影。她立刻認了出來。是針尾！**我還在做夢嗎？**她蜷起爪子，戳進地上落葉，落葉嘎吱碎裂。吹在身上的風如此真實，**我是醒著的！**她很確定。

她快步朝針尾走去。難不成影族戰士沒有喪命在暗尾手下？**畢竟我沒當場看見她身亡。**她只記得她逃走的時候，惡棍貓的數量多到針尾寡不敵眾。「妳在這裡做什麼？」

針尾沒有回答，只是瞪著她。她看起來好像是體內發出幽光，而且身上一點氣味也沒有。

「妳出了什麼事？」紫羅蘭掌思緒紊亂。「妳死了嗎？」

針尾冷哼了一聲。「我當然死了，妳以為妳逃走之後，暗尾就會對我手下留情嗎？」

「可是妳身上沒有星光……」紫羅蘭掌越說越小聲。難道針尾沒去星族？她的胃突然揪緊。她是從黑暗森林來的嗎？她吞吞口水。這位年輕戰士背叛了自己的部族，可是星族應該知道她只是犯了錯，也應該有看到她為了救自己的族貓而犧牲性命。她不應該去黑暗森林的。

針尾轉身離開。

紫羅蘭掌跟上去。「我是在夢裡嗎？」

針尾沒有回答。她繼續往前走，身上的幽光洩露了她在林子裡的行蹤方向。

「妳要去哪裡？」紫羅蘭掌四下瞥看，發現針尾正帶著她往林子深處走去。她知道若是再走下去，只會離熟睡中的族貓們愈來愈遠。「妳要我跟妳一起去嗎？」

紫羅蘭掌的喵聲迴盪林子。狐狸又發出尖叫聲，她突然瞄見有動靜，抬頭一看，一隻貓頭鷹默不作聲地滑翔林間。紫羅蘭掌的心跳加快。

「針尾！」紫羅蘭掌停下腳步。針尾要去哪裡？為什麼她都不出聲？但她才開口喚她，幽光消失了，針尾不見了。

紫羅蘭掌愣在原地，發現自己被獨自留在陌生的森林裡。

她原路回去，呼吸急促。萬一貓頭鷹決定把她當獵物抓，那該怎麼辦？萬一狐狸聞到她的味道，又該怎麼辦？她必須回族貓那裡。

針尾，妳為什麼要帶我走那麼遠？她渾身顫抖不已。她的朋友是想把她跟鷹翅和其他貓兒隔開嗎？**她是在氣我嗎？**她加快腳步，循原路回去。但沒多久，竟就聞不到剛剛原來那條小路的氣味了。她走錯路了嗎？她環目四顧，黑暗中，樹木看起來都大同小異。陌生森林的怪異氣味令她困惑不解。她會不會走錯方向，離那個岩縫愈來愈遠？她愣在原地，不知道該怎麼辦。**我應該待在這裡，**她下了決定，**等天亮時，就比較好找路回去了。**

她東張西望，想先找個地方躲。拱起的樹幹之間有個洞，可以暫時過夜。她蓬起毛髮，決定不要自己嚇自己。**我會狩獵，也會打鬥，**她告訴自己，**我一定可以平安無事地等到天亮。**

這時突然傳來腳步聲，她愣在原地。附近地上的落葉嘎吱碎裂。有東西正朝她這裡接近。她伸出爪子，雙耳充血。

「紫羅蘭掌？」

她認出她父親的聲音。如釋重負的感覺頓時像和風一樣刷過她全身。

「鷹翅！」她衝向聲音來源，星光下熟悉的身影，令她雀躍無比。

「妳跑來這裡做什麼？」他快步過來找她。

「我睡不著。」她告訴他。「所以我想也許我可以狩獵，結果反而迷路了。」她不能告訴他針尾的事。她不想告訴他她朋友是怎麼死的。而且她也不知道她能否解釋清楚事發經過。

「我們離大圓石不遠。」鷹翅要她放心。「回去吧，妳應該多睡點，我們明天還有很長的路要走。」

紫羅蘭掌點點頭，跟著他穿過林子，但還是忍不住回頭瞥看。**針尾，妳剛剛要去哪裡？**這時一個念頭在她心裡啃蝕，**妳為什麼要來找我？**針尾想要什麼東西？若果真如此，那東西是什麼？

第七章

嫩枝掌在營地圍籬外面將一片蕨葉扯下來，甩甩葉片上的根，將它平放在旁邊的葉堆上，泥巴順勢灑落在腳上。她已經快要收集夠多的蕨葉來鋪整見習生窩裡的所有臥鋪了。她渾身發抖，於是蓬起毛髮禦寒。天空清朗，氣溫變涼了。她希望紫羅蘭掌和鷹翅有找到合適的地點過夜。

至少他們回來時，就有舒適的窩穴可以住。他們已經在刺柏叢那裡做好了防水處理。嫩枝掌幫著鹿蕨和沙鼻編織戰士窩的荊棘圍牆，將牆面層層編織到滴水不滲。現在鹿蕨和沙鼻已經把重心轉移到蕨叢上，那裡會改建成長老窩。嫩枝掌則開始幫紫羅蘭掌、蘆葦掌、露掌、和她自己製作臥鋪。不過她還沒開始弄鰭掌的臥鋪，因為他還留在巫醫窩裡等身體康復。

葉池告訴她，鰭掌恢復得不錯，只是心情不好。梅子柳本來陪著他，但他後來不要她陪，甚至拒絕訪客去看他。嫩枝掌曾要求去看他，但葉池告訴她，他可能需要一點時間來面對失去尾巴的事實。

腳步聲在她身後響起。「妳看我收集到這麼多青苔。」露掌把一堆青苔倒在她旁邊。

「蘆葦掌沿著小溪去找更多青苔回來。到時我們的臥鋪就會是全營地最軟的。」

「也許我們應該拿一些給鰭掌。」嫩枝掌提議道。

露掌翻翻白眼。「不要讓他躺得太舒服，免得他永遠都不想離開巫醫窩。」

「他又不想待在那裡。」嫩枝掌為他說話。

「真的嗎？」露掌吸吸鼻子。「我還以為他很喜歡自艾自憐呢。」

露掌的語氣一點也不同情他。可是嫩枝掌看得出來灰色公貓眼裡的擔憂。「他今天又拒絕見你啦？」她輕聲問道。

「對啊，」露掌重重坐下來。「我知道失去半截尾巴是很慘啦。我不曉得如果是我，我會有什麼感受。可是他還有半截尾巴啊。這樣自艾自憐一點幫助也沒有。」

「葉池說他需要時間。」

「但我需要我哥哥回來啊。」露掌沮喪地看著他所收集的青苔。「我們應該同住在一個窩穴。我們好不容易才當上見習生……我們真的好高興終於當了見習生。」他一臉哀求地看著嫩枝掌。「妳去看看他好不好？」

嫩枝掌別過臉去，全身突然發燙。「他也不會見我的。」

「他當然會。」露掌熱切地說道。「要不是妳，他搞不好就被砸死了。是妳把他拉開的，才沒被樹枝砸死。」

「但也沒完全拉開啊。」嫩枝掌心虛地說道。

「妳已經盡力了，」露掌傾身向前。「他不能不見妳。」

「你意思是他出於禮貌，一定會見我？」

「沒錯，」露掌又縮回來用後腿坐好。「我敢打賭妳一定可以讓他振作起來。」

嫩枝掌又用力拉扯出一片蕨葉，同時避開露掌的目光。「你真的這樣想？」她有點不好意思地問道。

露掌瞇起眼睛。「妳喜歡他，對不對？」

「才沒有呢，」嫩枝掌突然心慌起來。「我們只是朋友。」

「我們也是朋友啊，」露掌戳戳她。「可是妳在談到我的時候，毛髮不會抽動。」

嫩枝掌反戳回去。「我毛髮哪有抽動。」

露掌改變話題。「我希望這些蕨葉有一些是要給我的臥鋪用的。」他朝那堆蕨葉點頭示意。

「當然有你的份。」嫩枝掌一臉感激地對他眨眨眼。她不喜歡有貓兒拿鰭掌來揶揄她。「我們把它們搬進窩裡吧。然後我再去看看鰭掌要不要見我。」

「太棒了。」露掌站了起來。「等妳從巫醫窩回來時，我應該就把臥鋪弄好了。我們可以先整理鰭掌的臥鋪，這樣等他一搬回來，還有等紫羅蘭掌回來的時候，那裡就像是真正的見習生窩了。尤其如果他們也把天族貓帶回來的話，那就更棒了。」他停頓一下。「也許我們應該多做幾個臥鋪，免得他們也帶了幾個見習生回來。」他用嘴叼起青苔，朝營地入口走去。

嫩枝掌將蕨葉捆成一把，開始拖行。她漫不經心地想著，露掌、蘆葦掌和鰭掌真幸運，可以一起長大，要是當初影族讓紫羅蘭掌留在雷族，也許最後她就會變得比較像我。嫩枝掌甩開這念頭，嘆口氣，把蕨葉拖向刺柏叢的入口。

「嫩枝掌！」露掌從裡面喊道。「蘆葦掌回來了。」

蘆葦掌的頭探出窩穴。「我找到好多青苔哦！」她兩眼發亮。「有一點溼，不過很快就乾了。」

若有所思的嫩枝掌兩眼茫然地望著體型嬌小的虎斑母貓。這場峽谷之旅會使鷹翅和紫羅蘭掌的感情變得更好嗎？

露掌低頭鑽出窩穴，開始翻弄嫩枝掌的蕨葉堆。「也許我們應該把青苔放在太陽底下曬，然後我再趁這時候去編織這些蕨葉。」他看見嫩枝掌的表情，話頓時打住。「怎麼了？」

「沒事。」她甩甩毛髮。她真笨，就算鷹翅和紫羅蘭掌感情很好，那又怎樣？天族是個很棒的大家庭。她終於和她父親、妹妹住在一起。露掌對她很好，蘆葦掌也親切。再加上鰭掌。她看了巫醫窩一眼，心跳跟著加快。「我現在就去看他。」她告訴露掌。「幫我跟他說聲嗨。」

露掌一消失在刺柏叢裡面，嫩枝掌就往雪松底下的凹坑走去，最後停在巫醫窩外面。「葉池！」

沒有貓兒回答。嫩枝掌嗅聞空氣，葉池的氣味很淡，她一定是出去採集藥草或狩獵了。「鰭掌？」她隔著苔蘚簾幕輕輕喊道，地衣是葉池刻意掛在窩穴入口的。

裡面的蕨葉沙沙作響。

「你醒了嗎？」她輕聲喊道。

「我現在醒了。」鰭掌的聲音聽起來焦躁。

「我可以進來嗎？」

「我不想見客。」

嫩枝掌吸吸鼻子。她是赤楊心從小帶大的，所以她很清楚孤單是無法治癒貓兒的。「不管了，我要進來囉。」她穿過苔蘚簾幕，鑽了進來。

鰭掌躺在臥鋪裡，被青苔和蜘蛛絲包紮起來的半截尾巴就露在臥鋪外面，聞起來還有金盞菊的氣味。嫩枝掌看見他尾巴的樣子，總算放下心來。她仔細打量鰭掌，毛髮光滑，鼻子和耳朵都很乾淨。除了尾巴受傷和眼神陰暗之外，他看起來好極了。「你看上去精神不錯。」

鰭掌避開她的目光。「就算好，也只有好半截尾巴。」

嫩枝掌坐在他旁邊，滿是同情，但語氣上故意不表現出來。「在雷族，我們有隻貓兒的背脊斷了，但她是全族裡最開朗的貓兒。」

「那很好啊。」鰭掌喃喃說道。

「你要一整條尾巴做什麼？」嫩枝掌追問道。

「呃……平衡啊。」鰭掌沒好氣地說。

「只有鼠腦袋才需要一條尾巴來幫忙平衡。」

「那我一定是鼠腦袋。」

「你真的不想見客？」嫩枝掌有點沮喪，但故意不露聲色。「我希望你不會對葉池也擺這種臉色。」

鰭掌沒有回答。

嫩枝掌看著年輕的公貓，後者別過臉去。她想幫他打氣。自他出事以來，她就一直想著他。看見他的心情跟尾巴一樣受到重創，著實令她心碎。他以前向來開朗，現在他跟隻狐狸一樣脾氣乖戾。「要是我當時有把你完全拉開就好了。」她脫口而出，胸口溢滿悲傷。當初樹枝砸下來的時候，要是她拉扯的力道再大一點，就能真的救到他了。

鰭掌對她眨眨眼睛，表情警戒。「妳不應該難過。」他緊張地說道。

嫩枝掌一臉不解。「為什麼不應該？」

鰭掌用前爪撐起身子。「因為妳從來不難過的，所以我才喜歡妳啊。」

嫩枝掌不知道該說什麼。她看著自己的腳。「露掌要我跟你說嗨。他正在幫忙我製作見習生窩的臥鋪。他想要你快點搬回來。」她靦腆地看他一眼。「我也希望你回來。我以前在雷族，只有我一個見習生。窩穴裡有伴一定很好玩。」

「好玩？」鰭掌的心情似乎開朗了一點。「妳一定是沒聽過露掌打呼吧？」

「他會打呼？」嫩枝掌順勢陪他聊。

「他的打呼聲比獾還吵。」鰭掌向她保證道。「蘆葦掌說他的打呼聲大到都可以叫醒冬眠的熊了。」

「也許我應該收集更多青苔，」她喵聲道。「拿來當我的耳塞。」

鰭掌表情好笑地抽動著鬍鬚。

嫩枝掌開心地豎起耳朵。「你會好起來的。」

他看了他的尾巴一眼。「葉池一直告訴我，說我很幸運，只少掉半截尾巴而已。」

嫩枝掌捕捉到他的目光。「另外半截後來怎麼處理？」

「水塘光說把它埋起來了。」

「埋起來？」嫩枝掌表情驚訝。

鰭掌調皮地看她一眼。「也許我們應該去找它的墳地，然後幫它守夜。」他的喵聲裡有笑意。

「我們可以做個墓碑，然後每個落葉季都去悼念它。」

「上面寫著這裡躺著鰭掌的尾巴，」鰭掌一本正經地說。「它是為了保護它的部族而犧牲。」

「也許它去了星族，正躺著那裡曬太陽。」嫩枝掌玩笑道。

「那兒一定也有別的尾巴，我希望它交得到朋友。」鰭掌喵聲道。

嫩枝掌用鼻頭憐愛地搓搓他的肩膀。「你的腦袋裡一定長蜜蜂了。」

「是妳先開始的。」

他也反搓回去，這時苔蘚簾幕刷地一聲，葉池緩步鑽進入口。她開心地眨眨眼睛看著嫩枝掌。「我看得出來你已經決定可以見客了。」她對鰭掌喵聲道。

「是嫩枝掌自己闖進來的。」鰭掌喵聲道。

「我答應露掌來探望他。」嫩枝掌不願承認自己有多想見鰭掌。

「妳等下得離開哦，」葉池告訴她。「我要幫他換藥。」

「她不能留下嗎？」鰭掌懇求。「如果有貓兒陪我說話，可以幫忙轉移注意力。」

「換藥會痛啊?」嫩枝掌問道。

「有點痛。」鰭掌低聲道。

「好吧,」葉池同意道。「我等一下就回來。我去把這些葉子浸在溪裡。」她抓了一把藥草,就往窩外走去。

鰭掌在臥鋪裡挪動身子,想躺得舒服一點。「妳想念紫羅蘭掌和鷹翅嗎?」

「想啊,」嫩枝掌用尾巴裹住自己的腳爪。「沒有他們陪,只剩我待在新的營地裡,總覺得有點怪,好像走錯地方似的。」

「我想每隻貓兒偶爾都會覺得自己格格不入。不過沙鼻說,這裡很快就會讓我們有家的感覺了。」鰭掌的眼睛好奇地瞪大。「葉池說妳和紫羅蘭掌是在不同的部族長大。我看不出來耶,因為妳們感情好像很好。」

「我們感情是很好啊。」嫩枝掌告訴他。「我們現在住在一起了,而且也跟鷹翅團圓了。」

「我喜歡鷹翅,」鰭掌的目光變得遙遠,彷彿正在思考。「他能讓你很有安全感。」

「對啊。」

「我們出生的時候,沙鼻失蹤了,所以是鷹翅幫忙照顧我們。」

「沙鼻曾經失蹤?」嫩枝掌從來沒聽說過。

「我們以為再也見不到自己的生父,還好我們有鷹翅,他對我們很好。」

嫩枝掌一臉同情地看著他。

「紫羅蘭掌的個性比我像他。」

「是啊，」鰭掌同意道，「可是妳和鷹翅比較像部族貓，紫羅蘭掌有時候好像很不安，很沒有自信。但妳跟鷹翅一樣很有自信。妳很勇敢、很忠誠，跟他很像，而且很善良。」

「我有嗎？」她看著他。

「當然有。」

嫩枝掌被他恭維到毛髮微微刺癢，很是開心，這時葉池低頭鑽進窩穴，嘴裡叼著正在滴水的葉子。她把它們放在臥鋪邊緣，也就是鰭掌尾巴的旁邊。「我盡快換藥換得快一點，」她承諾道。「但我在重新包紮它之前，得先把傷口清乾淨才行。」

「我來負責轉移他的注意力。」嫩枝掌朝鰭掌挨近，盡量不去看他的尾巴，這時葉池正動手撕開蜘蛛絲。

鰭掌擠眉皺眼。

「天族的小貓都玩什麼遊戲啊？」嫩枝掌趕緊問道。

「捉迷藏、戰士抓獵物，還有把山毛櫸的堅果藏起來。」

「我也玩過欸。」嫩枝掌發現原來不管哪個部族，小貓玩的遊戲都一樣，她覺得很有趣。「不過在雷族，我們藏的是小石子。在影族長大的紫羅蘭掌八成是藏松果吧。」

葉池走到她的藥草庫那裡，拉出長長的蜘蛛絲。

「妳以前常有機會跟紫羅蘭掌一起玩嗎？」鰭掌問道。

「我們被分開前，常在一起玩。但後來就不能玩在一起了。」嫩枝掌很想告訴他，以前曾跟赤楊心偷溜出營地去見針尾和紫羅蘭掌。但葉池正在這裡包紮他的尾巴。她可不希望害赤楊心惹禍上身。

鰭掌在臥鋪裡動了動。「等她回來，我們可以跟她、露掌還有蘆葦掌一起玩藏松果的遊戲。」鰭掌喵聲道。

「我們現在玩這種遊戲不會太老嗎？」

「當然不會！」

就在鰭掌開心地喵嗚時，葉池坐了下來。「我換好藥了。」她告訴他。

「換好了嗎？」他轉頭看他的尾巴，一臉驚訝。「一點都不痛欸。」

「它復元得很好。」葉池告訴他。

「而且我有個好同伴陪我。」鰭掌對嫩枝掌熱情地眨眨眼睛。

她突然全身發燙，一臉不好意思地看他一眼。

「你已經復元到可以開始做點運動了。」葉池用尾巴掃掉藥草屑。

嫩枝掌興奮地抽動尾巴。「那我可以帶你去參觀森林、天空橡樹、還有兩腳獸的舊巢穴……」這時她突然想到她已經不在雷族了。她對天族領地的瞭解並不比鰭掌多。

「還是我們一起去探索好了。」她趕緊自我糾正。

鰭掌的黃色眼睛一亮。「好啊！」

葉池舔掉腳爪上的綠色藥泥。「你這幾天還不能離開營地，」她建議道。「要等到傷口復元得差不多了才行。」

「沒關係，」嫩枝掌笑容滿面地說道。「反正營地裡也有很多事情可以做。我昨天看到溪裡好像有魚。雖然很小，可是去抓魚應該也很好玩。」

葉池皺起鼻子。「妳的語氣聽起來像河族貓。」

「我們又沒有要吃掉牠。」嫩枝掌喵嗚道。

「我們會把牠丟回去。」鰭掌附和道。

葉池搖搖頭。「你們還是得先抓到牠啊。」

嫩枝掌看了鰭掌一眼，目光突然跟他對上，害她心臟像漏跳了一拍。她好奇他是不是也跟她一樣，一想到以後可以常在一起，便興奮不已。

第八章

赤楊心大步跺著腳，走出營地，前往湖邊，松鴉羽追了上來，走在他旁邊。「我知道星族的預言很令我們沮喪，」盲眼貓說道。「但我以前也聽過很多預言，而這個預言跟其他預言一樣，終究會清楚地展現在眼前。」

「難道你一點都不擔心棘星的置之不理嗎？」赤楊心看了他一眼。「上次的預言要我們去找天族，結果我們只派出一支搜索隊，要不是嫩枝掌抗命。自己跑出去找，我們永遠也找不到天族。而現在棘星還是對這個預言不理不睬。」

事實上棘星的說法是：「如果有什麼事我能做的，我一定會做。可是在我們完全釐清星族的訊息之前，就冒然行動，未免太過愚蠢。」赤楊心沮喪到毛髮微微刺痛。而且他不知道自己究竟對誰比較沮喪，是棘星？還是星族？為什麼星族從來不把話說得明白一點？

「我們的責任是把星族的訊息與族長分享，」松鴉羽提醒他。「給他建議。但他是族長，所以決定權在他。」

「要是他的決定是錯的呢？」赤楊心氣到腳爪微癢。

「他畢竟是族長，」松鴉羽喵聲道。「如果每次貓兒憂心忡忡地去找他，他就倉皇行動，那麼他會白費了很多的時間在那裡兜圈子，而不是解決真正能解決的問題。」

赤楊心沒有回答。這什麼話啊？反正不管怎樣，松鴉羽都會為棘星辯解。也許隼翔和水塘光會有什麼好消息。昨天，赤楊心和松鴉羽就派出信差去各大營地，要求今天碰面討論。

他從林子裡出來時，就看見他們兩個已經等在湖邊。他們站在天族邊界上，離水面有兩條尾巴之距，面向著林子。

水塘光一看到赤楊心和松鴉羽，便抬起尾巴。

「他們看到我們了，」赤楊心衝到松鴉羽前面，跳上卵石灘，踩著小石子，跌跌撞撞地走過去。「兔星和花楸星對預言有什麼看法？」他在他們面前蹣跚止住腳步。

水塘光緊張地覷看他。「花楸星擔心所謂黑暗的天空指的是天族，他決定在天族邊界這邊加強巡邏。」

赤楊心不安到毛髮微微刺癢。「可是星族很高興我們讓出湖邊的空間給天族啊。黑暗的天空不可能是指他們。」

隼翔彈動尾巴。「就算是指他們，可是預言說黑暗的天空絕非風暴的前兆，所以派出更多巡邏隊，只是徒增緊張氣氛而已。」

赤楊心皺起眉頭。「你認為花楸星有可能引發星族所告誡的風暴嗎？」

松鴉羽走了過來。「花楸星底下沒有那麼多的貓兒足夠引發風暴。他連引發徐徐微風的能耐都沒有。」他把鼻口轉向赤楊心。「不過我想你應該很高興他很把預言當一回事吧。」

水塘光表情不解。「他為什麼要不當一回事？」

赤楊心蠕動著腳。「棘星好像不是很在乎這個預言，」他解釋道。「他認為我們應該靜觀其變。」

「兔星說過去這幾個月來，我們一直看到黑暗的天空這類的警示，」隼翔喵聲道。「他擔心這預言是在警告我們，情況只會愈來愈糟，所以他也會加派巡邏隊。」

「這只會害大家更緊張。」水塘光臉色陰鬱地說道。

「至少他們有想做點什麼啊。」赤楊心對他父親的不作為很是懊惱。

「是啊，現在有一半的部族都變得緊張兮兮了，」松鴉羽諷刺地說道。「相信這對預言一定很有幫助。」他站在岸邊朝天族林子的方向遠眺。「我沒聞到葉池的氣味。」

「也許我們應該去天族營地。」赤楊心提議道。「直接告訴她我們所擔心的事。」

松鴉羽發出同意的喵嗚聲，於是領著巫醫貓朝天族營地走去。

赤楊心跟在他後面。「我還是不懂如果星族自覺幫不上忙，為什麼還要給我們預言呢？」

「星族也不是什麼事都懂。」松鴉羽低聲說道。

水塘光趕上他們。「祂們一定都懂，祂們是星族欸。」

「我跟祂們打交道的時間很久了，你們不像我那麼瞭解祂們。」松鴉羽彈動尾巴。

隼翔似乎若有所思。「我很好奇，不知道星族有沒有把這預言告訴蛾翅和柳光？」

「你不是說當初一星跟其他部族斷絕連繫時，星族都沒有跟你溝通嗎？」赤楊心提醒他。

隼翔聳聳肩。「也許當時祂們是怪我不夠盡力。畢竟那時各部族都深陷危機，但現在情況比較緩和了。」

松鴉羽咕噥說道：「在這裡揣測河族到底知不知道這個預言，其實一點意義也沒有。等我們去拜訪他們就知道了。不過這次我們去天族找葉池，也可以順道知道葉星的想法。」

赤楊心鑽到最前面。他知道通往天族的路怎麼走。他曾經幫葉池扛藥草過去，希望藉機跟嫩枝掌聊上幾句。沒想到嫩枝掌跟沙鼻出外受訓去了。這次他能見到她嗎？自從她搬到天族後，他就沒再跟她說過話。他急著想知道她在新家安頓得如何，也暗地裡希望她會想念他，也有一點想念雷族。

他從岸邊爬上陡峭的短堤，進入林子，緩步走在林間，其他巫醫貓跟在後面。他很高興現在沒風，他的禿葉季毛髮還沒完全長出來，所以很怕冷。他循著氣味記號線走，直到認出上次和葉池穿越的邊界。從味道來判斷，錢鼠鬚也是走這個方向。要是嫩枝掌跟紫羅蘭掌和鷹翅走了，那該怎麼辦？等他們到了營地，搜索隊應該已經走遠了吧。

她當然會跟他們去，她離開雷族的目的就是為了跟他們生活在一起。他沮喪到毛髮微微刺癢，但仍走在最前面帶隊穿過高聳的松樹林，繞過蔓生的刺藤，爬上岩石堆疊的斜坡，再循著岩堆中間的小路往下走，沒多久，便看見天族營地的地標雪松樹林。他循著蕨葉圍籬，找到了入口，低頭鑽進去。

「赤楊心。」葉星站在低矮的刺柏叢旁邊，梅子柳和貝拉葉也在。她一臉訝色地對巫醫貓眨眨眼睛。

「請原諒我們的不請自來。」赤楊心開口道。

松鴉羽從他旁邊擠過來，停在天族族長面前。他垂頭致意。「葉池有跟妳說星族的預言嗎？」

「她說了。」葉星的目光從松鴉羽身上移到隼翔和水塘光。

松鴉羽坐下來，盲眼看著葉星。「我可以請教妳的看法嗎？」

「對預言的看法？」葉星的尾巴抽動著。她轉頭去看新窩穴，貓兒們正在枝葉間忙進忙出。「我們正在建造新家園，所以不太有時間思考這個預言。我們一直很忙。」

赤楊心傾身向前。「可是妳應該有想過吧。」

「黑暗的天空絕非風暴的前兆。」

正當葉星覆誦回颯的預言時，葉池正好鑽出老雪松下方的洞穴。她緩步走過來。

「松鴉羽。」她熱情地招呼她兒子。

松鴉羽與她互觸鼻口。「妳忘了我們約了要碰面嗎？」

「哦，」她緊張地瞪大眼睛。「哦，對不起，這裡實在太忙了……我完全忘了。」

妳忘了預言？赤楊心憤憤不平地想道。**難道大家都忙到不把星族的訊息當作一回事了？**

可是松鴉羽似乎不介意。「妳也太忙了吧？」他開心地說道。「微雲的小貓怎麼樣了？」

「他們剛好趕在搜索隊出發之前出生。」葉池喵嗚道。「兩隻小母貓，一隻小公貓。」

赤楊心不耐地踩踏地面。他是很高興聽見微雲生了小貓，可是有更重要的事得討論啊。「那預言呢？妳有沒有想過它的意思可能是什麼？」

「我還沒仔細想。我本來要想的，可是……呃……我們實在太忙了。」葉池語帶歉意，回答內容跟葉星簡直一模一樣。

隼翔走上前去。「兔星決定加派巡邏隊。」

「花楸星也是。」水塘光告訴她。

葉星豎起耳朵。「他有那麼多戰士嗎？」

「他的巡邏重點是妳的邊界。」松鴉羽直白告訴她。「他認為黑暗的天空是指天族。不過影族向來沒什麼想像力。」

水塘光狠瞪了盲眼巫醫貓一眼。「在我們遭受了這麼多苦難之後，」他沒好氣地說道，「你竟然還會訝異花楸星變得這麼小心翼翼？」

葉星的耳朵微微抽動。「我們無法改變其他部族的做法，我們目前能做的只是先把自己照顧好，意思就是我們的重心會擺在營地的建造和失蹤貓兒的搜尋上，我們才有可能成為名符其實的部族。」

赤楊心突然同情起這位族長。在天族能真正立足於新家園之前，他們也只能先選擇埋頭苦幹。

這時他的眼角察覺到動靜。一隻棕黃相間、尾尖仍有點紅腫的短尾公貓從蕨葉叢裡鑽出來。**鰭掌！**他很高興見到這隻公貓已經復元。

嫩枝掌跑跑跳跳地跟在公貓後面，用頭頂了頂前方的松果，開心地抽動鬍鬚。「我找到了！」

「那是因為我告訴妳它在哪裡。」

嫩枝掌！赤楊心頓時寬心。看見她在這裡如魚得水的樣子，令他如釋重負。

她一瞄到他，兩眼立刻發亮。「赤楊心！」她衝了過來，輕鬆躍過小溪，在他旁邊剎住腳步。「你好嗎？」

「我很好。」赤楊心喵嗚道。「妳住在這裡習慣嗎？」

「很習慣，」她回頭看鰭掌一眼。「感覺很棒。」

「妳應該很快會得到戰士封號。」

嫩枝掌靦腆地蓬起毛髮。「我不知道耶，我想可能還得等等吧。不過其他見習生都很棒。」

赤楊心皺起眉頭。葉星真奇怪，為什麼一直讓她當見習生？「我還以為妳覺得受訓很無聊呢。」他喵聲道。「而且我很訝異妳竟然沒跟鷹翅的搜索隊一起去。妳不是很想去嗎？」

葉星幫她回答。「嫩枝掌想幫助她的族貓建造營地。」天族族長厲色地瞪了赤楊心一眼。

他蠕動著腳。顯然天族族長不喜歡他的挑撥性言語。

在營地另一頭的鰭掌大聲喊道。「嫩枝掌，快一點！該妳藏松果了。」

嫩枝掌不安地看看鰭掌又看看赤楊心。「我們下次見囉！」她對赤楊心喵聲說道。

他眨眨眼睛。「好，下次見。」她這麼快就跟他道別？難道她不想跟他多聊幾句？他失望到肚子微微刺痛。她在天族過得比他想像中還快樂。

她轉身匆匆離開，躍過小溪，用嘴叼起松果，消失在蕨葉叢裡。

赤楊心看著她離去。他很高興見到她這麼開心，不過他曾暗地裡希望她會多想念雷族一點。

松鴉羽揮動尾巴。「葉星，謝謝妳撥冗一談。」他向他母親點頭致意。「妳要跟我們一起去河族嗎？記得嗎，我們要去找霧星，告訴她預言的事。」

葉池瞇起眼睛。「你認為他們會准我們越過邊界嗎？」

「我們總得試試看，」松鴉羽回答。「別忘了她在大集會上說過，『如果出了什麼事，你們還是可以派隊伍過來求援』，我們現在就是在求援啊。」

葉池看看蓋了一半的見習生窩，然後又看看她的巫醫窩。藥草正放在巫醫窩外晾乾。「我很感激你們來訪，可是如果你們四位就可以處理得來，那我還是留在這裡好了。因為真的有太多事情得忙，更何況現在又少了四隻天族貓，幫手根本不夠。」

「好吧。」松鴉羽草草點了個頭，就往入口走去，由水塘光帶路離開這座陌生的營地。

赤楊心快步跟在後面，隼翔殿後。「你覺得河族會阻止我們見霧星嗎？」

「我要是能預言的話，我們還要星族做什麼？」松鴉羽低頭穿過通往森林的蕨葉通道，染黃了的蕨葉輕輕刷過他的毛髮。

巫醫貓們折回原路，走向岸邊，繞過與影族湖岸的交會處，走進河族領地的蘆葦溼地裡。

松鴉羽在前方帶路，赤楊心猜他是靠鬍鬚來自我引導沿著兩邊長滿燈心草的蜿蜒小徑前進，他的腳似乎總能踩在最乾爽的路面，而且風永遠追在他們後方。赤楊心嗅聞空氣，河族的腥臭味非常濃烈。營地應該是快到了。他急著想見到蛾翅和柳光。他對她們竟會缺席半月集會的這件事，一直覺得很蹊蹺。感覺上巫醫貓之間的關係幾乎比族貓的關係還緊密。他們會交流知識和分享異象，這是戰士們絕對做不到的事。在星族的牽引下，他們之間幾乎像血親一樣密不可分。

他抬起鼻口，隔著燈心草叢窺看。其他巫醫貓的頭也在他四周像鳥兒一樣晃動張望。幾條尾巴之外有隻蒼鷺大搖大擺地穿過淺水灘，羽毛沙沙作響，然後突然騰空飛起，滑向天空。

松鴉羽停下腳步。「等一下。」他彈動尾巴，示意大夥兒停住。前方蘆葦颼颼作響，一隻貓兒鑽了出來。塵毛跳上他們前面的小路。噴嚏雲和閃皮跟在後面。河族貓充滿敵意地瞪視他們。

「你們來這裡做什麼？」塵毛的招呼聲像在怒吼。

赤楊心不安到毛髮微微刺癢。**她幹嘛這麼有敵意？**

松鴉羽無視母貓的咄咄逼人。「我們來找霧星。」他眼睛眨也不眨地看著他們。「我們有來自星族的話要帶給她。」

「什麼話？」塵毛偏著頭，表情鄙夷。

松鴉羽抽動尾巴。「如果星族想跟戰士溝通，自然會來找你們。」

閃皮伸出鼻口。「邊界封閉了。」

「所以也對星族封閉嗎？」松鴉羽嗆回去。

噴嚏雲目光越過巫醫貓們，掃視後面的小路。「我沒看見星族貓有跟你們來。」

水塘光上前一步，站在松鴉羽旁邊。「祂們派我們來的。」

「我們必須跟霧星談一下。」赤楊心說道。

「或者柳光。」隼翔補充道。

「蛾翅會想跟我們談的。」松鴉羽平靜地說道。

塵毛瞇起眼睛。「我接到的命令是不准任何貓兒進入我們的領地。河族正在重建，不想被分心。」

赤楊心嘆口氣。「霧星在大集會上不是這樣說的。」

塵毛怒瞪他。「可是她現在下的命令是這樣。」她堅稱道，目光遠眺蘆葦床的盡頭。「你們不應該深入我們的領地。」

閃皮貼平耳朵。「我們絕不會讓你們進入我們的營地。」

「那就把柳光或蛾翅帶過來。」松鴉羽豎起毛髮。「我們需要轉達來自星族的消息。」

「如果你們不告訴我們消息內容是什麼，」塵毛吼道。「那就只好等星族親自來告訴我們。」

噴嚏雲齜牙咧嘴。「如果真的很重要，祂們一定會讓我們知道。」

赤楊心擔憂到心都揪了起來。棘星置之不理已經夠糟了，沒想到霧星連知情的機會都沒有。

隼翔把爪子戳進柔軟的泥地裡。「也許祂們只想告訴真正的部族貓。」

噴嚏雲嘶聲作響。「在一星做了那種事之後，風族貓竟然還有臉來批判河族？當初就因為他關閉邊界，才害死了貓兒。只因為他不敢面對暗尾是他兒子的事實，他就拒絕提供救命的藥草。」

隼翔的頸毛豎得筆直。「這跟一星無關。他已經死了。兔星現在是我們的族長。」

「所以你又成了真正的部族貓囉？」閃皮齜牙咧嘴。

「我們已經因為拒絕其他部族而學到了教訓。」隼翔尖銳地說道。

塵毛緩步趨近，貼平耳朵。「你們是要自己離開，還是要我們動手趕你走？」

松鴉羽抬起下巴。「你們可以轉告霧星我們來過嗎？又或者你們認為她不必知道你們已經代她做了決定？」

塵毛的喉間傳出威嚇的聲響。

「走吧，」赤楊心鑽到松鴉羽前面，帶他離開。「這一切就交給星族吧。」

他帶著松鴉羽、隼翔、和水塘光朝岸邊走去時，又回頭看了一眼。塵毛來回踱步，棕色毛髮豎得筆直，其他隊員則怒瞪著他們。他頓時反胃。他沒有想到會遇到這麼有敵意的河族貓。

赤楊心步履艱難地穿過蘆葦湖床，肚子裡像壓了塊石頭一樣沉重。各部族過去就曾因為浪費了太多時間，不懂應該恪遵星族的命令，擁抱幽暗處所找到的東西，結果差點毀掉自己，這次他們絕對不能再讓同樣事情發生。

可是河族拒絕聽聞預言。花楸星認為這個警告跟天族有關。兔星決定加派巡邏隊。葉星太忙。棘星對星族的異象不感興趣。種種現象等於是在用這個預言揭示部族之間的嫌隙。**我們一定得通力合作，解決問題才行。**赤楊心的思緒紊亂。他要怎麼做才能讓大家明白，他們其實太埋首於自己的問題，反而沒看見真正的問題根源。

第九章

紫羅蘭掌走在鷹翅旁邊，自從昨天之後，她的腳就一直在痛。太陽還沒升起，可是遠處森林那頭的天空已經魚肚白。他們已經好幾天都這麼早起。目的地愈來愈近，鷹翅和花心一天比一天興奮。他們聊到一隻叫「大麥」的農場貓，還有他們的母親櫻桃尾以及他們的姊姊雲霧。紫羅蘭掌得知原來自己還有別的親戚，心裡頓時覺得暖烘烘。感覺好像已經認識她們很久似的。她原本不知道鷹翅這麼想念他的母親和姊姊，直到有一次他談到她們在峽谷裡陪他長大，喵嗚聲突然哽咽，她才知道他有多想念她們。但是一想到要見到她們了，她又很緊張。因為拿嫩枝掌來說好了，雖然她們認識很久了，她跟嫩枝掌之間的關係還是有點放不開，反而跟針尾最親。要是雲霧和櫻桃尾不喜歡她怎麼辦？她會像跟針尾一樣也跟她們感情很好嗎？她時常想到針尾，最近她睡得不太好，任何一點風吹草動都會驚醒她，以為又夢見她的朋友，好奇是不是針尾的魂魄又回來了。

鷹翅似乎察覺到她這幾天來的精神不濟，不過他沒有追問，可是她看得出來他很擔心她。走在路上的時候，總是特別留意她。她好想跟他吐實，告訴他每次想到她的朋友，她就有罪惡感。可是她怎麼能告訴他，當初她丟下針尾自己逃命去，害針尾被暗尾殺害？他會不會從此看不起她？

「快到了。」他對她說道，同時朝那一片往魚肚白天空迤邐而去的草原點頭示意。昨晚他們在峭壁處找到一個很深的洞穴，於是在洞口過夜。他們一早就起來，爬下陡坡，穿過大片岩地，走向野草叢生的原野，再過去接壤著茵茵牧草，那時天空猶掛著星子。

錢鼠鬚本來想跟著太陽，朝日升之處前進，可是鷹翅突然認出遠方的高地，於是想起有條路可以帶他們抵達他和他母親及姊姊最後一次見面的地方。等到星子開始消失時，他們已經穿過一條荒蕪的轟雷路，從帶狀的金雀花叢旁邊爬行而過。等到太陽攀上樹頂，草原已在他們眼前開展。

他們沿著草地的邊緣推進，錢鼠鬚和花心都搶著走在最前面。兔跳快步跟在後面，因為剛睡醒的關係，毛髮仍顯凌亂。

紫羅蘭掌渾身發抖。路上的風一天比一天冷冽，她也愈來愈疲累。她好想在有遮蔭的空地上好好休息，空地上最好有大片的陽光灑落。她疲憊不堪地看著自己的腳爪。

鷹翅在她旁邊輕輕摩搓。「妳看，我們快到了。」

她抬起頭，凝視籬笆後面粗硬的短草地。錢鼠鬚、花心和兔跳正從中間穿過。髒汙粗短的黃色花梗從棕色地表成排冒出，像是刺蝟身上的刺。地上到處都是斷落的莖梗。

「我上次來這裡的時候，花梗都還很綠很高。」鷹翅從圍籬底下鑽進去。

紫羅蘭掌也跟在後面蠕動身子鑽過去。「是誰把它們吃掉了？」她緊張地環顧四周。不管是什麼動物，能咬得動這麼粗的莖梗，體型八成都很大。

鷹翅快步跟在其他貓兒後面。「不管是誰，反正牠都走了。」

紫羅蘭掌看見比鄰的草地有白色身影在動，體型像灌木叢一樣大，又像飄浮地面的小雲朵。牠們很危險嗎？她擔心這些花梗就是被牠們吃掉的。她緩步靠近，聽見牠們的嘴裡正嚼著草葉。牠們瞪看著前方，面無表情地咀嚼，顯然不知道自己的厚外套已經髒汙打結。

「那是什麼？」她倒抽口氣，牠們身上的麝香味令她皺起鼻子。

「羊。」鷹翅看了她一眼。「不會傷害妳的。」

「牠們從不洗澡嗎？」她一點也不想靠近身上沾滿泥巴的牠們。針尾看到這麼奇怪又這麼臭的生物，一定會覺得好笑，而且才不怕靠近牠們呢。相信她一定會跑過去，戳戳其中一頭厚重的捲毛，想試試牠的觸感。

他們繞過羊場的途中，錢鼠鬚停下腳步，回頭看看鷹翅。向來很有自信的雷族公貓這次看起來對自己一點把握也沒有。「我們現在要走哪裡。」

鷹翅快步從他旁邊走過，尾巴抬得高高的。他張開嘴巴，似乎正在盡情嗅聞熟悉的氣味。「我們去大麥的穀倉。」他朝羊場後方正陰森逼近的兩腳獸大巢穴點頭示意。

「那裡安全嗎？」紫羅蘭掌緊張到毛髮微微刺癢。

鷹翅用鼻口指著更遠處一棟較小的兩腳獸巢穴。「兩腳獸住在那裡。這裡是大麥住的地方，很安全。」

他加快腳步，穿過一條很寬的泥巴路，泥巴路面朝著一大片礫石地，可通往穀倉。紫羅蘭掌看見錢鼠鬚一臉懷疑地瞥了花心一眼。

「你會喜歡大麥的。」花心向他保證。

就在她說話的同時，興奮的吼叫聲突然在礫石地上迴盪。「是你嗎？鷹翅？」一隻黑白相間的公貓正瞪著鷹翅看。

鷹翅突然前奔。「大麥！」他朝公貓跑過去，大聲喵嗚。紫羅蘭掌也跟在花心和鷹翅後面跑過去見大麥，很是緊張。

大麥從鷹翅旁邊走開，繞著花心轉。「真高興又見到你。」他停下來看著紫羅蘭掌。「鷹翅，這是你的小貓嗎？」

鷹翅自豪地抬起下巴。「她是其中一隻，叫紫羅蘭掌。嫩枝掌留在營地。你怎麼知道她是我的小貓。」

大麥的鬍鬚開心地抽動著。「你們的眼睛長得好像，」他喵聲道。「而且也跟你一樣老是一副若有所思的表情。」

紫羅蘭掌胸口溢滿驕傲。

穀倉角落有動靜。一隻玳瑁色和白色相間的母貓從木板縫裡擠出來。她緩步走進陽光底下，眨著眼睛。「大麥？」她偏著頭。「怎麼回事？」但一見到訪客，立刻瞪大眼睛。喜悅像兩團火燄在她那雙綠色眼睛裡跳躍。「鷹翅！」

「櫻桃尾！」鷹翅快步過去見他母親，開心地蓬起尾巴毛。他跟她互相摩搓，喉間發出喵嗚聲。然後突然停下動作，後退一步，眼裡閃著不安。「雲霧呢？她還好嗎？」

紫羅蘭掌聽見他喵聲裡的恐懼。他失去了這麼多族貓，顯然害怕再失去一個。

「她很好，」櫻桃尾轉身把頭塞進木板縫裡，大聲地喊道：「雲霧！鷹翅終於來了！」

等她低頭鑽出來時，一隻白色母貓從她身邊擠了過來，興奮地豎直耳朵。

「你們來這裡做什麼？」她跟鷹翅互搓面頰。「出了什麼事？他們都去哪裡了？你有找到回颯夢到的狩獵地嗎？」

「我有好多話要跟你們說……」鷹翅還沒來得及說完，櫻桃尾欣喜的目光就掃到了花心。

「能再見到妳真是太好了！」她跑過去招呼她的另一個孩子，然後開心地對鷹翅眨眨眼睛。

儘管櫻桃尾滿腹疑問，但鷹翅顯然決定待會兒再解釋。畢竟大家此刻都太激動了。就連紫羅蘭掌腳下的石子也似乎在快樂地喵嗚。她站在錢鼠鬚旁邊，看著天族貓寒喧敘舊。

櫻桃尾捕捉到她的目光。「這位是誰？」她熱切地問道。

大麥挺起胸膛。「鷹翅有小貓了。她叫紫羅蘭掌。」

「小貓？」櫻桃尾兩眼發亮。「一定是卵石光的孩子。妳有兄弟姊妹嗎？」

「我有個姊姊叫嫩枝掌。」紫羅蘭掌突然緊張起來。她不習慣成為目光焦點。「可是她留在營地裡。」**真希望妳也在，**她在心裡對她姊姊喊道，因為她不知道該如何解釋嫩枝掌沒來的原因。大家都喜歡嫩枝掌，她總是知道該如何應對。紫羅蘭掌瞪著櫻桃尾看，急忙想找話來回應。

「過來見見紫羅蘭掌！」櫻桃尾用尾巴示意雲霧。

白色母貓快步過來，黃色眼睛瞪得斗大。「我都不知道卵石光那時懷孕了。」她朝鷹翅轉身。「她在哪兒？」

「她也跟嫩枝掌留在營地嗎？」櫻桃尾問道。

紫羅蘭掌愣在原地。她看著她父親，憂傷攫住了他的眼睛。

櫻桃尾立刻讀出他的表情。「鷹翅？」她的喵聲顯得憂心。「出了什麼事？」

鷹翅身子似乎縮了起來。「卵石光在旅途中跟我們走散，」他低聲道：「我們爬上一頭怪獸上面想偷獵物，結果她被牠帶走了。她來不及跳下來，不知道被怪獸帶到什麼地方，後來她獨自在一條轟雷路旁生下嫩枝掌和紫羅蘭掌。然後就不見了。我希望……」他突然中斷，喵聲哽咽。

紫羅蘭掌的心像被一雙爪子攫住。她聽見自己喃喃說道：「我們認為她一定是在轟雷路上被撞死了。」

「哦，可憐的小東西。」櫻桃尾用鼻口搓揉著紫羅蘭掌的面頰。

鷹翅眨著眼睛，擠掉眼裡的哀傷。「卵石光失蹤的時候，她和嫩枝掌幾乎還沒睜開眼睛。」

雲霧圓瞪著雙眼。「她們怎麼活下來的。」

「部族貓找到她們。」鷹翅憐愛地看著紫羅蘭掌。

「你們找到其他部族了嗎？」櫻桃尾熱切地對他眨著眼睛。

「他們後來才找到我們。」鷹翅蠕動著腳。「我們流浪了很久，走了很遠的路，失去了好多族貓。」他的黃色眼睛突然倉皇不安。紫羅蘭掌趕緊挨著他，為他心疼。

櫻桃尾的目光黯了下來。「葉星呢？」

「她沒事，但回颯死了。」

「不！」櫻桃尾的眼裡閃著哀傷。「怎麼死的？」

花心走上前來，用鼻口輕觸她母親的面頰。「故事太長了，路上死了好多貓。我們再慢慢聊吧」

鷹翅點點頭。「我們先說點好消息吧。」

「我們在舊部族的湖邊那裡有了一塊新領地。」花心告訴她。

兔跳也加入談話。「馬蓋先和沙鼻也在那兒。微雲生了小貓……」

紫羅蘭掌趁她的導師逐一提到每隻族貓時，在旁邊仔細打量櫻桃尾和雲霧看。長久以來，她一直以為嫩枝掌是她在這世上唯一有血緣關係的貓兒。但如今她的親戚竟多到無法想像。她看著她們的玳瑁色和白色身影，發現自己其實跟她們一點也不像。她到底像不像她們呢？

「……還有梅子柳在旅程中生下了小貓。他們現在在新營地裡當見習生……」

就在兔跳說話的同時，大麥在紫羅蘭掌耳邊低聲問道：「你們今天吃過了嗎？」

紫羅蘭掌搖搖頭。

大麥對錢鼠鬚點點頭。「你看起來很面生。你是天族的新成員嗎？」

「我是雷族貓。」錢鼠鬚解釋道。「我是來幫忙帶路的。」

大麥的目光友善。「你要不要趁他們敘舊的時候跟我一塊去狩獵？你看起來很會抓老鼠。」

錢鼠鬚愉快地對農場貓眨眨眼睛。「我盡量幫忙。」

紫羅蘭掌看著他們走向穀倉，隨即又把注意力拉回鷹翅身上。她突然不再覺得靦腆，反正他們談得那麼熱絡，她也根本沒機會說話。不過她們始終用一種她也是自家人的眼神瞥看她，以前不管是誰在嫩枝掌和鷹翅身邊，都不曾用這種眼神看她。她暗自得意，很喜歡這種全家團圓的感覺。

✦✦✦

穀倉外面的太陽攀上了天頂。穀倉裡面，耀眼的陽光從高聳的屋頂縫隙滲灑進來。紫羅蘭掌躺在被曬得暖烘烘的地上，伸著懶腰，肚子吃得很飽。

錢鼠鬚和大麥連手抓了好多隻肥美多汁的老鼠來給他們享用。這是這幾天來，紫羅蘭掌吃得最飽的一次。她半閉著眼睛，享受眼前的一切。

大麥在幾條尾巴之外的地方打盹。錢鼠鬚正在穀倉後面的暗處探索。雲霧坐在附近用腳爪洗臉。花心躺在陰暗的角落，陪在櫻桃尾旁邊。光線昏暗，他們的毛色看起來都很像，她幾乎分辨不出誰是誰。

鷹翅吃完錢鼠鬚給他的老鼠，正在舔著嘴巴。他眨眨眼看著他的母親。「我們來這裡的目的，不是只想來探望而已。」他輕聲說道。

櫻桃尾站了起來，同時點點頭，彷彿知道他要說什麼。「你要我們跟你回湖邊。」她說道。

鷹翅神情肅穆地看著她。「我們找到了回颯在異象裡看到的地方。妳應該跟我們住在那裡。」

雲霧蠕動著腳。「我不知道欸。鷹翅，我們在這裡過得很好。我們有足夠多的獵物和乾淨的水。」

「而且這裡很安全。」櫻桃尾的眼神陰鬱，似乎仍擺脫不掉過去可怕的回憶。

「在湖邊也很安全，」鷹翅要她安心。「妳當初決定留在這裡是因為妳受了傷……」

「也因為這裡離銳爪比較近。」櫻桃尾的眼裡閃著哀傷。

紫羅蘭掌從鷹翅那裡得知，銳爪是他的父親，也是櫻桃尾摯愛的伴侶貓。暗尾在峽谷之戰中殺害了他。這對他們來說是一大打擊。

鷹翅與他母親凝視彼此。「妳不能老活在過去，逃避未來。」

「妳的部族需要妳，我們也需要妳。」花心力勸她。

兔跳彈動尾巴。「我們必須重新凝聚天族。我們要去峽谷把失蹤的族貓們全找回來。現在湖邊的天族貓不夠多。我們甚至沒有巫醫貓。」

櫻桃尾別過臉去。

雲霧站了起來。「要重新再開始並不容易。」她喵聲道。「尤其經歷過那麼多傷痛。」

鷹翅垂下目光。「我瞭解這不容易。」他輕聲說道。「可是答應我，你們會考慮我的提議。」

「我們會的。畢竟我們曾說過有一天我們會再加入你們。」櫻桃尾坐了下來，用尾巴圈住自己。「只是我捨不得離開這裡。」

紫羅蘭掌看見她父親眼裡有受傷的神色，但卻趕緊眨眨眼睛，不敢讓她們看見。「我們從峽谷回來時，會再來拜訪，」鷹翅告訴他母親。「到時妳再告訴我們妳的決定。」

大麥站了起來，伸個懶腰。「今晚留下來吧，」他喵聲道。「你們看起來都累壞了。睡場飽覺，多吃點東西，對你們有益無害。」

「謝謝你，」鷹翅垂頭致意。「我們會的。」

紫羅蘭掌對農場貓很是感激。穀倉很舒服，也許她睡得沉一點，就又能夢見針尾了。針尾沒有再出現林子裡，所以也許會來夢裡找她。紫羅蘭掌想找機會告訴她，雖然她已經找到櫻桃尾和雲霧，但針尾對她來說始終比誰都親。

但一想到這兒，紫羅蘭掌的心跳突然加快。會不會是這個原因，針尾才會這麼久都不來找她？

針尾，妳還在氣我嗎？

第十章

嫩枝掌的眼角餘光有動靜閃現。一隻老鼠正在幾條尾巴之外枯萎的蕨叢底下穿梭。

「妳有聽我說話嗎？」沙鼻尖銳的喵聲拉回了她的注意力。他正抬眼望著一棵松樹。

「我有聽啊。」嫩枝掌回答，但仍留意著老鼠的動靜。林間有霧氣瀰漫，森林的聲響像被蒙住了一樣。林子上方，厚重的雲層遮蔽了天空。嫩枝掌蓬起毛髮，抵禦溼氣。

沙鼻惱火地抽動尾巴。「妳看到那隻鳥了嗎？」

嫩枝掌從老鼠那裡拉回目光，後者正在啃一顆松果。她循著導師的目光往上看，一隻麻雀正在枝葉間彈跳，啄食枝尾的松果。

「我要妳爬上去抓牠。」沙鼻指示道。

「那裡有隻老鼠，」嫩枝掌朝牠點頭示意。「牠比麻雀肥多了，而且也比較好抓。」

如果是藤池，一定會同意她的務實建議。

可是沙鼻怒瞪她。「我要妳去抓鳥就去抓鳥。如果我要妳抓老鼠，我會告訴妳。妳現在是天族貓。貓兒都會抓林地上的獵物，但只有天族貓才抓得到樹上的獵物。」

嫩枝掌突然想念雷族那片熱鬧的營地。他們似乎靠著林地上的獵物就過得很富足。她眨眨眼睛，看著沙鼻。他為什麼跟他兒子不一樣？鰭掌比他有趣多了。

而且他喜歡我。

「嫩枝掌！」沙鼻對她吼道，因為她的思緒又飄走了。

「對不起。」嫩枝掌注視著他，忍住不悅的念頭。

「爬上去！」

沮喪到腳爪微微刺癢的嫩枝掌，將爪子戳進松樹的軟樹皮裡。

「爪子戳深一點。」沙鼻喵聲道。

我知道，嫩枝掌很火大。

「起碼一定要有三隻腳爪緊抓住樹幹。」

他為什麼把我當小貓一樣？她能理解葉星希望她在受封為戰士前，能先多吸收一點天族見習生的經驗。可是沙鼻又不是不知道，她早就通過雷族的評鑑。而且他對待她的態度，活像她才剛離開育兒室似的。

她把身子撐了上去。松樹下層的樹枝都很細長，所以得爬高一點，才能找到可以立足的樹枝。她好奇鰭掌是否喜歡爬樹。他看起來很強壯，應該爬得上雷族領地裡那棵天空橡樹。她的思緒飄忽不定。雖然他還是見習生，但雙肩已經像戰士一樣厚實。他一定會變成很英俊的戰士。他現在就已經很英俊了，而且也很風趣，個性又好。

「嫩枝掌！」沙鼻在下方吼道。「妳是要像啄木鳥一樣掛在那裡一整天嗎？」

她這才發現她停了很久。久抓著樹幹的腳爪，開始有點痛了。她後腿用力一蹬，將自己撐上去，總算爬上第一根可以立足的粗樹枝。

麻雀飛到更上面了。嫩枝掌嘆口氣。要是能讓她抓老鼠，現在他們早就帶著獵物回營地了。微雲真的在乎她吃的是麻雀還是老鼠嗎？她有三隻小貓得哺乳，當然是有什麼就先吃什麼，總比餓著肚子等半天要好吧。

嫩枝掌又爬上另一根樹枝，然後是另一根，就這樣繞著樹幹一根接一根地越爬越高。麻雀在她頭頂上方的一根大樹枝上跳來跳去。嫩枝掌停下來盤算該怎麼穿過多刺的枝葉，才能悄聲朝麻雀潛近。

「妳抓到了沒？」沙鼻的喵聲從地面傳來。

受到驚嚇的麻雀又往上跳。

你安靜點好不好！她氣到全身發抖，咬著牙，再把身子撐上另一根樹枝，終於爬到麻雀棲止的樹枝上。

麻雀在尾枝處繞著一叢松果跳來跳去，鳥喙戳進縫裡。嫩枝掌低下身子，踩著樹皮緩緩接近。她移動得很慢，盡量把腳藏在身子底下。只要麻雀不抬頭張望，很快就能直撲上去。**慢慢來，**她全神貫注在獵物身上，深吸口氣，後腿用力一蹬，一躍而上，朝麻雀揮爪，腳爪擦過羽毛。她蜷起爪子，試圖勾住，腳下樹枝卻應聲斷裂。

她放聲尖叫，感覺自己正在下墜。樹枝滾落，四周風聲颼颼，她心一個揪緊，嚇得大叫，攔腰撞上下面硬梆梆的樹枝，身子一扭，試圖伸爪勾住，但還是往下滑，又掉到下面一層，這次是撞到太陽穴，力道大到她眼冒金星。接著又往下跌，最後砰地一聲撞上地面，痛得她全身像火在燒。

「嫩枝掌！」沙鼻的驚叫聲聽起來很遙遠。「妳還好嗎？」

她好不容易才讓混沌的神智清醒過來，腦袋嗡嗡作響，胸口疼痛。她全身顫慄，深吸口氣，睜開眼睛。

沙鼻的影像在她上方搖來晃去，他後方的林子似乎正在擺盪。

「妳受傷了嗎？」他問道，緊張地瞪大眼睛。

她撐起身子站起來，打量自己的身體，檢查有無傷口。她的腿可以站，但全身很痛，不過她可以呼吸，腦袋也很清楚。她甩甩毛髮。「我沒事。」她用力喘息，有點上氣不接下氣。

「我送妳回營地。」沙鼻喵聲道。「請葉池幫妳檢查一下。」

✦✦✦

巫醫窩裡很溫暖，森林的霧氣和溼氣都被阻隔在外。

嫩枝掌坐在暗處，葉池正用腳掌輕輕碰觸她的背脊和腿部。「沒有斷。」

沙鼻在入口處不安地蠕動腳爪。「她沒事吧？」

「她運氣不錯。」葉池眼帶譴責地覷著公貓。「你應該知道有比較簡單的狩獵方法吧。」

「我沒事。」嫩枝掌趕緊告訴她。沙鼻搞不好在氣她太笨手笨腳。回營地的路上，她就覺得自己已經好了，腦袋也清楚了，只剩身上幾處瘀傷，不過也沒那麼痛了。

「有沒有頭暈？」葉池用鼻子輕觸嫩枝掌的耳後。

「沒有。」

「這裡有點腫。」

「我猜我有撞到頭，不過從上面一路跌下來也撞到不少地方，所以我不確定到底撞到哪裡。」她內疚地瞥了沙鼻一眼。「我猜我還不夠資格當天族貓。」

「妳沒受傷，」他告訴她。「這一點這比較重要。」

「妳應該在巫醫窩裡多待一兩天。」葉池建議道。「讓我好好觀察一下。」

沙鼻身後的苔蘚簾幕微微抖動，鰭掌頭鑽了進來。「嫩枝掌出了什麼事？我看見沙鼻帶她進來。」

「她從樹上跌下來。」葉池告訴他。

他瞪大眼睛，緊張地朝嫩枝掌眨眨眼。「妳沒事吧？」

「我很好。」她一看到他，心情就好了。他的黃色眼睛比他父親溫暖多了。

「我出去收集藥草，你可以留下來陪她嗎？」葉池問年輕的公貓。「我想趕在霧氣浸溼琉璃苣之前，先摘一點回來。我會去下游，也就是湖岸那裡。要是嫩枝掌不舒服，就到那裡找我。」

沙鼻抽動著耳朵。「我可以坐在這裡陪她。」他頑固地說道。

葉池漫不經心地甩著尾巴。「還是找個年紀相當的貓兒來陪她比較好。她受到一點驚嚇，最好能轉移一下注意力。」

嫩枝掌很是感激她的老族貓。葉池是不是也猜到一整個下午都跟導師窩在這裡，恐怕比從樹上掉下來還可怕？

葉池把沙鼻推出窩外，留下鰭掌陪她。

「妳為什麼要爬樹啊？」鰭掌坐在她旁邊。

「沙鼻要我學會天族貓的狩獵技巧。」嫩枝掌告訴他。

鰭掌翻翻白眼。「他老是頑固地要每隻貓都學會峽谷裡的生活技巧。昨天他還跟我說，他要去找找看有沒有懸崖，這樣我才能像峽谷貓一樣練習攀岩。難道他不知道我們現在住在湖邊了嗎？還不如學游泳比較實在一點。」

嫩枝掌渾身打顫。「還是把游泳這門技術留給河族貓就好。」

「不過話說回來，」鰭掌繼續說道。「我們幹嘛去爬松樹啊？它那麼高又那麼瘦長，而且林地上本來就有夠多的獵物啦。」

嫩枝掌想出聲附和，但總覺得必須對自己的導師表示忠心。更何況她也知道，就算鰭掌再怎麼批評他父親，他還是敬愛沙鼻的。「我猜要年紀大一點的貓兒改變想法，可能有點難吧。」她喵聲道。「在雷族，長老們總是抱怨年輕的貓兒，覺得他們的點子很蠢。有一次，我想示範一種新的狩獵技巧給灰紋看，結果他只是吸吸鼻子說：『老鼠就是老鼠，哪需要什麼新招數來抓牠們啊』。」

鰭掌發出好笑的喵嗚聲。「還好我們這裡沒有長老，我意思是鹿蕨雖然很資深，但還不算老，只是聾了。不過光是聽戰士們緬懷惡棍貓來之前，以前的生活有多美好，就夠煩了，要是再有長老加入，我看更是沒完沒了。」

「我不懂為什麼他們不能向前看，老愛回憶以前的事情。」嫩枝掌附和道。「不過我好想帶你去看雷族領地哦。那裡好漂亮，而且有很多地方可以玩。」她突然頓住，想到以前赤楊心和針尾曾帶她和紫羅蘭掌去玩的那處小空地。「我知道天族領地有塊地方，」她興奮地說道。「我想它現在應該算是天族的領地吧。我以前都跟紫羅蘭掌在那裡玩。」

「我還以為她離開雷族後，妳就不能跟她一塊玩了。」

嫩枝掌對他使了個眼色。「這是祕密，我不想讓葉池知道。」

「我們可以去嗎？」鰭掌急到毛都澎了起來。

「現在？」嫩枝掌一想到那裡，腳就發癢。「可是在你尾巴沒有完全復元之前，只能在營地裡活動，而我又被囑咐只能待在這裡休息。」

鰭掌朝她彈動半截尾巴，他的傷口顯然已經快好了。「我只是在等毛長回來而已。」他喵聲道：「而且妳剛剛也說，妳覺得自己沒事。」

「我是沒事啊。」嫩枝掌的頭有點痛，不過她相信呼吸點新鮮空氣應該會比坐在悶不通風的窩穴好。

「那我們走吧。」鰭掌站起來。「我們知道葉池在哪裡。所以只要避開她就行了。我們可以趕在她採完藥草之前回來。」

「那沙鼻怎麼辦？」

鰭掌把頭探出窩外，然後轉身回來。「沒看到他，現在營地裡只有鹿蕨在。而且她在睡覺。」

「她搞不好也不知道我們得待在營地裡。」嫩枝掌站起身來，伸個懶腰。她身上不痛了，而且幾乎感覺不到身上的瘀傷。她相信等他們找到那處空地時，她的頭一定就不痛了。

鰭掌先溜出窩外查看營地，嫩枝掌隨後跟著出來。鹿蕨正在荊棘育兒室旁打瞌睡，後方的蕨葉垂在她頭頂上，幫忙擋住潮溼的空氣。鰭掌和嫩枝掌趁她打呼時，偷偷溜向營地入口。

「一隻貓也沒有。」鰭掌屏住呼吸，往外窺看。

他們快手快腳地衝出營地，沿著斜坡，跑到蕨葉叢底下，低身躲在後面。嫩枝掌掃視林子，試圖回想那處空地的位置。她知道它一定是位在雷族營地和影族營地之間，於是她帶路朝溝渠走去。這方向應該沒錯。

「妳為什麼不讓葉池知道妳以前跟紫羅蘭掌玩在一塊？」鰭掌跟在後面問道。

嫩枝掌回頭看他一眼。「赤楊心和針尾以前都是偷偷帶我們出來。在影族和雷族拆散我們之後，我們只能靠這個方法，才能見到彼此。」

「妳一定很想她。」

「她是我當時所知唯一的血親。」嫩枝掌突然內疚，她現在才明白原來自己以前很得意是紫羅蘭掌唯一能依靠的血親，但紫羅蘭掌現在有了鷹翅和整個天族，**不再需要我了，**她停下腳步，**可是我有那麼需要他們嗎？**

「妳現在在想她是不是？」鰭掌問道。

「是啊，」**不過我現在有了你了，**她避開他的目光，這時她認出了前方起伏的坡地，頓時鬆了口氣。坡底有荊棘叢生，她爬上去，她記得這裡可以通到那處空地，於是加快腳步。「走這邊。」

她從山坡的另一頭爬下來，躍過橫倒在地的樹幹，她們第一次來的時候，她曾藏在樹幹後面。這時森林在她眼前開展，她抬頭望著天空。天色暗了下來，就快下雨了。

「我們不能待太久。」一隻公貓的聲音從前方的蕨葉叢後面傳來。嫩枝掌當場愣住。那兒有貓。「我待會兒得去查看焦毛的巡邏隊。」

一隻母貓出聲回答：「我答應松鼠飛會帶獵物回去的，所以我回去前，也得先去狩獵。」

「快躲起來。」嫩枝掌趕緊把鰭掌推回去，鑽到樹幹底下。

「怎麼了……」

嫩枝掌打斷他。「噓，那裡有貓，千萬別讓他們看到我們私自離開營地。」

「誰啊？」鰭掌伸頭窺看。

「不要讓他們看見你。」嫩枝掌用腳爪拉他回去。

「他們在蕨葉叢後面。」鰭掌低聲道。「他們看不到我們，我們在下風處。」

嫩枝掌嗅聞空氣。她聞得到對方的氣味。是影族貓和雷族貓。她在鰭掌旁邊探頭出去，隔著乾枯的蕨葉小心窺看。

鴿翅！她立刻認出淺灰色的雷族戰士。她的心不禁一涼。藤池的話言猶在耳。**我不認為他們結伴前往是件好事。**她在泛黃的枝葉間瞄到影族副族長那身暗色的虎斑毛髮，心跟著沉了下來。鴿翅和虎心在這裡碰面。從他們壓低的音量和不安的聲音來判斷，他們倆是偷偷私會。

她豎起耳朵。

虎心聽起很憂心。「鴿翅，現在時機很不好。影族戰士對花楸星愈來愈沒大沒小，他們不再尊重他，似乎全都巴望著我隨時取代他的位子。」

「你想取代他嗎？」鴿翅眼裡閃著恐懼。

蕨葉叢沙沙作響，虎心蠕動著腳。「影族目前積弱不振。他們需要一位他們能信得過的族長。」

「所以是你囉？」

「我不知道。」虎心避開她的目光。「我試著支持花楸星，但這樣還不夠。」

「那我怎麼辦？」鴿翅聲音哽咽。「我們怎麼辦？」

虎心看著她，眼神絕望。「我愛妳，鴿翅。我永遠愛妳。我保證一切問題都會迎刃而解。」

嫩枝掌低下身子，焦急到毛髮豎得筆直。「我們不能待在這裡。」

鰭掌一臉不解地看著她。「為什麼？」

嫩枝掌轉身離開。她聽得夠多了。「他們的問題不關我們的事。」

鰭掌追在她後面。「那是虎心對不對？他為什麼跟鴿翅在一起？」

這還不夠明顯嗎？嫩枝掌瞪了他一眼。「不要跟別的貓兒說，好嗎？」

他對她眨眨眼睛。「我什麼都沒看到啊。」

「謝了。」她巴不得自己沒撞見他們。她應該告訴藤池嗎？也許他們之間真的沒什麼，只是朋友。可是藤池為何對這件事這麼沮喪？不過反正她也不再是雷族貓了，**可是她以前是你的導師啊！她會想知道的。**嫩枝掌揮開這念頭。**這不關我的事，我現在是天族貓。**她要效忠的對象是她的新族貓，而不是以前的族貓。

「走快點。」她快步走在前面。「我們不是要出來玩嗎？我們去抓隻青蛙，趕在露掌受訓回來之前，藏在他臥鋪底下。」

鰭掌跟在後面，短短的尾巴害他走起路來有點搖搖晃晃，不太平衡。「妳負責叼牠回去，」他喊道。「我不想嘴巴裡都是青蛙的味道。」

「你不喜歡青蛙？」嫩枝掌回頭看他。「也許我應該把牠藏在你的臥鋪裡。」

「諒妳也不敢！」鰭掌追在後面，喵嗚地笑。

「千萬不要威脅一隻天族貓哦！」嫩枝掌突然不再在乎鴿翅、藤池、或虎心的事了。她是天族貓，而且在新部族裡交了朋友，這比什麼都重要。

第十一章

赤楊心沿著雷族的湖岸緩步前進，走著走著岸邊卵石漸被大圓石取代。清晨的陽光在水面上閃爍不定。淺藍色的天空有軟綿綿的雲朵飄浮其中，微風自遠方高地徐徐吹來。這裡有成簇的錦葵。他沿著平滑的岩面跳躍，找到一株葉形腳掌狀的植物，幾朵正在凋萎的花兒垂在其中，他先摘除它們，慶幸自己趕在它們被凍死之前先找到了。他又摘了一片葉子，將花瓣裹在裡頭，然後反扣起來，準備回家。

這時他的眼角餘光瞄到半橋附近有動靜。一隻貓兒從底下鑽出，朝他快步走來。

柳光！當他認出河族巫醫貓的灰色身影時，心猛然地抽了一下。自從塵毛把他和其他巫醫貓趕走之後，他就沒再見過河族貓。柳光直接朝他走來，越走越近，目光始終盯著他。她看起來很焦慮。他快步過去會合，越過天族的河岸，挨著水邊走。河族出了什麼事？

「出了什麼事？」他一靠近她，立刻喊道。

她緊張地回頭看了湖對岸的河族領地一眼。

赤楊心猜她是偷偷出來的。他彈動尾巴，示意岸上的林子，然後朝那個方向走去，並忙不迭地回頭瞥看，確定柳光有跟上來。他鑽進林子裡，低身躲到大片蕨叢後方。

柳光氣喘吁吁地走過來找他。「我必須來，」她上氣不接下氣。「星族傳了一個訊息給我。」

赤楊心對著她眨眨眼睛，表情不安。「什麼訊息？」

「我昨天出去找新鮮的金盞菊，結果看見異象。」

「妳是醒著的時候看見？」赤楊心很訝異。一般來說，星族都是在夢裡跟巫醫貓溝通。所以這異象一定格外重要。**難道它跟那個預言有關？**

「昨天陽光普照，我才離開蘆葦床，正爬上斜坡去找一些喜歡長在乾燥環境的藥草，天空就突然暗了下來。」

赤楊心屏住呼吸。**這一定是那個預言！**

她繼續說：「我抬頭一看，藍色天空布滿厚重的雲。天色很暗，就像暴風雨快來的樣子。四周光線變得微弱，愈來愈暗。我嚇壞了。這時候有隻貓突然從我旁邊衝了過去。我感覺得到他跟我擦身而過。他跑向坡地，消失在蘆葦床裡，眼前頓時漆黑，好像太陽消失了一樣。」巫醫貓渾身發抖。「然後一瞬間，又亮了起來，天空再度蔚藍，陽光耀眼，我還以為我在做夢。」

赤楊心眼帶企盼地看著她。**這是星族在傳達預言嗎？**

「怪的是……」柳光皺起眉頭，原本明亮的綠色眼睛黯了下來。「我腦海裡始終揮之不去的竟然是那隻貓的後腳爪。」

「為什麼？」赤楊心緊張地探身過去。

「他有六根趾頭。」她緊張地蠕動著腳。「而且有個聲音在我心裡響起。『要抵禦風暴，你們需要多一根爪子』。」

赤楊心的思緒奔騰。這話什麼意思？**多一根爪子……**大部份的貓每隻腳爪都有五根爪子，就像有五個部族一樣。難道多出來的爪子是第六個部族？是星族承諾要幫他們忙嗎？他們就是第六個部族嗎？「那隻貓長什麼樣子？」

「我不知道。太暗了，我甚至看不出來他是公貓還是母貓。我只記得他的腳趾。我想這也是星族要我看見的。」

赤楊心坐了下來。「妳知道最近的預言嗎？」

「什麼預言？」柳光一臉不解。

「我們在月池跟星族溝通時，回颯告訴我們：『黑暗的天空絕非風暴的前兆』。我們本來想告訴你們，可是塵毛……」

滿腦子想的都是那個預言的柳光打斷他：「黑暗的天空絕非風暴的前兆？這話什麼意思？」

「我們也不知道。」赤楊心後臀動了動，「花楸星認為黑暗的天空是指天族，兔星則認為會有災難降臨，因此決定加派巡邏隊。葉星說她忙著建造新家園，沒空多想這個預言。」他皺起眉頭。「棘星似乎也不太理會這個預言。」

柳光瞪大眼睛。「霧星對我所看見的異象，也是一樣反應。我告訴她我看到了異象，她竟然說她有太多實際的事情要忙，沒時間浪費在這種看不到的東西。」

赤楊心的毛髮豎了起來。「為什麼族長們都不知道星族才是他們最好的盟友？」他咕噥道。「他們腦袋裡只有巡邏和邊界。」他低聲嘀咕。

「我們現在收到了更多的訊息，」柳光指出。「我看到的是異象，你們聽到的是預言。如果我們告訴他們這兩件事的同時存在，他們應該聽得進去。」

赤楊心對她眨眨眼睛。她說得對。她的異象提供了一個重要的線索。至少他們現在知道什麼可以幫忙他們躲過風暴。只要再弄懂六趾貓是什麼意思就行了。「來吧，」他站了起來。「我們去告訴棘星。」

「可是我得回去了。」柳光緊張地朝大湖張望。「我偷溜出來的。」

「妳的族貓會以為妳出來採集藥草，」赤楊心要她別緊張。「這也是我現在在忙的事情，也是落葉季開始時所有巫醫貓會忙的事情。」他沒給她機會爭辯，逕自往雷族營地走去。他已經太久沒聽到河族的消息，他希望能有機會多跟她聊一聊。他要讓她知道他們去河族那裡通知預言的時候，塵毛曾趕走他們。如果河族斷絕跟星族以及其他部族的連繫，最後一定會出問題。「月池集會時，你們缺席了。」他循著一條兔子的小徑穿過邊界，進入雷族領地，同時喵聲說道。

「很抱歉我沒去。霧星下令我和蛾翅留在營地。」柳光快步跟在他後面，毛髮凌亂，很是不安。

「我試圖去拜訪你們，想告訴你們那個預言，松鴉羽、隼翔和水塘光也都同行，但是塵毛不讓我們穿過邊界。」

「我知道。」柳光走在他旁邊，循著那條往湖裡流淌的小溪走。

她知道？赤楊心立時警覺，那她怎麼不出面制止？

她繼續說道。「巡邏隊有跟霧星報告，聲音大到全營地的貓都聽見了。塵毛氣你們試圖闖入營地。蛾翅當場反駁他，巫醫貓本來就可以越過邊界，但他連理都不理。」

「霧星也認同他的做法？」赤楊心緊張地看她一眼。他希望河族貓不認同塵毛的做法。

「霧星也認同他的做法。」

柳光避開他的目光。「她說他趕走你們是對的。」

赤楊心的心一沉。為什麼河族會變成這樣？霧星在大集會上似乎並沒有那麼有敵意啊。但現在聽起來她倒像是走上了一星的老路，那位已故的風族族長在暗尾的勢力瓦解之前，也是行為舉止怪異。「星族很不高興河族切斷了連繫。」他輕聲喵嗚。他不想害柳光喪氣，但他希望她能把這句話告訴霧星。

「霧星覺得其他部族背叛了我們。」柳光小聲說道，彷彿很怕被聽見。「她覺得他們其實可以在暗尾造成傷害之前，就先阻止他。」

赤楊心同情地看了她一眼。「河族受到傷害，我們也一樣受到傷害。可是當初各部族怎麼會知道暗尾如此邪惡？這種事根本超出我們的想像。」

柳光沒有回答。她顯然心裡很掙扎，不知道該效忠自己的族貓，還是效忠星族。於是她改變話題。「天族怎麼樣了？」

赤楊心記得河族是在天族的事情還沒塵埃落定前就離開了大集會。「他們現在有了自己的領地，花楸星送給他們一塊影族的領地。」

柳光驚訝地眨眨眼睛。「為什麼？」

「虎心提議的，」赤楊心告訴她。「他說這是明智的做法，這樣邊界就會多了一個對他們感恩的盟友。」

柳光默不作聲了一會兒，然後喵聲說：「這種大事花楸星怎麼會交由虎心來決定？影族在經歷了那麼多災難之後，需要一個實力堅強的族長。」

「實力堅強的副族長應該也一樣吧。」赤楊心離開小溪，開始往可以通往營地的斜坡爬。他對虎心那天說的話，並未特別在意，可能是因為那天他格外擔心天族的未來命運。不過柳光說得沒錯，虎心的發言，的確顯出花楸星的弱勢。

荊棘屏障映入眼簾，打斷了他的思緒。棘星對柳光的異象會有什麼看法？鴿翅正在長老窩外面跟蜜妮和灰紋說話。花落在鼓勵她的小貓去玩育兒室旁邊的青苔球，趁他們跌跌撞撞地過去搶球時，輕輕撞開。小貓們走路還不太穩，光線刺眼到害他們不停地眨著眼睛。

小莖用力擠到他的手足前面，蓬起那身橘白相間的毛髮，搶到青苔球。「我搶到了！」他洋洋得意地吱吱尖叫。

小鷹突然伸爪勾走，開心地喵喵叫。

柳光喵嗚說：「他們長得很好。」

「他們很健康結實，」赤楊心自豪地說道。「天族的微雲也生了小貓。兩隻母貓一隻公貓。」

灰紋在空地另一頭喊道：「柳光！真高興見到妳。河族近來好嗎？」

「很好。」她大聲說，刻意避開老公貓的眼睛。

「霧星開放邊界了嗎？」鴿翅問道。

「沒有。」柳光毛髮蓬亂。「我只是來找赤楊心討論一些事情。」

鴿翅聳聳肩，朝育兒室走過去，要去陪小貓玩，赤楊心則帶著柳光爬上亂石堆。

棘星在亂石堆的頂端接見他們。「柳光。」他不安地彈動尾巴。「有何貴幹？河族還好吧？」

「河族很好，」柳光垂頭致意。「我是來告訴赤楊心我所看見的異象。」

棘星的目光立刻銳利起來。「星族也告訴妳天空黑暗的事了？」

「她的異象跟我們聽到的預言不完全一樣。」赤楊心告訴他。「是新的訊息。」

柳光迎視雷族族長的目光。「我在異象裡看到一隻六趾貓。星族告訴我，要抵禦風暴，需要多一根爪子。」

棘星瞇起眼睛。

終於！赤楊心吁了口氣，他父親看起來總算對這預言感到興趣了。

「你們知道這代表什麼意思嗎？」棘星的目光在柳光和赤楊心之前巡看。

「我認為爪子可能代表部族。」赤楊心不太有把握地說道。「五根爪子……五個部族。」

棘星看著遠方，不安地彈動尾巴。「意思是再多一個部族嗎？第六個部族？」

「也可能是星族的意思。」赤楊心告訴他。

柳光搖搖頭。「我對異象的直覺不是這樣。」她喵聲道：「我覺得我看到的那隻貓很真實。我們必須找到他。」

赤楊心朝她轉身。「真的就這麼簡單？」

柳光朝他眨眨眼睛。「也許不是……不過我們總得有個起頭。」

「好吧，假設那是一隻貓，你知道他長什麼樣子嗎？」棘星問道。

「我只知道他的後腳有六根腳趾，可是我連他是公還是母都不知道。」柳光垂頭。

「我也希望我能再多提供點消息給你們。」

「妳能來告訴我這件事，我就已經很感激了。」棘星喵聲道：「我一定會好好想一想。」

赤楊心不耐地蠕動著腳。「如果真的是一隻貓的話……那麼部族裡有沒有誰有六根腳趾？」

柳光搖搖頭。棘星偏著頭，一臉若有所思。「我也想不起來有誰有六根腳趾？」他喵聲道。

赤楊心嘆口氣，點點頭。「只有一個方法可以知道，」他喵聲說：「我們可以去其他部族問問看。」

「現在？」棘星眨眨眼睛。

「對啊。」

「最好找戰士護送你們去。」雷族族長環顧營地。鴿翅已經出營，只剩灰紋、蜜妮、花落、和她的小貓在營地裡。「你們可以等蕨毛的巡邏隊回來嗎？不會太久。」

柳光緊張地抽動尾巴。「我必須回營地了，不然蛾翅會擔心。」

赤楊心瞪著她看。他希望柳光跟他一起去拜會其他族長。如果是她告知，他們一定不會有太多質疑。「如果我們現在就走，可以在日正當中前拜訪影族和天族。不會花太多時間的。」這會是個很好的起點。改天他們再走遠一點去拜訪風族。

柳光蠕動著腳。「好吧，不過我們得快點。」

赤楊心點點頭，然後直視他父親。「我們是巫醫貓，不需要戰士護衛。」

棘星垂下頭。「好吧，但要小心點。」

赤楊心轉頭爬下亂石堆時，突然想到松鴉羽。「幫我跟松鴉羽說一聲！」他回頭喊道。「告訴他，等我回來我再跟他說。」他知道松鴉羽一定不開心他擅自行動，可是他們真的沒時間帶一隻脾氣乖戾的盲眼貓穿越林子。

他跑出營地，柳光追在他旁邊，他們併肩衝進林子，奔向邊界。他們穿過天族領地，朝葉星的營地前進，赤楊心走到前面幫柳光帶路。

他們上氣不接下氣地好不容易走到，然後鑽進蕨叢通道裡。

葉星本來在跟馬蓋先分食一隻老鼠，抬頭看見他們，立刻站了起來，緊張地瞪大眼睛。「出了什麼事？」她問道，同時覷看著他們凌亂的毛髮。

「柳光看見一個異象。」赤楊心氣喘吁吁地朝河族巫醫點頭示意。

「我看見一隻六趾貓。」柳光很喘地說道。

葉星眨眨眼睛。「在哪裡？」

「在我看到的異象裡。」柳光深吸一口氣。「星族告訴我，我們需要多一根爪子才能抵禦風暴。他們要我們找到一隻六趾貓。」

「妳知道誰有嗎？」赤楊心追問道。「天族有誰的腳趾是六根？」搞不好鷹翅的巡邏隊會帶回一隻六趾天族貓。

葉星搖搖頭。「我們從來沒有六趾貓。」

馬蓋先緩步過來找他們，嘴裡仍嚼著食物。「我們有算過微雲的小貓腳上有幾根腳趾嗎？」

「如果有六根，她早就告訴我們了。」葉星注視著赤楊心。「其他部族有六趾貓嗎？」

「目前所知是沒有。」

「至少我們已經知道抵禦風暴的方法。」天族族長看起來如釋重負。

「前提是如果真的有六趾貓的話，」赤楊心不希望她認為問題已經解決。「而且我們還得找到他。」

馬蓋先甩著尾巴。「星族會保佑我們，祂們會幫助你們找到六趾貓。」

他轉身離開，赤楊心嘆口氣，看了柳光一眼。

她迎視他的目光。「他們一點都不在乎嗎？」她低聲說道。

赤楊心朝營地走去。「也許天族的祖靈從來沒給過他們預言，又或者他們的星族貓從來都不用警告的方式，而且直接幫他們解決問題。」毛髮凌亂的他朝影族邊界走去。至少花楸星會理解在湖邊這裡，星族並沒有力量拯救大家，**他們只能指點方向**。

結果他們在影族邊界遇到了刺柏爪和鼠疤。赤楊心很訝異怎麼會有長老出來巡邏邊界，但刺柏爪解釋，他們的族貓過少，所以每隻貓兒都得上場幫忙。而且鼠疤似乎很滿意自己的工作。「我雖然老了，」他告訴他們。「但我還沒死啊。」

他們在空地前面與花楸星碰面。水塘光在他旁邊聚精會神地聽。刺柏爪和鼠疤等在入口。焦毛、草心、石翅站在空地邊緣看著他們，附近的小螺紋和小花緊張地動來動去。褐皮站在花楸星窩穴旁邊的平坦岩面上，虎心則躲在陰暗處。暗色虎斑貓很有興味地瞇起眼睛，聽柳光告訴花楸星她所見到的異象。

「我們需要另一根爪子。」影族族長若有所思地重覆她剛說的話。

「你知道有誰有六根趾頭嗎？」赤楊心問道。

「影族沒有。」花楸星回答。

「也許某隻惡棍貓有？」赤楊心追問。

他旁邊的柳光全身打起寒顫。

焦毛從空地邊緣低吼。「為什麼要找隻惡棍貓來幫我們抵禦風暴？」

柳光瞪了那隻耳緣參差不齊的戰士一眼。「你以前不是認為惡棍貓可以幫忙解決所有問題嗎？」她語帶挖苦。

赤楊心彈動尾巴。「我們要向前看，別向後看。」他很快說道。「如果我們可以找到六趾貓，一切問題就能迎刃而解。」

「我們應該派出搜索隊。」草心喵聲說。

「也許我們可以去兩腳獸那裡找找看。」石翅提議道。「搞不好有寵物貓有六根腳趾。」

「寵物貓？」刺柏爪不屑地冷哼一聲。

焦毛貼平耳朵。「我們怎麼可能還派得出搜索隊？影族貓少到連巡邏邊界都快成問題了。」

「天族那邊的邊界不能丟著不管。」花楸星附和道。

赤楊心沮喪到毛髮微豎。「天族不是你的宿敵。他們是你的盟友。上次你贈予土地時，葉星不是已經說過了嗎？」他看著虎心，希望影族副族長能幫忙開口說幾句話。他需要他的支持。如果真的有六趾貓的話，一定得找到才行。

但虎心只是旁觀，花楸星蠕動著腳。

「葉星的確這樣承諾。」影族族長承認道。

焦毛怒瞪著他。「你竟然還相信她！」他嘲笑道。

「那是虎心出的主意。」花楸星提醒他。

「那是虎心出的主意。」焦毛模仿他族長的語氣，活像在揶揄一隻小貓。「上次你出主意是多久以前的事了？」

赤楊心的胃緊張到揪緊。

「不然你來當族長啊！」花楸星沒好氣地說。「也許還可以活用一下暗尾教過你的各種獨門技巧。」

「至少他懂得怎麼當族長。」

褐皮怒瞪焦毛。「你當初背叛我們，現在又侮辱你的族長？你到底懂不懂得尊重？」

「他不配得到我的尊重。」焦毛反嗆回去。「要是他一開始就趕走暗尾，我們根本不會選擇追隨他。但他竟然准許他們在我們的領地上狩獵，而我們的見習生也變得愈來愈傲慢、愈來愈莽撞，他卻一點辦法都拿不出來。」

「不管他曾犯過什麼錯，他都擁有星族的祝福。」褐皮嘶聲道。

草心和石翅互看一眼，小螺紋和小花不安地瞪著地面。赤楊心四周的空氣像酸腐了一樣，肚子不自覺地翻攪。

鼠疤走上前來。「我們必須團結一心，」他粗聲說道。「我知道我們有一些歧見，但赤楊心說得沒錯。我們必須向前看，不能向後看。影族貓已經所剩不多了，如果我們還想保住這個部族，就得同心協力。」

草心揮動尾巴。「那我們派搜索隊去找看看六趾貓好了，這樣就不會再有風暴來襲。」

「應該叫雷族派出搜索隊。」刺柏爪喊道。

「或者風族，」石翅敲邊鼓。「反正他們也沒什麼事做。」

焦毛眼神挑釁地瞪著花楸星。「所以呢？」他低吼。「我們到底該怎麼辦？」

赤楊心看到影族族長表情猶豫。**他竟然不知道該怎麼辦？**這念頭令他驚駭不已。棘星就算不作為，也總是很清楚該如何處置。「我必須做對影族來說是正確的事情。」

「你不覺得太遲了嗎？」焦毛齜牙咧嘴。

褐皮衝上前來，直接面對暗灰色公貓。「花楸星已經盡全力在為這個部族著想了。」

焦毛掃視略嫌空盪盪的營地，眼神鄙夷。「所以我們現在的處境都要應該感謝花楸星囉？」

「你自以為可以做得比他更好嗎？」褐皮嘶聲道。「你什麼事都怪花楸星。但那些族貓是被自己的不忠害死的。就算我們的見習生變得傲慢，也要怪他們的導師教導無方，跟花楸星無關。他關心影族的程度非你們所能及。他到現在都還常在半夜被惡夢驚醒，夢見死去的族貓。」

焦毛貼平耳朵。「那是因為他運氣好，有九條命可以讓他夢到死去的族貓。而他們卻只有一條命。」

「你這樣說太不公平，」水塘光眨眨眼睛，焦急地看著花楸星。「你不能任由他這樣胡說八道。星族賜給你九條命是因為祂們相信你。」

焦毛眼睛瞇成一條細縫。「祂們以前是相信他。但祂們現在卻試著警告我們有黑暗的天空，搞不好那意思就是指花楸星。」

褐皮的綠色眼睛閃現怒光。「如果黑暗的天空真的是指誰的話，那也一定是指你。」她的目光憤怒地掃過族貓們。「是你讓惡棍貓接管影族，是你放任他們趕走花楸星，不要把你的背叛怪到他頭上。」

「你以為我們當初為什麼選擇追隨惡棍貓，而不是花楸星？」焦毛甩打尾巴。「他那時就是個軟弱的族長，現在也一樣。」

褐皮毛髮倒豎，憤怒呸口，直接撲上焦毛，爪子劃過他的鼻口。

赤楊心嚇得往後退，毛髮賁張。現在是怎樣？族貓們不應該互相打起來。

焦毛用後腿撐起身子，腳爪猛砍褐皮的肩膀。他彎起爪子，把她拖到地上，但她一個翻身，後腿一踢，爪子對準他的肚子。

他趕緊脫身，轉個身與她面對面咆哮，嘶聲一吼，撲了上去，揮爪攻擊褐皮的眼睛。

她身子猛地內縮，赤楊心嚇得動都不敢動。他周遭的影族貓也都倒抽口氣。焦毛在做什麼？戰士怎麼能攻擊另一隻戰士的眼睛？褐皮甩甩頭，眨眨眼睛。赤楊心看見焦毛的爪子只劃到她的面頰，這才鬆了口氣。她兩眼依舊炯亮，毫髮未傷。算她好運。

褐皮齜牙咧嘴，恨意扭曲了她的臉，她慢慢朝焦毛逼近。「你跟惡棍貓有什麼兩樣！」

「住手！」虎心終於行動了。他一個箭步奔過空地，推開兩名戰士。

花楸星瞪大眼睛，目光驚駭。「我們千萬不能打架。」

赤楊心往後退，遠離憤怒的影族貓。**這裡不安全，大家根本不受控了。**他把柳光往營地入口推。水塘光也嚇壞了，一雙淺藍色眼睛瞪得又圓又大。他用央求的眼神看著赤楊心。

我幫不上忙，赤楊心內疚到胃跟著揪緊。他退到入口處，示意柳光快跟他走。

「可憐的水塘光。」他們快步離開營地時，柳光這樣說道。「我們應該留下來嗎？」

「那不關我們的事。」他告訴她。**而且我不能置妳於險境。**「他們之間的問題得自己處理。」赤楊心在鋪滿針葉的林地上加快腳步。影族現在似乎變得猶如一群惡棍貓，而不是部族貓。他的肚子彷彿被恐懼整個挖空。**要是他們一直沒辦法從過去的噩夢走出來，要是他們積弱到再也無法保住自己的部族，那該怎麼辦？**

第十二章

峽谷比紫羅蘭掌想像中得小。砂質岩壁在夕陽下閃閃發光，谷底卻被一層紫色陰影覆蓋。水的氣味混雜著矮木叢的香味在狹窄的崖壁兩側滯留。

她旁邊的鷹翅站在那兒猶如石頭一樣動也不動。花心、兔跳、和錢鼠鬚站在兩側，風塵僕僕。

鷹翅定睛看著這座一直被他稱為老家的峽谷。「你聽！」

紫羅蘭掌豎起耳朵，不懂要聽什麼。

「你有聽到嗎？」鷹翅的聲音小如氣音。

「聽到什麼？」錢鼠鬚對他眨眨眼睛。

花心兩眼炯亮。「溪水的聲音啊。」

紫羅蘭掌傾身向前。她在徐徐微風中隱約聽見下方深處有溪水聲迴盪。

鷹翅看著她，黃色眼睛黯了下來。「這聲音總令我想起老家。」

這是紫羅蘭掌第一次感覺到他們之間的距離如此遙遠。原來他擁有這麼多她來不及參與的回憶。她希望有一天他們新家的溪水聲也一樣會觸動他的心。

他緩步朝崖邊走去，腳下礫石應聲滑落谷底。紫羅蘭掌從他尾巴的僵硬程度看得出來他很緊張。她能理解他的心情。雖然她不清楚整個故事的來龍去脈，但大概知道惡棍貓是在幾個月前將天族趕出峽谷。其中有些貓兒沒辦法或不願意長途跋涉地去找其他部族，於是留在附近沒走。鷹翅希望他們已經回到峽谷。

腳步聲在他們身後響起。

紫羅蘭掌立刻轉身。兩隻年輕的貓兒朝他們跑來，耳朵貼平，齜牙咧嘴。其中一隻是黑白相間的母貓，另一隻是黃褐色公貓。她立刻退到鷹翅旁邊，全身緊繃。

母貓在搜索隊前面剎住腳步，怒瞪著錢鼠鬚。「你們在這裡做什麼？」

「這是我們的地盤！」公貓停在她旁邊嘶聲作響。

錢鼠鬚冷靜地瞥了鷹翅一眼。他顯然一點也不在意這兩隻年輕的貓。他們比紫羅蘭掌大不了多少，根本不是戰士的對手。「他們是你的族貓嗎？」雷族戰士問鷹翅。

鷹翅聳聳肩。「我從來沒見過他們。」

黑白相間的母貓毛髮賁張。「我不知道你們是誰，但請滾開我們的領地。」那雙琥珀色的眼睛閃著敵意。

紫羅蘭掌佩服她的勇氣。「我們是來找我們的族貓。」

母貓瞪了她一眼。「你們找錯地方了。」她吼道。

「灰白掌！」母貓後面有喵聲傳來。一隻黑白色的大公貓從金雀花叢裡出來，彈動著尾巴。「我們應該歡迎我們的朋友。」

「他們不是朋友。」黃褐色公貓齜牙咧嘴。「他們可能是惡棍貓。我們應該把他們趕走。」

「礫石掌，不准趕他們走。」黑白色公貓越走越近，兩眼炯亮。

紫羅蘭掌聽見他父親呼吸急促。

「躁掌！」鷹翅的語氣聽起來似乎不敢相信自己的眼睛。

躁掌甩打著尾巴。「鷹翅！」他邁開步伐跑了過來。

灰白掌生氣地皺起眉頭。「你認識他們？」

躁掌從她旁邊擠過去。「我當然認識他們。他們是天族貓。鷹翅的父親就是銳爪。」

「銳爪？」礫石掌語調驚訝。「那個老副族長？」

躁掌沒有回答。他開心地看著鷹翅。「你們回來了。我一直盼望你們回來。我已經等了好幾天了。」他朝花心和兔跳轉身。「真高興見到你們。」

鷹翅用鼻口搓揉躁掌的面頰，大聲喵嗚。「你逃出來了。」

花心和兔跳也圍了上來，躁掌開心地喵嗚。「我當然逃了出來。你該不會以為兩腳獸有辦法關得住我吧？」

「很抱歉我們當時救不了你。」鷹翅的喵聲哽咽。紫羅蘭掌聽得出來他語帶愧疚。「我們真的是束手無策。」

躁掌對他眨眨眼睛。「我懂，」他神情嚴肅地說道。「沒關係。」

鷹翅的身子似乎不再僵硬，彷彿卸下了某種重擔。他看了紫羅蘭掌一眼。「兩腳獸抓到躁掌，帶走了他，」他解釋道。「我還以為我再也見不到他了。他是天族巫醫貓的見習生。」

腳步聲在他們下方響起。紫羅蘭掌轉過身去，耳朵不停抽動，這時一隻虎斑母貓和一隻淺棕色公貓上氣不接下氣地爬出峽谷，眼睛緊盯著鷹翅。他們後面還跟著兩隻年輕的貓兒……一黑一棕。

「真的是你？」淺棕色公貓問道。

灰白掌對著他們眨眨眼睛。「我們本來以為他們是闖入者。」她挺起胸膛。「可是躁掌不讓我們趕走他們。」

「他說他是天族貓。」礫石掌咕噥道。

「他們的確是。」灰色虎斑母貓低聲說道，同時走上前去。「花心！鷹翅！」

鷹翅向母貓垂頭致意。「薄荷皮。」他的眼睛在夕照下閃閃發亮。「真高興見到妳。」

薄荷皮點點頭，似乎正試圖讓自己鎮定下來。這時花心開心地對淺棕色公貓眨眨眼睛。「蕁水花，你看起來好極了。」

「你也是啊。」蕁水花用尾巴示意兩隻年輕貓兒過來。「他們是我的小貓。花蜜掌和流蘇掌。」他朝灰白掌和礫石掌點頭示意。「看來你們已經見過我另外兩隻小貓了。」

薄荷皮繞著鷹翅的搜索隊轉，她停在錢鼠鬚面前，鼻子動了動。「請問你是誰？你的氣味有點怪。」

錢鼠鬚禮貌點頭。「我是雷族貓。」他解釋道。「我是來幫他們帶路的。」

「那這位呢？」蕁水花親切地朝紫羅蘭掌眨眨眼。

紫羅蘭掌趕緊貼近鷹翅，有點不好意思。「我叫紫羅蘭掌。」

「她是我的小貓。」鷹翅舔舔她的頭。「我還有另一隻小貓叫嫩枝掌。她留在湖邊。」

薄荷皮抬起尾巴。「卵石光呢……」

紫羅蘭掌打斷她。「卵石光在我和嫩枝掌還小的時候就過世了。」她回答得很快，不想讓鷹翅回答這個令他痛苦的問題。

「我很遺憾。」薄荷皮的目光緊盯著鷹翅，藍色的圓眼睛溢滿同情。「我們都失去了好多東西，但失去摯愛，一定特別難受。」

紫羅蘭掌喉頭一陣哽咽，這時鷹翅開口了。

「是啊。但我雖然失去卵石光，卻找到了我的孩子和新的家園。」

「你們是從很遠的地方來的嗎？」蕁水花似乎很想繼續這話題。

「我們徒步走了四分之一個月。」鷹翅告訴他。

「你們一定累了。」蕁水花喵聲道。「先到峽谷裡休息一下，那裡有很多生鮮獵物。」

峽谷貓帶著他們從陡峭的小路下去，沿著崖壁蜿蜒而下，紫羅蘭掌跟在她父親後面。當他們從夕陽底下走進陰暗處時，她緊張到全身發抖。不過一到了小路盡頭，蕁水花就沿著小溪走，領著他們進入溪邊一處凹地，那裡的岩石依然如同白晝時那般溫熱。刺狀灌木叢從上方崖壁冒出頭來，擋住夜裡寒冽的空氣竄入凹地。凹地盡頭擺放了一堆生鮮獵物。

「這是我們現在睡覺的地方。」薄荷皮告訴他們。

鷹翅抬頭望著峽谷四周的洞穴。「你們不使用那些洞穴了嗎？」他驚訝地問道。

「這裡的貓兒數量不多。」薄荷皮看著她的小貓跟在兔跳、花心和錢鼠鬚後面走進凹地。

躁掌最後進來。「集中待在一處會比較安全。我們睡覺的時候都會有一隻貓兒站崗守衛。」她喵聲道。

「晚上會有狐狸跑來。」礫石掌補充道。

紫羅蘭掌試圖想像以前峽谷裡有一整族貓兒時，是什麼樣的景象。她想像他們在峽谷上方巡邏，鑽進鑽出每個洞穴，沿著崖壁四周的小路行走。鷹翅還是見習生時，都睡在哪裡？她可以想像他在溪邊練習戰技的樣子。在這裡長大一定很有趣。她真希望嫩枝掌也能來這裡親眼目睹。

鷹翅環顧岩壁。她好奇他是不是正在追憶往事。最後他對薄荷皮眨眨眼睛。「你們為什麼還留在這裡？」

「我們還能去哪裡？」她回答。

躁掌緩步過來。「我們想要重建部族，但僅存的戰士這麼少，實在很難辦到。」

薄荷皮和蕁水花互看一眼。「而且有了暗尾的經驗之後，我們再也不敢相信外來的貓。」蕁水花承認道。

紫羅蘭掌看了她父親一眼。**他們不會在這裡重建天族吧？他們應該跟我們回去。**可是鷹翅沒有看她，反而繞著凹地走來走去，嘴巴張開，似乎正在大口吸進以前熟悉的氣味。「暗尾死了。」他喵聲道。

薄荷皮的眼神顯得幸災樂禍。「太好了。」

「他的同夥呢？」蕁水花眯起眼睛。

「部族貓把他們全趕走了。」兔跳低頭嗅聞生鮮獵物。一隻畫眉被放在最上面。躁掌快步走到她旁邊。「妳自己拿，不要客氣。」他用腳爪將獵物堆攤平，然後退後一步，讓搜索隊自行取用。

紫羅蘭掌看了鷹翅一眼。她的肚子好餓。可是她不想跟這個小部族搶獵物吃，那可能是他們一整天下來的收獲。

鷹翅點頭示意她過來。「想吃什麼就去拿。我們明天再幫他們補充獵物。」

「這裡的獵物很多。」躁掌似乎猜到她的心思。「因為狩獵的貓兒比較少，所以獵物多到捉不完。」

峽谷貓很有禮貌地退到一旁，等訪客們逐一挑好獵物，才上前拿他們要吃的獵物。

紫羅蘭掌坐在鷹翅旁邊，咬了一口軟嫩多汁的鼠肉。落葉季的老鼠特別肥美，她津津有味地吃著，肚子覺得舒服多了。他們終於抵達峽谷，而且找到了天族貓。可是這些貓兒會跟他們回去嗎？她吞下食物，舔舔嘴巴。「你什麼時候才要問他們？」她又咬了一口鼠肉，同時低聲問鷹翅。

「問我們什麼？」正在吃知更鳥的灰白掌抬起頭來，抽動著耳朵。

其他峽谷貓也停下動作，瞪著紫羅蘭掌看。她當場愣住，突然食不知味，後悔剛剛冒然開口。

鷹翅用尾巴圈住她。「我們是來問你們，要不要跟我們回湖區？我們找到了其他部族，而且也有了領地。那塊地很不錯，有獵物也有可以遮風蔽雨的地方。其他部族說兩腳獸夏天會過來，但不會打擾到我們的營地。」

峽谷貓互看彼此。

礫石掌眨眨眼睛。「我們不能離開峽谷，」他喵聲道。「這裡是我們的家。」

薄荷皮一臉若有所思。「我們的家是跟天族在一起。」

「我們就是天族啊。」灰白掌指出。

「我們是天族。」莓水花附和道。「但是我們的族長和副族長沒有跟我們住在一起。」

「那麼他們應該搬回來。」灰白掌喵聲道。

躁掌窺看小小的凹地，目光循著小溪的流向環顧整座峽谷。「我認為星族的意思是要我們跟其他部族在一起。」他輕聲說道。「祂們引導葉星和鷹翅前往湖區，一定有祂們的理由在。我認為我們應該跟他們去。峽谷再也回不去以往的榮景。」他看看薄荷皮，又看看莓水花。

「遠離慘痛的過往記憶，或許也不錯。」莓水花同意道。

薄荷皮的毛髮豎了起來，她看著躁掌。「那麼斑願怎麼辦？」

躁掌垂下目光。

「我們不能丟下她。」薄荷皮瞪看著他，毛髮微微抽動。

鷹翅蹣跚站了起來。「你們知道她在哪裡嗎？」他語氣驚訝。「她已經失蹤很久了，我還以為她死了。」

躁掌抬起頭來，眼帶幽光。「兩腳獸把她帶走了。」他陰鬱地說道。「牠們把她囚禁起來。」

「在哪裡？」

紫羅蘭掌聽見他父親語氣激動。

蕁水花把田鼠翻過來，咬了一口。「今晚先好好休息，明天早上，我們再帶你去。」

✦✦✦

紫羅蘭掌從林子裡往外探看。森林前方有一大片岩地，一棟高聳的兩腳獸巢穴擎天隆起。紫羅蘭掌仰頭想看到巢穴的頂端，結果抬得脖子都酸了。「我看它都快碰到天上的雲了。」她屏息說道。

花心和鷹翅站在兩邊。兔跳、蕁水花和薄荷皮擠在他們旁邊。灰白掌和礫石掌則跟流蘇掌和花蜜掌待在林子暗處。

躁掌從林子裡緩步走出來，清晨陽光映照在他黑白相間的毛髮上，更顯水亮光滑。有幾頭怪獸躺在巢穴盡頭的岩面上酣睡。「這裡到處都是兩腳獸。」他的喵聲充滿恐懼。「我們常看到牠們進進出出。」

紫羅蘭掌全身緊繃，毛髮倒豎。「這裡很像一座營地。」

「四處都是窩穴。」花心小聲說道。

「感覺像蜂窩一樣。」薄荷皮低吼道。

「牠們為什麼要住得那麼高？」兔跳問道。「牠們又不會飛。」

躁掌聳聳肩。「可能這樣才能看見有沒有危險逼近吧。」

「兩腳獸幹嘛這麼緊張？」花心咕噥道，「大部份的危險都是牠們製造出來的。」

鷹翅走到躁掌旁邊。「斑願在裡面嗎？」

躁掌抬頭望向巢穴頂端附近那排發亮的正方物。「我曾經看見她在其中一道透明牆的後面。」他朝長在這棟大蜂窩旁邊的幾棵樹點頭示意。樹頂只比斑願的囚室高一點。「我從上面那裡看得到她在裡頭走動。」

「你爬上去過？」紫羅蘭掌倒抽口氣，害怕到腳爪微微刺癢。

躁掌點點頭。「其中有一塊透明牆有時候會滑開，她就會走到外面的岩架上。」在斑願住的窩穴外面，有很寬的板岩往外伸，板岩邊緣有低矮的牆。「可是要從岩架跳到樹上，距離太遠了，跳不過來。」

紫羅蘭掌一想到那麼高，頭就暈。這裡的樹長在越上面的枝葉就越細短，而且岩架和樹頂之間的距離根本遠到沒有貓兒跳得過去。「要是她是被關在靠近地面的窩穴，她就可以毫不費力地跳過來了。」那裡的枝葉比較長，離兩腳獸營地的牆面也比較近。

礫石掌上前來。「蕁水花有一次好不容易偷溜進那棟蜂窩。」

「那裡面像養兔場一樣有好多氣味，還有好多兩腳獸進進出出。」蕁水花打著寒顫。「我找不到斑願的窩穴，還好我最後有找到路逃出來。」

紫羅蘭掌掃視兩腳獸的蜂窩狀巢穴，目光掃過平滑的牆面，從斑願窩穴外面突起的板岩一路打量到地面。樹木幫不了他們的忙，但一定有別條路可以讓她下來。她看到另一側還有其它岩架，尺寸比斑願那邊的岩架小。它們附著在窩穴的側邊，一層接一層地從巢穴頂端排列到地面，看起來是用一種很細的黑樹枝編織而成。她突然興奮到毛髮微微刺癢，因為她發現每層岩架之間都有踏板相連。最底層的岩架離地面雖還有一大段距離，不過旁邊有棵樹的低矮樹枝離它很近。如果斑願可以搆到那邊的岩架，就可以從那裡脫逃。紫羅蘭掌心跳加速，然後又回過頭去查看斑願的窩穴。她窩穴外面的板岩離最近的岩架只有幾條尾巴的距離。紫羅蘭掌屏住呼吸。斑願跳得過去嗎？萬一失足掉下來，必死無疑。但這恐怕是斑願唯一的脫逃機會。

她用鼻子推推鷹翅的肩膀。「我還不是很確定，」她低聲說道：「不過我想我有辦法了。」

第十三章

狂風四起，看起來就快要下雨了。嫩枝掌不安地瞥了營地上方不停擺動的樹枝。

鰭掌推推她。「別擔心，」他喵聲道。「跟我在一起很安全，星族不會讓我再被樹枝砸到。」

空地上只有他們兩個。葉星在她窩穴裡，微雲帶著小貓們躲進育兒室。梅子柳、哈利溪和沙鼻都在外狩獵。露鼻正在林子裡接受馬蓋先的訓練。至於葉池則帶著鹿蕨出外採集藥草。

嫩枝掌自願留營。「鰭掌需要同伴陪。」

沙鼻一臉的不以為然，但鰭掌苦苦哀求，葉星這才答應。「見習生共同學習的效果會比單獨學習來得好。」她這樣說。沙鼻雖然皺起眉頭，但也不敢違抗天族族長。

此刻鰭掌正把一顆青苔球丟給她。

嫩枝掌漫不經心地接住。「我希望紫羅蘭掌和鷹翅沒被淋溼，沒有受寒。」他們已經走了四分之一個月了。

「他們不會有事的。」鰭掌把青苔球從她那裡勾回來。

她眨眨眼看著他。「要是他們出事了怎麼辦？」

「要是他們過得很開心怎麼辦？」他把青苔球拋到空中，朝它揮掌，但沒擊中。

「妳是擔心以後沒事情好擔心啊？」

「才不是呢，」她推開他，假裝生氣。「我不能擔心我妹妹和我父親嗎？」

「反正又幫不上忙，擔心也沒用。」

嫩枝掌伸腳過去，把青苔球從他那裡踢開。「別老跟我唱反調好不好？」這時突然聞到奇怪的氣味，立刻認了出來。「有影族貓！」

「在哪裡？」鰭掌到處張望，這時蕨叢入口一陣窸窣，刺柏爪大步走進營地。

鹿蕨快步跟在他後面。「你不能這樣大刺刺地闖入我們的營地。」

「哦，是嗎？」刺柏爪朝她轉身，毛髮賁張。「那妳就可以侵入我們的領地？」

鹿蕨一臉茫然地瞪著他。

葉星從中空的雪松窩穴裡衝出來，滑下樹根，穿過空地，擋在鹿蕨和刺柏爪中間。

「她耳背，聽不見你在說什麼。」她告訴影族戰士。

「所以她就能隨便踏進別族的領地，偷他們的藥草嗎？」

鹿蕨偏著頭。「我做錯了什麼嗎？」

「沒有。」葉星點點頭，輕聲哄她離開。「這事我來處理。」

鹿蕨滿臉焦慮地轉身離開。「對不起，葉星。」

刺柏爪甩著尾巴。「妳不處罰她？」

「為什麼要處罰？」

「她擅自越過我們的邊界！」刺柏爪憤怒地咆哮。「要是我告訴花楸星，他一定會氣炸！」

「那就別告訴他。」葉星坐了下來。

「天族都是這樣對待盟友的嗎？」刺柏爪吼道。「我們只是把一些領地讓給你們，不是全部送給你們，好嗎？」

「她可能沒聞到你們的氣味記號線。」葉星喵聲道。

「她聾了，但是她並不笨。」刺柏爪憤怒地抽動耳朵。

「你們影族其實並沒有定期標示邊界。」葉星回嗆。

刺柏爪瞪著她。

葉星深吸一口氣。「我很抱歉發生了這種事。」她歉然地說。「我們還在適應新家。」

她說話的同時，葉池快步走進營地，嘴裡叼著一大坨藥草。她丟下藥草，趕忙走到葉星旁邊。「鹿蕨還好嗎？我看見她跟著刺柏爪走了。她看起來很擔心。」她瞥了影族公貓一眼。「為什麼他在這裡？」

「我抓到那隻跳蚤貓在偷我們的藥草。」刺柏爪咆哮。

葉池心急如焚。「是我的錯。我不是很熟新邊界，可能派她去錯方向摘藥草。」

刺柏爪翻翻白眼。「這是哪門子的部族啊？竟然找了一個比你們還不瞭解領地範圍的巫醫貓來幫忙。」他環顧營地。「大家都到哪兒去了？」

「都在忙。」葉星防備地直起身子。嫩枝掌心想她是不想承認天族貓的數量少到只要派出一支狩獵隊，整座營地就快空了。

「等他們不忙的時候，」黑色公貓齜牙咧嘴，「麻煩告訴他們，多留心邊界在哪。

下次我們再看到有天族貓私闖領地，小心被我們撕成碎片。」他怒氣沖沖地走了。

「對不起，」葉池甩甩頭，朝葉星轉身。「我應該更小心一點。」

「沒關係，」葉星要她寬心。「邊界那裡恐怕沒有做好適當的標示。影族跟我們一樣短缺戰士。」

「他們不會承認的。」葉池咕噥道。

「我們也不會承認啊。」葉星直言道。「但我們不會為了掩飾這部份的不足，就像瘋子一樣不管三七二十一地先謾罵對方。」

嫩枝掌緊張地戳著青苔球。邊界態勢的緊張向來不是什麼好事。影族是在開始後悔不該讓地給天族嗎？他們會再要回去嗎？

葉池朝鹿蕨走過去，神情懊惱。葉星轉身朝自己的窩穴走去。

天族族長經過嫩枝掌和鰭掌旁邊時，看了他們一眼。「你們兩個怎麼不做點有用的事？」她沒好氣地說道。

「什麼事？」嫩枝掌對她眨眨眼睛。

「去把戰士窩打掃乾淨。」葉星甩打尾巴。

嫩枝掌垂下頭。「哦，好。」

葉星一回到她的窩穴，鰭掌便皺起鼻子。「為什麼要我們去打掃窩穴？」他嘟囔道。

「我們留在營地是因為我尾巴還沒好，不是因為我們犯錯被罰。」

「總得有貓兒去打掃啊。」嫩枝掌直言道。

「那就讓戰士們自己打掃。」鰭掌的鼻口朝營地入口努了努。「我們去找點樂子，再去抓隻青蛙藏在露掌的臥鋪底下。」

嫩枝掌想到上次露掌看見臥鋪底下有隻青蛙在蠕動時，竟嚇得彈出臥鋪，就覺得好笑，鬍鬚跟著微微抽動。她從眼角餘光瞄了鰭掌一眼。他的調皮很有感染力。「我們這次去找頭豪豬來好了。」

「那要怎麼把豪豬弄進營地？」

「我們可以把很多條蟲子放在地上一路當誘餌，引牠進來啊。」

鰭掌的眼睛一亮。「這主意好！」他朝入口走去。

「我是開玩笑的啦！」嫩枝掌追在後面。

「我知道啊。」他停在入口，這時葉池和鹿蕨已經走進巫醫窩。「不過我們晚點再去清理戰士窩，等大家都在吹噓他們的狩獵成績或者又在追憶峽谷的往日美好時光時，我們再去清理。」

嫩枝掌跟在他後面。「我想我們可以去狩獵。」她提議道。她心想至少可以跟族貓們一起分享獵物。而且沒有沙鼻在旁監督，狩獵起來也比較自在。沙鼻老是批評她腳爪該怎麼擺，或者獵物要怎麼宰殺。「我知道有個很棒的地方可以抓到老鼠。」

她沒等他回答，便逕行朝天族領地與影族其中一條溝渠交錯的地方跑去。野風在樹冠間流竄，拂過她的毛髮。她聞到落葉季的霉味，突然想到雷族的森林，心不時微微刺痛。那裡的落葉現在應該像雪花一樣到處紛飛，灑滿林間小徑，連蕨叢都被覆蓋。但這裡的松樹卻始終常青，站得直挺挺的，完全不甩季節的變換。

「鼠大便！」鰭掌在她後面一邊跑一邊罵。她回頭張望，發現他正跌跌撞撞地跟著她越過崎嶇不平的地面，短短的尾巴胡亂地前後擺動，似乎正在設法穩住身子的平衡。

嫩枝掌慢下腳步，等他趕上。「你以後就會習慣你的尾巴了。」

他看了她一眼。「可是我再也沒辦法像大家一樣了。」

「誰想跟大家一樣啊？」她語帶輕鬆地說道。

林相漸稀。她看到了那條溝渠。她已經聞到老鼠的氣味，於是停在溝緣窺看。溝渠兩邊雜草叢生，她看見乾枯的葉叢底下有動靜。「快點蹲下來！」她蹲伏下來。

鰭掌也在她旁邊蹲下來。「有獵物嗎？」

「是隻老鼠。」嫩枝掌聽見牠啪噠啪噠地走在溝底的針葉上。她用尾尖彈彈他的後臀。「先讓你抓。」

鰭掌沿著溝緣前進，同時往溝底窺看。他的後腿興奮到微微顫抖，腳爪緊緊塞進身子底下，屏住呼吸。嫩枝掌感覺得到他隨時會撲過去，可是當他的短尾掃過林地時，重心突然不穩，趕緊伸出後腿，以防跌下去，結果幾根針葉被踢落溝底，老鼠應聲逃離。

鰭掌急得撲上，前爪用力一拍，但老鼠趁他腳步踉蹌、倚著溝壁時，飛快脫逃。

嫩枝掌看見他的頸毛豎得筆直，懊惱不已。

「我再也不能狩獵了。」他朝她轉身，眼裡閃著淚光。「我會是有史以來最爛的戰士。」

嫩枝掌心揪成一團。**可憐的鰭掌！**可是她藏起憐憫。「如果你這麼想，就會變成那樣。」她不客氣地說道。「你的未來好壞都由你自己決定。」

「我的尾巴每次都害我搖搖晃晃的，我怎麼可能成為優秀的戰士？」

「所以你才要更加緊練習啊。」嫩枝掌告訴他。「自艾自憐並不會讓你的尾巴長回來。」

鰭掌盯著她看，眼神傷感。

「你一定可以的，」她鼓勵他。「如果你勤加練習，一定可以成為天族最厲害的戰士。」

他眨眨眼睛。「妳真的這麼認為？」

「當然！你那麼聰明又有決心，而且活力十足，憑什麼不能成為最厲害的戰士？」

鰭掌的毛髮這才平順下來，抬起下巴。「我一定可以達到目標。」

「沒錯！」嫩枝掌喵嗚道，很高興見到他又開心了起來。

「嫩枝掌！」葉池的喵聲在林間響起。「鰭掌！」

嫩枝掌的心一沉。他們被發現了。她內疚地瞥了鰭掌一眼，轉身面對葉池。

雷族巫醫貓穿梭林間，快步朝他們走來。「你們兩個在這裡做什麼？」她壓低音量，彷彿擔心被聽見。「快回營地。沙鼻就快回來了，到時一定會奇怪鰭掌上哪兒去了。你們也知道他上次有多不高興你們兩個偷溜出去。」

「他管那麼多幹嘛？」嫩枝掌不悅地豎起毛髮。「他又不是在緊張鰭掌有沒有乖乖接受訓練，反而老叫他待在營地裡。」

「他擔心他啊。」葉池告訴她。

鰭掌跳出溝渠。「我真希望他找點別的事情去擔心。」

「在他找到別的事情之前，你最好聽他話。」葉池揮揮尾巴。「葉星不是要你們去打掃戰士窩嗎？」

嫩枝掌的尾巴垂了下來。「可是見習生的工作我已經做了好幾個月了。」

「我來打掃好了。」鰭掌走到她旁邊說道。「妳在營地裡陪了我好久，應該出去散散心。」

嫩枝掌一直希望能有機會單獨狩獵，別老是有沙鼻跟著。「可是你怎麼辦？」

「我晚點有時間再找樂子玩。」

葉池把鰭掌往營地推。「等戰士窩打掃乾淨了再說。」她語氣利索地說道。「還有你快點把你身上的森林氣味弄掉，上次就是因為被沙鼻聞到你身上的氣味才抓包的。」

葉池催著他離開時，他不捨地又回頭看了嫩枝掌一眼。

嫩枝掌看見他走了，心裡有點難過。跟鰭掌一起狩獵有趣多了。她甩甩毛髮。難過也沒用。終有一天，她和鰭掌會成為戰士，到時他們想什麼時候一起狩獵都可以。就連沙鼻也阻止不了。

林地上有細微的腳步聲響起。一隻松鼠跳進溝渠，朝雷族邊界跑去，嫩枝掌頓時全身亢奮。

她追在後面，四隻腳在林地飛掠，迂迴穿梭松樹林間。松鼠跑得很快，嫩枝掌也不遑多讓。風在耳邊呼嘯，把她的氣味往後方吹，隨風擺盪的樹冠掩蓋了她的腳步聲。等到松鼠快跑到雷族邊界時，她更是奮力前奔。她越跑越近。松鼠衝過邊界，她跟著一跳，伸長前爪，躍過氣味記號線。

眼前有銀色身影閃過。她尖叫一聲，攔腰撞上另一隻肌肉結實的貓兒。她踉蹌倒退幾步，好不容易穩住身子，上氣不接下氣地，眨著眼睛，定睛去看究竟撞到了誰。「藤池！」

她的前任導師甩甩毛髮，一臉不悅地看了一眼正跳上橡樹樹幹、竄進樹枝裡的松鼠一眼。

「對不起，」嫩枝掌氣喘吁吁。「我追牠追了半個天族領地。我想再多追幾條尾巴的距離，應該沒什麼關係。」她一臉歉然地回頭看了邊界一眼。

藤池表情防備地覷著她看。當下嫩枝掌還以為她沒認出她。

「是我啊，」她喵聲道：「我是嫩枝掌。」

藤池彈動尾巴。「我知道。」她沒好氣地說道。

藤池不高興見到她嗎？嫩枝掌很想告訴這位銀白色戰士她有多想她，可是藤池的舉止表現很怪。「妳還好嗎？」

藤池皺起眉頭。「很好啊，如果好的意思是我訓練了幾個月的見習生，突然決定不當雷族戰士，投奔到其他部族了。」

罪惡感像爪子一樣猛戳嫩枝掌的肚子。「我是不得已的。」她喵聲道：「我必須跟著紫羅蘭掌和鷹翅。」

藤池重重地嘆了口氣。「我知道啦。」她讓步了。「不過我真的很想妳，只是好不容易訓練好一隻貓，結果最後跑去效忠別的部族，這種感覺真的很怪。」

嫩枝掌垂下頭。「我一直很感激妳所教我的一切。」

藤池挺起胸膛。「赤楊心說妳還沒受封為戰士？」

「葉星希望我再多受一點天族的訓練。」

「雷族的訓練還不夠完備嗎？」藤池冷哼道。

「當然很完備，」嫩枝掌不好意思到毛髮微微刺癢。「只是天族貓有一些技巧不太一樣。」

「抓隻老鼠哪需要用到那麼多技巧啊？」

嫩枝掌忍住想笑的衝動。「妳的語氣聽起來好像灰紋哦。」

藤池捕捉到她的目光，眼神頓時溫柔了起來。「我想我說話太衝了一點。」

「沒有，妳沒有。」嫩枝掌向她保證道。「蕨歌還好嗎？」

「蕨歌很好啊。」藤池喵嗚道。「他想要有小貓，還說他可以搬進育兒室來幫忙我撫養小貓。」

「公貓住進育兒室？」嫩枝掌對著她眨眨眼睛。她從沒想過這種事。「我覺得這樣也很好啊，蕨歌一定會是個很棒的父親。」

「是啊。」藤池兩眼發亮。

藤池眼裡的柔情觸動了嫩枝掌深處的記憶。「鴿翅好嗎？」她不安地問道。

「為什麼問起她？」藤池一臉懷疑地瞇起眼睛。

嫩枝掌的胃頓時揪緊。藤池知道她姊姊私下密會虎心嗎？

「妳在隱瞞什麼？」藤池朝她走近。

「沒有啊！」嫩枝掌看著自己的腳。

藤池的目光瞪得嫩枝掌全身像著了火。「我太瞭解妳了，每次妳心裡有事，我一眼就看得出來。」

嫩枝掌不想告訴藤池她撞見虎心和鴿翅，可是她又不想對她的前任導師撒謊。「我看到她了。」她小聲說道。

「在哪裡看到？」藤池縮張著爪子。

「影族邊界附近。」嫩枝掌心虛地避開藤池的目光，活像跟影族副族長私會的貓兒是她一樣。「她跟虎心在一起。」

藤池沒有回答。

嫩枝掌看著她，發現她一臉憂心。

「我就知道。」銀白色戰士突然甩打尾巴。「我就知道她在耍花樣。妳聽見他們說什麼了嗎？」

「我沒有聽得很清楚。虎心很擔心影族。」嫩枝掌喃喃說道。她不能告訴藤池他們在相愛。「鴿翅好像很沮喪。」

藤池的喉間發出低吼。「沮喪？影族關她什麼事啊？她要效忠的對象應該是雷族才對。」

嫩枝掌全身不安地蠕動。「我相信她是效忠雷族的。」

藤池怒瞪她。「那她幹嘛去私會虎心？」

「我不知道。」嫩枝掌退後幾步。藤池的憤怒語氣嚇了她一跳。**她是不是也在怪我沒有效忠雷族？**她搜索著戰士的目光。

「對不起，」藤池蓬起毛髮。「不是妳的錯。我不該對妳出氣。」

「很抱歉我離開了雷族。」嫩枝掌脫口而出。

藤池對她眨眨眼。「我知道妳很為難。」

「妳擔心鴿翅也會投效別的部族嗎？」

藤池別開目光。「她不會的。她為雷族出生入死了這麼久。」

橡樹林間傳來喵聲：「藤池！」

「是刺爪！」藤池告訴她。

「我知道。」嫩枝掌心上一驚，認出了雷族公貓的喵聲。

「我得走了。」藤池垂下頭。「妳快回去妳的領地。」

嫩枝掌循著藤池的目光望向天族邊界。有部份的她很想回去雷族營地，可是這樣的話，她就會想念鰭掌。她嘆口氣，轉身回去，穿過氣味記號線。

「妳保重。」她朝藤池喊道。

「妳也保重。」藤池轉身離開。

嫩枝掌看著她走進矮木叢裡，心情不免沉重。她想念她的導師，想念雷族。她真希望她沒有把鴿翅的事告訴藤池。她突然同情起鴿翅。愛上別族的貓，一定很痛苦吧。要是有誰試圖阻止她見鰭掌，她會怎麼樣呢？她試著想像她還在雷族，只能私下密會鰭掌的那種感覺。她渾身打起寒顫，**我不喜歡這種感覺，一點也不喜歡。**

第十四章

天空滿布烏雲，天色灰暗如鴿毛。赤楊心蓬起毛髮，抵禦陰溼的寒氣。空氣裡有雨的味道。美好的落葉季不再，取而代之的是昏暗的天空。

他看了後方的森林一眼，好奇自己究竟走了多遠。影族的氣味不斷從旁邊的松樹林飄送過來，應該走到河族附近了吧？他從太陽爬上營地上方之後就出發了，繞過了天族領地，然後是影族領地，當他朝河族和影族之間那一大片面湖的陸地走去時，心裡不免暗自祈禱別被任何貓兒瞧見。綠葉季的時候，兩腳獸會住在那裡的窩穴。也許可以在那找到他要找的貓。

他不需要別隻貓兒的幫忙。這是一趟他想自行完成的探索之旅。畢竟也可能徒勞無功，所以何必找別隻貓兒參與呢？

林木漸漸稀疏，這片地接壤著如浪起伏的草原。他瞇起眼睛。兩腳獸的窩穴星羅棋布在面湖的半山腰上。已經是落葉季了，兩腳獸還住在那裡嗎？他不是要去找兩腳獸。但若是五大部族都沒有貓兒有六根腳趾，那麼或許可以上寵物貓那兒去找。

不過希望渺茫。

他無視心裡的疑慮。他必須試試看。河族完全封閉對外的聯繫。影族似乎跟當初惡棍貓入侵他們領地時一樣四分五裂。天族的貓兒數量少到幾乎不成一個部族。每逢漫漫長夜，赤楊心總是提心吊膽地睡不著，看來五大部族正在分崩離析，哪怕有共同的歷史也無法使他們齊心協力。**這個預言應該是一切問題的答案。**

他只希望他們對星族訊息的詮釋是正確的。他們可以找到六趾貓，而那隻貓會幫忙這座森林撥雲見日，重見光明。他昨天也曾到風族請教兔星知不知道有哪隻貓兒有六根腳趾。但兔星只是表情不安地瞪著他看，赤楊心離開風族營地時，不免擔心他是不是害風族族長更緊張了。

他朝山腰下面走去，張開嘴巴嗅聞空氣，尋找寵物貓的氣味。

這時突然有高頻率的吠叫聲，他愣在原地，轉頭看見一條棕白相間的狗正在丘頂亂吠，他嚇得毛髮豎得筆直。

赤楊心猶豫不定。狗兒怒瞪著他，眼神狂亂地吠個不停，齜牙咧嘴，拉扯著繫在身上的藤蔓，腳爪刨抓地面。小兩腳獸怒斥越吠越大聲的狗兒。突然間，狗兒低吼一聲，甩掉牽著藤蔓的兩腳獸。

狗兒朝他直衝而來。恐懼像野火燎原漫上赤楊心全身。他掃視草坡，發現無處可藏，只能拔腿就跑，狂奔而過草地。雙耳充血的他朝兩腳獸的窩穴跑去，但又臨時改變方向，思緒亂成一團。兩腳獸怎麼可能保護他？他疾奔橫越坡地。吠叫聲愈來愈大。他用眼角餘光瞥了那條棕白相間的狗兒一眼。牠跑得好快，正朝他逼近。他再次轉向，盲目地向前奔逃，心裡隱約認定應該跑到湖邊，彷彿湖水可以保護他。

樹！這個念頭一閃而過，然後就突然看見斜坡邊緣有棵小小的花楸樹正在抽芽長大。**狗不會爬樹**！他朝花楸樹衝去，只是他發現他得從狗兒面前跑過去才能抵達。他只好加快腳步，奮力前奔。風在他毛髮間流竄，胸口漲滿空氣。當他從狗兒面前飛奔而過時，他感覺得到熱辣的鼻息就呼在他腰側。他一躍而上花楸樹，彎起爪子，戳進樹皮，身子用力往上一撐，死命蹬著後腿，狗兒就在下方吠叫，離他只有一根鬍鬚之近。他抽開尾巴，以防被牠的大嘴咬到，拚命爬上離他最近的一根樹枝。

他瞪看下方，上氣不接下氣。

樹下的狗不停地扭身往上跳躍，兩片耳朵翻來拍去，翻著白眼，怒氣沖沖。

赤楊心貼平耳朵，擋掉牠的吠叫聲。他試圖喘口氣，渾身抖到還以為自己會失足跌下去，趕緊把爪子深戳進樹皮，蹲伏下來，貼平身子。

小兩腳獸跑了過來，對著那條狗嚎叫。牠一走近，立刻彎腰撿起那根仍綁在狗兒脖子上的藤蔓，用力往後拉扯，大聲吼叫，將狗拖走。

赤楊心看著牠們走遠，害怕到嘴巴發乾。早知道他就找戰士護送。他在樹上等小兩腳獸和狗消失在視線裡，又等了好久，直到再也聽不到狗叫聲才稍微放鬆，掃視山腰。

靠近丘頂那裡有動靜。他全身緊繃，想看出那究竟是什麼。但長草叢間有風在流竄，起伏不定的草浪使他很難看清楚。他聳聳肩。也許是河族戰士或影族戰士吧。畢竟他們的領地邊緣就在那裡接壤。不過也可能是他要找的寵物貓。他小心翼翼地爬下樹，朝兩腳獸的巢穴張望。就從那裡開始找起好了。

兩腳獸巢穴的聚落前有一條泥濘的轟雷路。味道有點難聞，但臭味多少被風吹淡了。赤楊心沿著路走，一路緊挨著路緣，豎直耳朵，提防怪獸的怒吼聲。路的兩邊都有兩腳獸的巢穴高高隆起，他緊張地瞥看它們。沒有生命跡象。也許兩腳獸都回到牠們的禿葉季營地了？他低頭從一棟低矮巢穴旁邊的籬笆底下鑽進去，這時突然聞到惡臭的食物氣味，不禁皺起鼻子。也許這裡還有兩腳獸……

一陣嘶聲嚇得他愣在原地。一隻黑色公貓站在一株很高的灌木旁邊怒瞪他。另一隻虎斑母貓則從枝葉後方趾高氣昂地走出來。他們都充滿敵意地瞪著他，毛髮豎得筆直。

寵物貓！

「我不是來這裡偷東西的。」赤楊心喊道。

黑色公貓瞇起眼睛。「那你來做什麼？」

赤楊心遲疑了一下。這隻公貓似曾相識。而且他好像聞過這隻虎斑母貓的氣味。他努力回想，納悶是不是以前見過他們。

虎斑貓歪著頭，目光冷漠。「快說啊？」她低吼。

「我來找隻貓。」赤楊心緊張到毛髮蓬亂。

「你是惡棍貓嗎？」公貓緩步靠近。「是暗尾派你來的嗎？」他的眼裡是不是閃著懼意？

赤楊心突然想起來了。他們曾被暗尾囚禁，對吧？他曾見過他們跟惡棍貓大戰。他甚至記得那隻母貓的名字。「塞爾達！」

她往後一彈，表情驚駭。「你怎麼知道我名字？」

「我是赤楊心啊！」他告訴她。「我是雷族的巫醫。我看過妳大戰惡棍貓。」

公貓伸長鼻口，嗅聞空氣，「你有幫忙我們跟他們對打嗎？」他問道。

「我沒有實際參與。」赤楊心告訴他。這是他生平第一次對自己的巫醫貓身份感到丟臉。不知道他們能不能明白對貓兒來說，上場作戰不見得是最勇敢的表現？

公貓緩步向前，嗅聞他。「我叫洛基。」他退後一步，顯然很滿意赤楊心不具威脅。「你來找誰？這裡沒有部族貓。」

「我知道。」赤楊心的毛髮平順下來。「我要找的貓不是部族貓。他必須有六根腳趾。」

塞爾達瞪大眼睛。「六根腳趾？」

「貓兒沒有六根腳趾啦。」洛基咕噥道。

「有時候還只有四根呢，」洛基看了赤楊心後面的籬笆一眼。「像賈斯柏就是。」

赤楊心環顧四周，突然看見一隻矮胖的貓兒蹲在籬笆上面，頓時嚇了一跳。那隻黃褐色的貓正怒目瞪著他看。

「賈斯柏是因為某種感染才少掉一根腳趾。」塞爾達解釋道。

「那一定很痛。」赤楊心親切地對黃褐色公貓說道。

「關你什麼事？」賈斯柏齜牙咧嘴。

「我是巫醫貓，」他解釋道。「我的責任就是照顧貓兒。」

賈斯柏嘶聲說：「我不需要一隻流浪的老疥癬貓的同情。」

「賈斯柏，他是部族貓。」塞爾達走到赤楊心旁邊。

「我聽多了部族貓的故事，所以我知道他們只是一群長著疥癬、又老又臭的流浪貓。」賈斯柏嘶聲說道。「你們不是說你們曾被他們關起來嗎？」
「那是惡棍貓。」洛基告訴他。「惡棍貓不一樣。」
「野貓都一樣啦。」賈斯柏冷冷地看著赤楊心。
塞爾達一臉歉然地對赤楊心眨眨眼睛。「賈斯柏其實沒有惡意。」她說道。
「沒關係，」赤楊心試著假裝自己並不在意賈斯柏公然的敵意。「我們部族裡也有脾氣很壞的貓。」
賈斯柏從籬笆上面滑了下來，趾高氣昂地離開，尾巴抬得高高的。
赤楊心鬆了口氣，滿心期待地眨眨眼睛看著塞爾達。「妳有認識有六趾貓嗎？」
塞爾達搖搖頭。「這附近沒見過。」
「我也沒見過。」洛基附和道。
「對不起我們幫不上忙。」塞爾達揮揮尾巴。「你為什麼要找六趾貓？」
寵物貓能理解星族預言很重要嗎？也許他們不懂吧。赤楊心垂下頭。「沒關係，」他喵聲道。「我該回去了，謝謝你們的幫忙。」
「要是能幫得上忙就好了。」洛基說道。
「你餓了嗎？」塞爾達問。「我的兩腳獸窩穴外面有食物哦，味道好極了。」
赤楊心盡量不讓對方看見他正在打顫。他聽說過寵物貓的食物。灰紋跟他說那味道聞起來就像乾掉的腐葉土。「不用了，謝謝，」他禮貌回絕。「我必須回去了。」
「好吧，」塞爾達朝草地方向走去。「保重囉。」

洛基跟著她走。「再會了，赤楊心，祝你找到你要找的六趾貓。」

「謝謝你們。」赤楊心朝籬笆走去，再從底下鑽過去。失望的他腳步沉重。他早就知道要在這裡找到星族預言的答案，根本不太可能。但縱使希望渺茫，他還是打起精神前來一探。可是還有哪些地方可以讓他去找有六趾的寵物貓呢？也許他需要往部族領地以外的地方去探索？但不是今天。今天如果他不快點回去，他的族貓一定會擔心。於是他沿著那條泥濘的轟雷路往回走，離開兩腳獸的營地。

他貼平耳朵，抵禦寒氣，徒步橫越草原，遠離這裡。風在耳邊呼嘯，他瞇起眼睛，抵擋風勢，於是視線變得不太清楚，也聽不太到什麼聲音。

突然間，不知道誰的腳爪往他腰側猛力一推。他踉蹌側倒在地，赫見一團黃褐色的身影。寵物貓的氣味迎面撲來。他直覺反擊，爪子勾住對方厚重的毛髮。但攻擊者的體型比他大，不費吹灰之力地就甩掉他，還伸爪用力揮打赤楊心的面頰。赤楊心感覺到利爪劃過皮肉，一陣劇痛。他大吼一聲，不管三七二十一地猛揮腳爪，卻又被另一記重擊砍得搖搖晃晃，無法喘息。他倒在地上，感覺自己被對方的重量緊緊箝制。他猛踢後腿，扭動身子想要脫身，但寵物貓壓得死緊。**賈斯柏！**他終於認出那身毛髮和他的氣味。他怒不可遏，拚了命地想擺脫對方。

「所以你們部族有貓兒脾氣不太好，對吧？」賈斯柏嘲笑道，那張臉陰森逼近，將他往地上狠狠地摜壓。「他們的脾氣有像我這麼壞嗎？」賈斯柏舉起粗壯的腳爪，打算朝赤楊心的鼻口揮過去。

赤楊心做好被痛擊的準備，氣惱自己竟然如此無助。

但沒有腳爪揮過來。壓在他胸口上的重量突然不見。赤楊心蹣跚爬起。賈斯柏剛剛只是想嚇嚇他嗎？這時他聽見一聲怒吼，火花皮的橘色身影一閃而過，撲向賈斯柏，由下方橫掃他的前爪，後者腳步踉蹌，啪地一聲，下巴著地。火花皮用後腿撐起身子，腳爪猛砍對方腰腹。寵物貓翻身過去，後腿胡亂踢打，火花皮及時跳開，閃掉寵物貓的利爪，再由後方一把掐住賈斯柏的喉嚨，將他的頭往後一扭，在他耳邊嘶聲說道：「如果我弟弟跟你說我們部族有貓兒脾氣不好，你最好相信。」隨即伸爪劃過喉嚨，力道拿捏到不會見血，但毛髮被硬生扯落，這才鬆手放開他。

賈斯柏趕緊跳起來，滿臉驚恐地瞪著火花皮和赤楊心。赤楊心看他不斷後退，總算鬆了口氣，不過也難堪到全身毛髮微微刺癢。不管他赤楊心是不是巫醫貓，都應該有本事擊退一隻寵物貓。

火花皮朝賈斯柏嘶聲大吼，黃褐色公貓趕緊轉身逃開。「你還真勇敢啊！」她在他後面吼道，好笑地喵嗚叫，然後才朝赤楊心轉身：「你還好嗎？」

他伸爪摸摸自己的面頰。流血了，而且有點刺痛，不過還好傷口沒有很深。「我沒事。」他迎視她的目光，全身熱燙，覺得自己丟臉到家。「謝了。」

她聳聳肩。「小事一樁。」

小事一樁？她剛剛擊退了一隻體型是她兩倍大的公貓欸。赤楊心卻連保護自己的能力都沒有。**她是想強調這一點嗎？**

赤楊心轉身朝上坡走。

火花皮快步跟在他後面。「你要去哪裡？」

「回家，」他怒氣沖沖地說。「妳剛剛一直跟著我嗎？」

「我當然一直跟著你。」火花皮走在他旁邊。「你溜出營地，看起來就是一副不知道在搞什麼花樣的樣子，我想知道你到底要幹嘛啊，還好我跟在你後面，不然那隻貓早把你撕爛了。」

「他不會。」赤楊心呸口道。「我剛剛只是在策劃下一步該怎麼反擊。」

火花皮沒有回應，反而改變話題。「你來這裡做什麼？」

「巫醫貓的事，」他回答。「妳不懂。」

「說來聽聽嘛。」

赤楊心繼續往前走，他覺得自己很差勁。她剛剛救了他，他卻不知感激。可是他沒辦法忍受剛才那種難堪。她是要召告天下她救了像小貓一樣無助的他嗎？

火花皮擋住他的去向。「你到底怎麼了？」她緊張地直視他的眼睛。「你是在氣我嗎？」

各種思緒彷若流星在赤楊心的腦海裡閃現。該從哪裡說起呢？一開始是他好不容易找到天族，她竟希望他們回峽谷去住；後來她又像腦袋塞滿羽毛的見習生一樣只顧著跟雲雀歌調情，根本沒注意到赤楊心已經有一個月沒跟她說話；現在她又徹徹底底地羞辱他，而且還搞不清楚狀況。他怒目瞪她。「妳到底有什麼毛病啊？」他呸口道：「我們以前感情那麼好，但現在我覺得自己一點也不了解妳。」

「我們還是很要好啊，不是嗎？」火花皮綠色目光閃過受傷的神色。「我知道我最近有點分神在雲雀歌身上。」

「有點而已嗎？」

「你就是在氣這個啊？」火花皮眨眨眼睛看著他。

「也不完全啦，」赤楊心不想那麼小鼻子小眼睛。「可是妳現在幾乎對什麼事都不在意。妳根本不管我對天族的感覺是什麼，也不在乎我所擔心的預言，還有我竟然需要妳來幫我把寵物貓趕走，這很丟臉欸！妳總是自以為是……好像妳要做什麼都可以，可是有時候就是不可以啊！」

火花皮背上的毛髮豎了起來。「我知道你想要天族留下來，但這不表示我就得同意你的看法。我也可以有自己的意見啊。而且我當然很在意你所擔心的那個預言。」她開始來回走動。「可是你說得沒錯，我最近是太迷戀雲雀歌了，以至於都沒時間找你聊一聊。還有很抱歉我救了你，趕走了那隻肥寵物貓……」她停頓一下。「不對，我其實不覺得抱歉。我絕對不會讓他扯掉你身上的任何一根毛。不過我本來就受過戰士訓練，而你接受的是巫醫訓練。如果我流血流到快死了，你一定會救我，不是嗎？因為你擅長的就是這個啊。你專門救治貓兒，我專門狩獵和打仗。」她停下來，凝視著他。

赤楊心心虛得厲害。「對不起啦，」他看著地面。「我知道我太過敏感。妳當然可以有妳自己的意見。」他飛快地瞥了她一眼。「哪怕是錯的。」

她喵嗚笑了。「我喜歡你的敏感，所以我才會有這麼棒的弟弟啊。」她用鼻頭推他肩膀。「我們回營地吧，然後我們去獵物堆那裡挑一隻最大的獵物來吃。要是有誰抱怨，我就告訴他們，你一路長途跋涉到這裡，還打跑了森林裡最兇狠的貓。」

赤楊心開始往斜坡上爬。「好吧，不過不要挑最大的獵物，第二大的就好了。」

「好啊，」火花皮走在他旁邊。「你為什麼大老遠地到這兒來？不准再用巫醫貓的事這句話來搪塞我。」

「我只是想找找看有沒有哪隻寵物貓有六根腳趾。」赤楊心告訴她。

「就是可以拯救部族免於風暴的那隻貓嗎？」

他點點頭。

「可是沒找到？」她問道。

「沒有。」赤楊心的尾巴垂了下來。

「別擔心，」火花皮輕聲說道。「你一定解決得了。天族就是你找到的啊。」

「是嫩枝掌找到的。」他糾正她。

「是你告訴她上哪兒去找，她才找到的。」火花皮抬起尾巴。「而且搞不好這預言不像你想得那麼糟。也許星族只是過於小心，因為前陣子發生了太多不好的事。」

他們爬到坡頂，然後朝林子轉身。**搞不好這預言不像你想得那麼糟**。赤楊心試著讓自己相信火花皮是對的。可是他心裡還是很不安。「不，」他低聲道，「我感覺得到這件事很重要。星族要我們找出答案。河族拒我們於門外，影族幾近瓦解。我是不知道六趾貓要怎麼解決問題啦，但哪怕它只是要帶我們去找到下一條線索，也值得一試。」

就在他們走進林子裡時，火花皮挨近他，毛髮輕輕拂過他身上。「如果你需要幫手，隨時告訴我。」她喵聲說。「要是你又像今天這樣需要長途跋涉，我可以陪你。」

他感激地眨眨眼睛，很開心積壓很久的怨氣終於化解開來。他覺得他好愛火花皮。森林蒙住了風聲的呼嘯，但林子上方的天空愈來愈暗。「我們聊聊雲雀歌好了。妳真的喜歡他？」

火花皮聳聳肩。「是啊，很喜歡，可是……我不知道欸。我現在只想當戰士，不想太早定下來，可是我喜歡跟雲雀歌在一起，我覺得他也喜歡跟我在一起。」她緊張地看了赤楊心一眼。「你覺得他喜歡跟我在一起嗎？」

「為什麼不喜歡？」赤楊心喵聲道：「妳風趣聰明，而且又是很厲害的戰士。」

她推推他。「謝了，赤楊心。」

正當赤楊心喵嗚笑時，可怕的咆哮聲從旁邊的蕨葉叢裡響起。狗的臭味迎面撲來。他驚慌失措，一條棕白相間的狗突然從矮木叢裡竄出來。赤楊心立刻認出牠。牠頸上的藤蔓拖在地上。咆哮聲瞬間爆開，狂吠不止。

火花皮撞開赤楊心，將他推到後面，直接揮爪攻擊狗的鼻口。但狗的動作快如狐狸，及時低頭閃過，大嘴一張，啪地咬住火花皮的後腿，用力一扯，火花皮跌倒在地，四腳朝天，被牠往蕨叢那裡拖。

赤楊心驚慌無措，想都不想地立刻撲上去，伸爪拚命猛砍那條狗，他緊緊抓住牠的頭顱，瘋狂地猛耙。

狗兒痛苦哀嚎，不停甩頭。赤楊心抓得更緊。那張大嘴在他下方用力張合，熱辣的鼻息噴在四周。但赤楊心管不了那麼多，伸出後爪，勾住狗兒的頸毛，猛抓狠耙。

狗兒不斷哀嚎，扛著赤楊心衝來撞去，最後撞上樹幹，赤楊心這才放手。他氣喘吁吁、渾身顫抖，蹣跚爬了起來，準備再來場殊死戰。但狗兒竟轉身長嚎，逃之夭夭，鑽進蕨叢，消失林間。

赤楊心雙耳充血。「火花皮？」他看見蕨叢底下橘色的身影。「火花皮！」恐懼哽咽喉間，他一個箭步衝過去。

她翻身過來，瞪著他看，綠色眼睛又圓又大。「我從沒見過這麼英勇的貓欸。」赤楊心這才如釋重負，趕緊查看她側邊身子，後腿有鮮血汩汩流出。

她撐起身子站起來，傷腿小心地踩在地面上。「還好沒斷。」她小聲說道。

「妳被咬傷了，需要好好治療。」赤楊心緊張地說道。

火花皮揮著尾巴把他趕到前面去。「竟然得靠你把狗趕走，這實在有夠丟臉了，我不是戰士嗎？別再在我傷口上灑鹽了。」

他玩笑地看她一眼。「我不會用鹽巴，我用的是橡樹葉，它對感染比較有效。」

「聰明！」火花皮喵嗚笑道，一拐一拐地朝雷族邊界走去。

赤楊心快步跟在後面。他自豪得不得了，開心地抬起鼻口，這時天空突然開了，大雨滂沱打在樹冠。

第十五章

「紫羅蘭掌，妳不用跟我們一起上來。」鷹翅伸長脖子，打量橡樹枝葉，瞇起眼睛，抵禦枝葉間滴滴答答的雨滴。

紫羅蘭掌挺起胸脯，希望自己看起來夠勇敢。「我要上去。」這計畫是她提議的，她要求斑願冒險一試，所以她必須到場幫忙。

這雨自清晨之前就開始下了。峽谷裡的雨勢大到等太陽爬上樹頂時，溪水已經暴漲。結果沒過一會兒，他們就眼睜睜看著自己的臥鋪被洪水沖走。

「我們的東西都沒了，」躁掌率先開口。「我們何不去找斑願，從此離開這裡。」

蕁水花起初不同意。像這種天氣，斑願要怎麼逃脫？可是薄荷皮直言，反正都被沖走了，也無家可歸了。而且天知道這雨要下到什麼時候才停。蕁水花最後同意，該是時候前往天族的新家了。

此刻站在橡樹底下的紫羅蘭掌甩甩溼透的毛髮，暗地希望鷹翅會以為她毛髮賁張是因為雨水的關係。她不想讓他看見她的恐懼。要是斑願沒辦法跳到黑色枝條編成的岩架上，那該怎麼辦？萬一她失足掉落呢？

她窺看高聳的兩腳獸蜂窩。雨水從平滑的牆面串流而下，如河水般流淌在蜂窩四周的岩地上。

蕁水花繞著粗壯的橡樹樹幹走了一圈。「爬到樹頂不難。」他喵聲道。

兔跳和花心抬頭張望，顯然不相信他的說法。「我看我還是在這裡等好了。」兔跳低吼。

礫石掌舉起前爪，按壓多瘤的樹皮。「我可以去嗎？」

「你待在這裡。」薄荷皮告訴年輕公貓，目光同時掃過灰白掌、流蘇掌和花蜜掌。「你們都待在這裡。」

「可是紫羅蘭掌就可以。」灰白掌反駁道。

「這是她的點子。」鷹翅打量樹幹。

紫羅蘭掌不好意思地低下頭去。礫石掌和其他見習生很快就要成為她的同窩夥伴。她不想惹惱他們。「我想我也可以跟你們一起待在這裡。」她低聲道。

「不行，」花蜜掌走到她面前，水花跟著四濺。「妳一定要去。我們不介意留在這裡。」

「妳不用幫我們發言。」礫石掌氣呼呼地說。

「一定要小心哦。」花蜜掌喵聲道。「妳別理礫石掌，他一向自認是戰士。」

紫羅蘭掌看著黃褐色公貓。「我保證等我下來，一定把所有細節都告訴你們。」她提議道。

「如果妳下得來的話。」礫石掌吸吸鼻子。

灰白掌推推她哥哥。「她才不會像你半個月前那樣卡在上面下不來呢。」

「我沒有卡在那裡。」礫石掌惱火地說道。「我是在捉貓頭鷹。」

「那薄荷皮為什麼要上去帶你下來？」

蕁水花又繞了一圈樹幹，皺起眉頭。「別再鬥嘴了。這件事很要緊。」他伸出前爪攀住樹幹，一躍而上第一根樹枝。

「祝好運。」兔跳用尾巴輕刷紫羅蘭掌的背脊。「記得爪子戳深一點。」

「我會照顧她。」鷹翅承諾道，然後跟在蕁水花後面爬上去。

紫羅蘭掌心跳加快。她呼吸急促地看著薄荷皮和躁掌陸續跟了上去，於是也伸爪戳進溼透的樹皮裡，把身子撐上去。

她跟著戰士們越爬越高，樹皮碎屑像雨滴似地灑在下方的貓兒身上。蕁水花似乎很熟這條路徑，身手矯捷地從一根樹枝跳到另一根樹枝，一路經過兩腳獸營地一座又一座的岩架。這棵樹已經禿了一半的葉子，另一半也都變黃。紫羅蘭掌跟著鷹翅和其他貓兒繞著樹幹穿梭，越爬越高，樹葉在她臉部四周震顫擺盪。

雨水浸溼了她的毛髮，從鬍鬚串流而下。她不敢往下看，深怕失去平衡，反而看了斑願窩穴外面的板岩一眼。岩面被雨水洗得發亮，圍牆頂端很滑。紫羅蘭掌再看看鄰近的岩架，發現外緣細窄的圍籬正在滴水。斑願怎麼可能抓得牢？

紫羅蘭掌憂心忡忡。**也許她不該冒險。**

鷹翅在她前面停下來，紫羅蘭掌這才發現整支隊伍已經爬到跟那塊板岩等高的樹枝處。蕁水花帶著他們走到一根抽長著許多細小枝葉的粗樹枝上。薄荷皮和躁掌將它們撥開，以便看清楚斑願的窩穴。鷹翅跟在躁掌旁邊沿著樹枝往前走。還騰出空間給紫羅蘭掌，示意她過來。她小心翼翼地走在溼滑的樹皮上，蹲伏在他旁邊。

溫暖的光自斑願窩穴的透明牆滲灑出來，反照在外面岩架的水窪上。

「你看得到她嗎？」躁掌對蕁水花斷聲說道。

蕁水花隔著透明牆窺看。「還沒看到。」他喵聲說。「我們得再等等。」

雨水滲進紫羅蘭掌的毛髮，沾到皮膚。她盡量不發抖，爪子深戳進樹皮。她冷到骨子裡，但也只能在鷹翅旁邊耐心等待。時間好像過得很慢。太陽已經藏起來了，她完全不知道他們還得等多久。

終於，蕁水花直起身子。「我看到她了。」

隔著透明牆上串流的雨水，紫羅蘭掌看見一隻雜色虎斑貓在溫暖的光線下走動。

蕁水花大聲喊叫。斑願立刻轉頭過來，她瞪大眼睛，快步走近。紫羅蘭掌看見她開口說話。一頭兩腳獸快步走到她旁邊。斑願陪著兩腳獸朝透明牆走來。

紫羅蘭掌現在聽得到巫醫貓那被蒙住的喵聲。這時候兩腳獸突然把牆滑開，斑願快步走到板岩上，看見這一幕，紫羅蘭掌的心跳差點停住。

兩腳獸往外頭看了一眼，蕁水花趕緊壓低身子，前者隨即關上透明牆，消失在窩穴裡，獨留斑願在外面。

斑願跳上板岩的圍牆，興奮對著外面大喊。「你們在這裡做什麼？一切都好嗎？」

「我們很好。」薄荷皮喵聲道。

「妳好不好？」躁掌緊張地問道。

「我很好。」斑願隔空喊道。「兩腳獸對我很好，可是我想離開這裡。」

「這就是我們來的原因。」蕁水花告訴她。

「你們有想到可以脫逃的方法嗎？」斑願往下看。紫羅蘭掌循著她的目光，只是一看到她的位置距下方岩地那麼高，就頭皮發麻。「幾天前，我從窩穴入口偷溜出去，但是還沒走到外面就迷路了，結果另一頭兩腳獸撿到我，又把我帶回來。」

紫羅蘭掌一想到被兩腳獸撿起來的感覺，便不由得渾身發抖。她眨眨眼睛，一臉同情地看著斑願。

斑願似乎看到她。她兩眼瞪大，目光從紫羅蘭掌轉到鷹翅。「鷹翅，你回來了。」

「我們是來帶你們去湖區的。」鷹翅喊道。「那裡還有別的部族，我們在那裡有了新家。」

斑願的眼睛一亮。從眼神看得出來她好開心，可是當她低頭看的時候，欣喜的神色瞬間消失。「可是我要怎麼離開這裡？」

「我們有個點子。」鷹翅朝紫羅蘭掌點頭示意。

斑願一臉企盼地看著紫羅蘭掌。

恐懼啃蝕著紫羅蘭掌。**我的點子很蠢欸！**她看著板岩和岩架之間的距離，這才發現從這個角度看兩邊的距離其實很遠，她渾身發抖。她怎麼會以為斑願跳得過去？這時一個念頭閃過，岩架旁邊還有另一道透明牆。斑願可以從窩穴裡面進到那邊的岩架嗎？

紫羅蘭掌猶豫了一下，然後朝岩架點頭示意。「如果你可以進到那座岩架，就可以一路走下來。」

斑願循著她的目光望過去，溼淋淋的毛髮豎得筆直。

「妳可以從窩穴裡面過去嗎？」紫羅蘭掌一臉企盼地眨眨眼睛。

斑願搖搖頭。「不行。」

「妳可以跳過去嗎？」

斑願瞇起眼睛。「我不確定，我以前也想過，可是它好像沒有通到哪裡去欸。」

「有，」紫羅蘭掌語氣熱切地說道。「它有階梯可以通到下面的岩架，然後再一路通到下面。」

斑願興奮地眼睛一亮。「通到地面嗎？」

「妳會往下通到一個離樹枝很近的地方，一跳就過來了。」紫羅蘭掌隔著雨水喊道。她懷疑自己的做法到底對不對。**要是斑願失足跌落怎麼辦？**

蕁水花走到樹枝邊緣。「妳得跳很遠哦。」他喊道，鼻口朝板岩和岩架之間的缺口努了努。「如果妳不想跳，我們可以理解。」

「不跳的話，我怎麼去湖區？」斑願看著鷹翅。「不行，你們不能不帶我去。」

紫羅蘭掌隔著雨水瞪看她。她真的想試嗎？**我幹嘛想出這個餿主意？**

斑願望向那邊的岩架，目光緊盯著邊緣窄窄的支柱。支柱頂端被雨水洗得發亮。她收起後腿，前爪勾住板岩邊緣，為了穩住身子，尾巴緩緩地前後擺動。她後腿微微撐起，紫羅蘭掌看得出來她正蓄勢待發，準備一躍而過。

突然間，她身後的透明牆被打開。兩腳獸走出來站在雨中，瞪大眼睛看著斑願。

斑願一躍而起。

兩腳獸出聲尖叫，朝她撲過去，手掌拍到牆面，斑願的後腿笨拙地滑了一下。

她會掉下去！紫羅蘭掌的心臟簡直快跳出來，斑願騰空躍起，伸長前爪。紫羅蘭掌衝上前去，鷹翅伸爪穩住她。「別動！」她嚇得不敢看，低下頭去。下方地面似乎搖晃不定。**千萬別讓她死掉！**

匡噹的碰撞聲喚回她的神智，斑願猛地撞到岩架圍籬，前爪勾住支柱頂端，後爪抵著下方滑溜的柱條亂耙。嚇得毛髮賁張的她，拚命想要抓牢。最後她長聲低吼，用力一撐，爬上柱頂，安全抵達。

紫羅蘭掌如釋重負，緊倚著鷹翅的身子幾乎癱軟。「她成功了！」喵聲猶如氣音。

「快點下去！」蕁水花快步走向樹幹，趕忙往下爬。躁掌追在後面。

斑願已經跳下第一層階梯，岩架跟著喀喀作響。兩腳獸瞪看她一會兒，突然轉身，衝進窩穴。

「牠去追她了！」薄荷皮看著消失在窩穴的兩腳獸。趕緊追在蕁水花後面爬下。

紫羅蘭掌也跟著下去，鷹翅殿後。她連跳帶滑地跟著天族戰士往下爬，耳裡聽到斑願也跟他們一樣快步往下走，腳步聲在岩架上迴盪。就在快到樹幹根部的時候，蕁水花身手矯捷地沿著一根低矮的長枝條跳。一到枝條尾端，立刻探身出去，這時斑願已經抵達最後一層岩架，離這根樹枝只有一條尾巴之距。她一躍而上圍籬，如蜻蜓點水，逕往樹枝這頭跳過來。

蕁水花伸爪勾住斑願的身子，在僅離橡樹安全地帶一個鼻口之距的地方，將她一把拖了過來。

後面的兩腳獸穿過一道透明牆，爬了出來，站上岩架，放聲大喊。

樹幹旁的紫羅蘭掌嚇得愣在原地。

薄荷皮推推她。「我們快離開這裡。」說完便把紫羅蘭掌往下方的樹枝推。

紫羅蘭掌看見礫石掌、灰白掌、流蘇掌和花蜜掌都在抬頭張望，眼睛瞪得斗大。兔跳和花心毛髮豎得筆直，瞪看著他們。紫羅蘭掌翻過最低矮的樹枝，攀住樹幹，任由樹皮一路磨著肚皮，直接往下滑。「我們把她救出來了！」她告訴正在發抖的見習生們。他們從她旁邊蜂擁過去，迎接正爬下樹幹的躁掌和斑願。

天族貓們繞著彼此寒暄，招呼聲比雨聲還大，紫羅蘭掌退到一旁。鷹翅與斑願互相摩搓臉頰。「真高興再見到你。」

兩腳獸蜂窩那裡傳來響亮的碰撞聲。巨大的腳爪重踩岩地。「我們快走！」紫羅蘭掌一瞄見兩腳獸朝這棵樹奔來，便放聲大喊。

她趕緊逃開，礫石掌衝到她前面，薄荷皮和灰白掌跑在她旁邊。她回頭張望，看見鷹翅、蕁水花和斑願也跟著兔跳和花心追在後面。

後方的兩腳獸終於慢下腳步，一雙小眼睛驚訝地瞪看他們。

我們成功了！紫羅蘭掌全身溢滿喜悅。他們把斑願救回來了，也找到了其他天族貓，再過幾天，他們就可以回家了。

第十六章

嫩枝掌鑽進戰士窩裡，甩掉身上的雨水。她已經搞不清楚這雨到底下了多久。森林上方被烏雲籠罩了好幾天，現在每座臥鋪都是溼的，葉池對著她的藥草庫發愁，擔心小心採集回來的藥草可能腐爛。狩獵隊帶回來的獵物也都溼答答的。嫩枝掌不免好奇，鷹翅和紫羅蘭掌有沒有躲過這場雨的肆虐。他們應該快回來了吧？他們都已經離開快半個月了。

馬蓋先的喵聲打斷她的思緒。「妳有帶藥泥來幫我的腳上藥嗎？」黑白相間的公貓從臥鋪上對她眨著眼睛。

「葉池待會兒會帶過來。」嫩枝掌告訴他。「沙鼻派我來幫你梳理毛髮。」

馬蓋先昨天沒抓牢樹幹，從溼滑的樹皮上滑下來，磨破腳墊，重重落地，扭傷了肩膀，現在正躺在臥鋪裡，難以動彈。

嫩枝掌一聞到他的味道，不禁皺起鼻子。潮溼的空氣害他身上發出酸味。她一想到要用舌頭幫他在毛髮裡搜找跳蚤和壁蝨，便倒胃口。他現在是需要幫助的族貓，她並不是不願意做，只是很火大沙鼻竟派這工作給她。

他是在處罰她嗎？訓練時，不管他的指示有多愚蠢，她都盡可能地小心照做。她心想要是她勤快一點，或許很快就能從天族見習生裡畢業。

馬蓋先在臥鋪裡蠕動，嘴裡不停咕噥。「我已經想辦法梳理了肚皮和腳爪上的毛，但搆不到後背。」他朝她轉身。「不好意思，我身上有點臭。」

嫩枝掌緩步走向他的臥鋪。「整座營地都很臭。」她語帶同情地說道。「窩穴和臥鋪潮溼到都快爛了。你還被困在裡面，一定更慘。」

「我情願讓清涼的雨水淋在身上。」馬蓋先附和道。「至少就不會臭得跟獾一樣。」

嫩枝掌喵嗚地笑，隨即將鼻口埋進他厚重的毛髮裡，搜找跳蚤。她發現一隻，趕緊用牙齒咬死，再把那地方舔乾淨。

馬蓋先被她舌頭梳理得全身放鬆。「感覺好多了，」他感激地說道。「那隻跳蚤一整晚都在咬我。」

嫩枝掌沿著他的背脊一路搜抓跳蚤，徹底舔洗他的毛髮。到了尾巴根部，她發現一隻壁蝨已經吸血吸到很肥了。她先舔洗那附近的毛髮，然後用後腿坐直身子。「那隻壁蝨需要用老鼠膽汁才除得掉。」她告訴他。「如果我硬拔，不保證能拔得乾淨，更何況你也不想遭到感染吧。」

馬蓋先抬起傷腿。「如果走路不太痛的話，我想我直接去葉池的窩穴好了。」

「我去拿膽汁。」嫩枝掌站起來。她好奇鰭掌不知道受訓回來了沒有。貝拉葉暫代他導師花心的職務訓練他，今天一大早就帶他出去了。她很高興他又開始上課受訓。但營地裡見不到他，總覺得很想念。她把頭探出窩穴。沙鼻、露鼻、和鼠尾草鼻已經狩獵回來。蘆葦掌正在幫葉池用泥巴和青苔補強巫醫窩的牆面，以防雨水滲進去。沙鼻越過高漲的溪水，去找葉星談話。露鼻正幫忙鼠尾草鼻將獵物往營地的蕨葉圍籬那裡推。嫩枝掌猜想他們應該是怕獵物被雨水淋溼吧。可是蕨葉已經乾枯，雨還是會滴落。她懷疑營地裡到底有哪個地方可以不讓獵物堆淋到雨。

「嫩枝掌！」

當她朝葉池的窩穴走去時，沙鼻突然喚她。

她轉身，豎起耳朵。虎斑公貓正朝她走來，一臉嚴肅。嫩枝掌忍住嘆氣的衝動。他又要找她麻煩了嗎？

她停下腳步等候。「狩獵還順利嗎？」他一來到面前，她就問他。

「在這種天氣下，能抓到獵物已經算順利了。」雨水從他鬍鬚滴落，但他似乎沒有察覺。他一本正經地看著她。「我想趁鰭掌不在的時候跟妳談一下鰭掌的事。」

嫩枝掌皺起眉頭。有什麼事不能當著鰭掌的面說？

「我希望妳別老跟他膩在一起。」

她瞪著他看。「我們同住一個窩穴！」她怎麼可能避而不見她的同窩夥伴？

「我知道，」沙鼻繼續說道：「但這不表示妳一定得跟他出外探索或者一有機會就跟著他去狩獵。」

「你說得好像我黏著他不放。」嫩枝掌毛髮豎了起來。「是他想跟我去狩獵！」

沙鼻咕噥道：「那就拒絕他。」

「為什麼？」嫩枝掌簡直不敢相信自己的耳朵。鰭掌是她的族貓。跟他在一起為什麼不可以？

沙鼻神情鎮定地看著她。「發生意外之後，他得慢慢重建自信心。只剩半截尾巴的他，受訓的時候會更辛苦。他有很多東西得學，必須快點迎頭趕上。如果他看見妳每件事都能輕而易舉地辦到，對他來說會很不好過。」

嫩枝掌感覺全身熱燙。這是真的嗎？「可是我一直在幫他啊。」他們倆才剛研究出一種方法，可以利用他的短尾巴來潛行和跳躍。「昨天我們才一起練出一招新的狩獵蹲伏技巧。」

「他很年輕，而且他很喜歡妳。」沙鼻似乎沒把她的話聽進去。「我不希望他為了讓妳對他刮目相看而去冒險。」

「我從來不會叫他去做危險的事。」嫩枝掌很生氣。為什麼沙鼻的偏見這麼深？

「妳會害他分心，不能專心受訓。」沙鼻的尾巴不耐地抽動。「反正離他遠一點，這是為了天族好。」

嫩枝掌還來不及回答，他就轉身走了。

她在後面氣呼呼地瞪看著她的導師，心臟撲通撲通跳得厲害。他憑什麼告訴她離她的族貓遠一點？**為了天族好？**這話什麼意思？**我也是天族貓啊！**他講得好像她不屬於天族貓一樣。

入口通道響起腳步聲。嫩枝掌瞥了一眼，心中燃起希望。**是鷹翅的搜索隊回來了嗎？**

她抽動著耳朵，卻看見藤池帶著獅燄、蕨歌和刺爪走進空地。

雷族戰士們停在小溪旁邊，等葉星過來會見。沙鼻走近瞪看，露鼻和鼠尾草鼻則在生鮮獵物堆旁不安地觀察。

藤池低垂著頭。「我們在邊界等候巡邏隊，」她一臉歉然地說道，「可是等了許久，都沒看到。」

葉星看了雨勢一眼。「今天雨這麼大，沒有貓兒想出外巡邏。而且在鷹翅帶我們的族貓回來之前，我們的隊員數量真的有點單薄。」

就在她說話的同時，小鶺鴒和小鴿從育兒室裡跌跌撞撞地出來。

「有入侵者！」小鶺鴒吱吱叫地出聲警告。

小陽光也蹣跚走出來，蓬起薑黃色的胎毛，抵禦溼冷的天氣。

小鶺鴒甩甩那雙鴉烏色的耳朵。「他們是惡棍貓嗎？」

「不是，親愛的，」微雲跟在小貓後面出來。「他們是雷族戰士。」

「我覺得雷族戰士長得好像狐狸哦。」小陽光喵道。

「那是影族。」小鴿自以為很懂地說道。

微雲伸長尾巴圈住他們，將他們全部兜起來，幫忙擋雨。「親愛的，安靜點，專心聽就好了。」

巫醫窩旁邊的蘆葦掌用後腿坐下來，戳戳葉池。「妳的族貓來了。」

正專心工作的葉池抬頭張望。「刺爪！」她一看到金棕色公貓，目光頓時溫暖。她甩甩腳爪上的泥巴和青苔，穿過營地去打招呼。「花落好嗎？」

「她很好。」刺爪慈藹地點點頭。

「小貓們呢？」葉池雙眼發亮。

「小鷹和小殼滿腦子想要爬上亂石堆去探索棘星的洞穴，」刺爪告訴她。「小莖和小梅倒是喜歡待在巫醫窩附近玩耍。」

葉池喵嗚道：「我想松鴉羽應該不太高興吧。」

「是不高興，」刺爪的鬍鬚抽動著。「不過赤楊心說，有事讓他抱怨，他才覺得生活有樂趣。」

嫩枝掌的思鄉情愁油然而起。松鴉羽以前也很愛抱怨她。

藤池看著刺爪，眼神一黯。「我們是來討論正經事的。」

刺爪聽她這麼說，趕緊低下頭去。

「我們出來找鴿翅。」藤池的喵聲因擔憂過度而顯得緊繃。

葉星歪著頭。「她失蹤了？」

「她兩天前離開營地，到現在還沒回來。」

嫩枝掌當場愣住。**她走了？**

「她有沒有說她去哪裡？」葉星問道。

獅燄背脊上的毛髮如波起伏。「她沒有說。」

葉池傾身靠近。「你們有去森林裡找過嗎？」

「我們已經搜找了屬於雷族領地的森林。」藤池告訴她。「也去過影族營地問他們有沒有看見她？」

「有沒有看見？」葉星問道。

「花楸星說沒看到。」藤池的雙耳不安地抽動著。

葉星朝沙鼻轉身。「有在天族領地發現到她的蹤跡嗎？」

「沒有貓兒跟我提過領地裡有出現陌生氣味。」他據實回答。

「沒有嗎？」藤池看著嫩枝掌。

嫩枝掌心虛地蠕動腳爪。她應該舉報她看到虎心和鴿翅的那件事嗎？藤池不發一語地瞪著她，直到葉星循著藤池的目光看見嫩枝掌。沙鼻瞇起眼睛。

「嫩枝掌？妳知道什麼內情嗎？」葉星問道。

嫩枝掌緊張到毛髮微微刺癢。「我四分之一個月前曾在靠近雷族領地的那個地方看見鴿翅在跟虎心說話。」她一頭霧水地看了藤池一眼。為什麼她的前任導師要為難她？

「不過這好像跟天族沒什麼關係。」

「他們在我們的領地裡嗎？」葉星問。

「是啊，可是他們是在談影族的事。」嫩枝掌很快地說道。

葉星豎起耳朵。「他們說什麼？」

嫩枝掌的思緒亂成一團。她該怎麼說呢？把虎心對影族的擔心一五一十地全盤托出嗎？還是吐實虎心對鴿翅的愛意？她吞吞吐吐，覺得自己背叛了所有貓兒。「虎心擔心他的部族，就這樣而已。」她終於開口。

葉星瞇起眼睛。

沙鼻緩步朝嫩枝掌走來。「妳那時怎麼不回報給我們知道？」

「因為感覺不是很重要。」

「他們是在我們的領地裡。」沙鼻吼道。

「可是半個月前，那裡還是他們的領地。我以為邊界跟以前一樣還沒固定下來。」

沙鼻的眼裡閃著怒光。「什麼時候邊界變得這麼不固定了？」

嫩枝掌看著地面。「只是最近的改變太多了。」她喃喃說道。

「沒錯，」沙鼻的喵聲冰冷。「也許對某些貓來說，不要改變還比較好。」

他這話什麼意思？她驚詫地看著他，但他的目光冰冷。他是覺得當初她應該留在雷族嗎？

葉星甩動尾巴。「妳有問過虎心關於鴿翅的事嗎？」她問藤池。

「我問過了。」藤池抬起下巴。「可是他說他沒見到她。」

「妳相信他？」葉星問道。

「妳相信嗎？」藤池反問道。

葉星聳聳肩。「我只知道當初是虎心提議分這塊領地給我們，所以請自行去我們的領地上搜索。」她向藤池垂頭致意。「不過一定要在太陽下山之前回到你們的領地。」

「謝謝妳。」藤池注視了天族族長一會兒，才轉身過去，獅燄、刺爪和蕨歌跟著她走向營地入口。

嫩枝掌看著他們離開，胃頓時揪緊。她好想追過去問藤池為什麼要逼她承認她見過鴿翅。她是存心要她在天族的日子過不下去嗎？她還在氣我離開雷族嗎？**我是叛徒嗎？**

沙鼻在她旁邊低吼：「我現在覺得我要求妳離鰭掌遠一點的這個決定是對的。」

嫩枝掌縮起身子，看著他趾高氣昂地走遠。現在他更有理由不信任她了。她好希望鷹翅和紫羅蘭掌能在她身邊，至少可以得到他們的支持。她知道微雲是卵石光的母親，可是她光照顧自己的小貓就忙得不可開交了。她緊張不安到全身刺癢。鷹翅和紫羅蘭掌出外旅行了這麼久，現在一定擁有更多她來不及參與的共同回憶。要是連他們在的時候，她都還是覺得孤立無援，那該怎麼辦？

別再自艾自憐。她甩甩身上的毛髮。她怎麼跟小貓一樣。**是妳自己決定來天族的，就只能忍下去了。妳生來就是天族貓，妳本來就該待在天族。**

可是一個小小的聲音在她心裡響起。她在雷族會過得比較快樂。她知道他們所有的故事，她跟他們一起狩獵過，有他們在身邊，她總覺得自在許多。但在這裡，她卻得努力地讓自己覺得有歸屬感。

嫩枝掌看見沙鼻正在跟葉星竊竊私語。微雲把她的小貓們哄進育兒室裡。露掌和鼠尾草鼻忙著拿蕨葉蓋在生鮮獵物堆上。

馬蓋先應該還在等他的老鼠膽汁。她朝葉池的窩穴走去。鴿翅怎麼會不見了？她隱約直覺這位雷族戰士一直在計劃出走。嫩枝掌曾聽到她跟虎心這樣提起。鴿翅似乎跟那位影族戰士在一起才覺得自在，像回到家一樣。就在這當下，嫩枝掌竟不由得嫉妒起她來了。

第十七章

赤楊心攤開一坨貓薄荷。

松鴉羽抽了抽鼻子。「快要爛了。」

赤楊心檢查葉片。葉緣黑了，表示已經開始枯萎。「也許今天雨就停了。」

「你昨天也這樣說。」松鴉羽從藥草庫拉出一綑紫草。巫醫窩裡立刻充斥著辛辣的氣味。

赤楊心皺起眉頭。「曬乾的藥草，味道不應該這麼嗆。」

「它們才不是乾的。」松鴉羽咕噥道。「整座森林沒有什麼東西是乾的了。」

薔光在臥鋪裡蠕動身子。「雨應該很快就停了。」

「我也希望。」赤楊心焦急地走到窩穴入口。外面的雨滂沱打在營地裡，在空地上積成了一窪大水塘。雷族貓已經開始在窩穴外面堆積泥塊和枝條，深怕水塘面積愈來愈大，最後滲進窩裡。

他的族貓們都躲在窩穴裡頭。只有灰紋在外面，他涉水穿過水塘，嗅聞被雨水淋溼的生鮮獵物堆。厚重的毛髮溼答答地黏在身上。他看了赤楊心一眼，漫不經心地抬起尾巴招呼。「天氣真好……我是說如果你是鴨子的話。」

「我想也是吧。」赤楊心不安地對著他眨眨眼，老公貓從獵物堆上叼出一隻溼透的老鼠，拖回長老窩。

棘星和松鼠飛出去了，他們和亮心、火花皮、莓鼻一起出外狩獵。這種天氣是很難在森林裡嗅出獵物的氣味，他懷疑他們能帶多少獵物回來。

他看見荊棘屏障微微抖動，藤池帶隊領著刺爪、獅燄、和蕨歌走進營地。赤楊心低頭從巫醫窩裡出來，涉水穿過水塘，前去招呼他們，一路上水花四濺。「你們有找到鴿翅的下落嗎？」

藤池眨眨眼睛看著他，雨水從她臉上流下來。「沒找到。」她語氣沉重地說道。

「花楸星和葉星都說沒看見她、也沒聞到她的氣味。」

「像這樣的天氣，是很難嗅出她的氣味。」赤楊心抬頭望著天空。**黑暗的天空絕非風暴的前兆**。這是星族警告的風暴開端嗎？鴿翅的失蹤跟這有關嗎？

獅燄打斷他的思緒。「嫩枝掌告訴我們，她曾看到鴿翅在天族領地跟虎心說話。」

「什麼時候的事？」赤楊心憂心到肚子微微刺痛。鴿翅是因為虎心才離開的嗎？

「四分之一個月前。」藤池喵聲道。

刺爪和獅燄互看一眼。

藤池皺起眉頭。「我們得趕在她做任何傻事之前找到她。」沒有貓兒回答。刺爪轉頭去看育兒室。「我去看看花落和小貓們是不是夠暖和。」戰士朝濃密的荊棘灌木走去，消失在裡面。獅燄緩步走回戰士窩。

藤池一臉焦慮地看著蕨歌。「他們是不是認為她叛逃了？」

蕨歌的鼻口輕觸藤池的面頰。「鴿翅絕不可能背叛雷族。獅燄比誰都清楚。別忘了，她曾幫他擊敗黑暗森林。」

藤池眼布愁雲。「我只是希望她平安無事。」

她說話的同時，小石子霹哩啪啦地從崖頂掉落，灑向高聳岩。

赤楊心緊張地抬頭張望。雨水從崖面流竄而下，蕨叢和荊棘垂掛崖頂，根部不斷滲出泥水。大地正在嗚咽。

藤池的毛髮豎得筆直。「也許我們應該淨空營地。」她看了地上那根山毛櫸一眼，長老窩就藏身在它的枯枝底下。「那棵樹就是在這種天氣從崖頂掉下來的。當時還砸死了長尾，害薔光從此半身不遂。」

赤楊心朝巫醫窩看。那裡似乎還很安全，因為它是隱身在崖壁的凹洞裡。可是窩頂透光，要是石頭掉進窩裡怎麼辦？「我去問問看松鴉羽要不要把薔光移到戰士窩，等天氣放晴再搬回去。」

他話還沒說完，崖頂又傳來嘎吱作響。有塊大石頭在上面晃動，他頓時緊張起來，倒抽口氣。這時嘎地一聲，石頭從崖頂滑落，像俯衝的老鷹直墜而下，泥沙和植物也被扯落，它撞上了高聳岩，沙石四散飛濺，赤楊心趕緊跳到營地邊緣。

驚魂甫定的他回神去看藤池和蕨歌，還好他們也及時跳開，正緊挨著長老窩圍籬蹲伏。

藤池驚恐地瞪大眼睛。貓兒們爭相跑進空地，她抬起鼻口大喊：「淨空營地！」

獅焰衝出戰士窩，蕨毛尾隨其後。他看著崖壁，土石鬆動，灌木懸空。崖邊下方的岩石有裂痕漸漸浮現，碎裂聲迴盪營地。獅焰琥珀色的眼睛立時警戒。「蕨毛，」他扭頭向同窩夥伴說：「快去淨空戰士窩和長老窩。叫大家撤退到湖邊。」

蕨毛點點頭。「煤心！蜂紋！」他朝族貓們喊道，重複獅燄的命令，戰士們個個瞪大眼睛，跌跌撞撞地走進淹水的空地。

他們點頭聽命。煤心跑進窩穴，蜂紋站在外面，指揮戰士們朝荊棘入口通道撤退。

蕨毛對罌粟霜大喊。「快去把灰紋和蜜妮帶出營地。」他下令道。罌粟霜銜命衝向地上那棵山毛櫸，他則跑向入口喊道：「快撤退到湖邊。」白翅、百合心、和暴雲魚貫從他旁邊進入通道。

藤池和蕨歌等在育兒室入口。刺爪已經爬出來，小鷹被懸空叼在嘴裡。黛西跟在他後面，也朝營地入口跑去。花落將小殼和小莖從荊棘叢的缺口遞出來。蕨歌和藤池各自叼起他們的頸背，趕緊跑開。花落則一把叼起小梅，跟在後面，這時崖頂傳來可怕的斷裂聲。

赤楊心嚇得愣在原地，眼睜睜看著大石塊從崖頂剝落，朝空地砸了下來。獅燄一個箭步上來，將他推到荊棘屏障處。石塊當場砸到高聳岩，滾進空地，現場一片飛沙走石，夾帶的泥水橫掃營地，濺溼了四散奔逃的貓兒。

赤楊心寒意突然上身，嚇醒了神志恍惚的他。「松鴉羽！」他衝進巫醫窩。「薔光！」

他跌跌撞撞地從營地中央遍地的碎石爬過去，獅燄跟在後面。「雲尾！樺落！雪灌木！快來幫忙！」

赤楊心穿過巫醫窩入口的苔蘚簾幕，衝了進去。松鴉羽正護著薔光，用身子幫她擋住崖頂落下的泥沙。

更多的石塊沙土漫進營地，巫醫窩窩頂上方的土石似乎也在怒吼。

獅燄一把推開松鴉羽，叼起薔光的頸背，把她從臥鋪裡拖走。樺落低頭鑽進她後腿底下，用肩膀撐起，兩名戰士就這樣同心協力地扛著她離開窩穴。

「我的藥草！」松鴉羽大叫。

「別管藥草了！」雲尾吼道。

「反正都快爛了。」赤楊心試圖把松鴉羽推向窩穴入口，但盲眼巫醫貓爪子緊戳著地面不放。「我們採集了一個月，得靠它們度過禿葉季。」他怒瞪著雲尾和赤楊心。

雪灌木衝進存放藥草的岩縫，忙不迭地拉出一綑又一綑的藥草。雲尾用嘴巴盡可能地叼了幾把。松鴉羽也叼了滿口。赤楊心趕緊把貓薄荷捆在一起，用牙齒咬住，然後轉身跟著雲尾和松鴉羽走出窩外。

雪灌木還在挖藥草出來。

「別挖了！」赤楊心叼著藥草的嘴巴雖然被蒙住，仍然放聲喊道。

雪灌木停下動作，眨眨眼睛看著他。

赤楊心驚慌地彈動尾巴，示意白色戰士快離開。窩裡的土石越積越多，他們隨時可能被淹沒。雪灌木當場抓了一大把百里香和錦葵，就往入口跑。

赤楊心比他先鑽進窩穴入口，一路狂奔，穿過營地。

罌粟霜和櫻桃落正護送蜜妮和灰紋穿過荊棘通道。獅鋑嘴裡叼著藥草等在那裡，目光不時掃視空地。赤楊心和雪灌木是剩下的最後兩隻貓。獅鋑眼神急迫地示意他們。赤楊心看見他目光驚懼地瞥了崖頂一眼，直覺慢下腳步，轉頭仰看。

一大塊巨石正從崖壁剝落，看起來就要像冰塊一樣滑落，砸進空地。石塊四周的沙石和灌木猶如大雨不斷灑落。時間似乎在赤楊心觀看的那一剎那慢格下來。這時他突然感覺到雪灌木的鼻口從後面推他，獅鋑也伸腳過來，一把勾住他的頸背，往前一拉，落石瞬間砸上地面，撞擊聲劃破空氣，石塊爆裂粉碎。

爆開的氣流往四面八方噴開，將赤楊心推向獅鋑，嘴裡的藥草也掉了出來，身子撲倒在地，一片飛沙走石。泥沙像大雨一樣紛飛灑落。他被突如其來的泥水淹沒。營地瞬間陷入靜默，只除了滂沱雨聲。

赤楊心抬起頭。

獅鋑在他旁邊呻吟，撐起身子，站了起來。「你有受傷嗎？」

赤楊心動了動，意外發現自己一點都不痛。他蹣跚撐起身子。「雪灌木。」他開口喊道，嘴裡噴出泥巴，趕緊呸掉，回頭張望。

一坨白色身影躺在碎石堆旁。

獅鋑奔了過去。「雪灌木！」

赤楊心跌跌撞撞地走到獅鋑旁邊。「他有呼吸嗎？」他一把推開金色公貓，耳朵貼著雪灌木的嘴巴。沒有氣息。「快點！」赤楊心朝碎石堆努了努鼻口，雪灌木的後腿被掩埋其中。「把他拉出來。」

獅燄將鼻口探進雪灌木癱軟的頭顱底下，叼住頸背，大喝一聲，從碎石泥沙堆裡用力拉了出來，放在空地邊緣。

赤楊心趕緊將白色戰士翻轉過來，讓他仰躺在地，然後用腳掌按壓他的胸口。他隔著肋骨施力，壓下去再放開，再壓下去，再放開。**我一定要讓他呼吸。**「去找幫手來！」他告訴獅燄。

獅燄一臉茫然。

「快去！」赤楊心吼道。

獅燄轉身衝出營地。

赤楊心繼續按壓雪灌木的胸口。他的腳掌往下摸索，往雪灌木肋骨下方壓下去，然後再壓一次，費力大喝一聲。

雪灌木身子突然抽了一下，用力咳出泥水。

赤楊心頓時燃起一線希望，趕緊用腳掌摸索公貓滿是泥沙的身體，查看有無骨折。當他摸到其中一隻後腿時，不禁愣住。那裡腫了起來，腿骨裂開。

雪灌木疲憊地睜開雙眼，眨眨眼睛抵禦打在臉上的雨水。

「你安全了，」赤楊心告訴他。「可是後腿斷了。獅燄去找幫手了。」

他話語剛落，獅燄就穿過入口跑了回來。鼠鬚、樺落、和雲雀歌都跟在後面。百合心尾隨其後。當她看見雪灌木時，眼裡滿是心疼。她從族貓們旁邊鑽過去，蹲在她伴侶貓旁邊。毛髮被泥水貼黏在身上的雪灌木，看上去體型變得好小，眼神痛苦。

「他沒事，」赤楊心告訴她。他真希望松鴉羽在這裡。「他的腿斷了，只有這樣而已。」他知道他沒有完全吐實：雪灌木曾暫時停止呼吸，所以除了骨折之外，也許還有什麼內傷也說不定。

「我們快把他帶離開這裡。」百合心一臉驚懼地看著崖頂。

「小心一點。」赤楊心看見獅燄和樺落蹲在傷貓兩側，立刻出聲警告。

「我可以自己走。」雪灌木翻過身，撐起身子站了起來，卻發出低沉的呻吟聲。獅燄和樺落趕緊從兩邊攙扶，幫忙架起他，讓他後腿騰空，一跛一跛地走向營地入口。鼠鬚和百合心緊跟在後。

雲雀歌環顧營地，不敢相信地瞪大眼睛。赤楊心一臉疲累地循著他的目光張望。高聳岩被淹沒在沙石堆裡。碎石覆滿整片空地，連營地邊緣也沒放過。每座窩穴都被泥沙和樹枝覆蓋。土石流順勢帶下來的植物和灌木，像一根又一根的傷肢突起於泥沙殘屑之上。落石擋住了巫醫窩的入口。

赤楊心仰望著那挾帶暴雨的厚重烏雲，任由雨水洗去他臉上的汙泥。「這雨會停嗎？」他喃喃說道。

雲雀歌一臉企盼地看著他。「也許這就是星族說的風暴，也許它結束了。」

「也許吧。」赤楊心小聲說道。**又或者這只是開始。**

第十八章

陽光劃破傍晚的空氣，紫羅蘭掌瞇起眼睛。微弱的光線烘暖了她帶潮的身子。她抬起臉，閉上眼睛，享受它的光亮。烏雲終於散去。

自從救回斑願之後，這些天來，他們一直在無休止的雨中跋涉前進。不過儘管天候不佳，紫羅蘭掌的心卻是雀躍的。躁掌和斑願分享了這陣子以來的經歷。薄荷皮和蕁水花也加入談話。流蘇掌和花蜜掌不再那麼害羞，現在他們跟她已經像同窩夥伴那般熟稔。一路上大家越走精神越好。他們看到了峽谷以外的世界，個個亢奮不已，而這種亢奮是具有感染力的。就連礫石掌和灰白掌也不再像以前那麼愛抱怨。紫羅蘭掌等不及想要跟他們介紹天族的新領地。

錢鼠鬚似乎比雀皮或哈利溪更像是他們的族貓。他會分獵物給他們，也會像天族戰士一樣保護見習生。有一次花蜜掌閒晃到離兩腳獸巡邏隊太近的地方，他就趕快把她帶回來。

兔跳一直緊跟著紫羅蘭掌，也順道在旅途中幫她上課訓練，而且個性一點也不跋扈專橫。他會陪著她狩獵，態度和藹地教她潛行技巧和氣味追蹤的方法。花心和鷹翅始終跟在櫻桃尾和雲霧身邊。他們很開心母親和姊姊都決定離開大麥的穀倉，前往天族的新領地。

紫羅蘭掌還記得四分之一個月前，當他們快走到大麥的農場時，鷹翅有多緊張。當時他什麼話也沒說，但是她可以從他僵硬的尾巴和耳朵抽動的方式看得出來他的焦慮不安。要是他母親和姊姊最後選擇留在大麥身邊，不知道他會怎麼樣？想來也只能在沒有母姐陪伴的情況下在湖邊自立家園了。

救回斑願之後，他們便在雨中連夜趕路，那天一早，就抵達了大麥的農場。當時那座可以遮風蔽雨的溫暖穀倉感覺簡直就像是星族的恩賜。大麥趁鷹翅找雲霧和櫻桃尾懇談時，帶著饑腸轆轆的貓兒們展開狩獵。

鷹翅還沒開口說話，她們就瞪大著眼睛，神情不安地迎視他企盼的目光。紫羅蘭掌從他顫抖的背脊看得出來他一度以為她們會告訴他，她們決定留在農場。但是櫻桃尾走上前來，與她的兒子互搓鼻口。

「我們跟你們一起回去。」

她的話立刻幫鷹翅卸下了重擔。他喵嗚地穿梭在她們之間，信誓旦旦她們做了正確的決定，絕對不會後悔前往天族的新領地。

如今已經又過了幾天，他們沿著大片的山腰蜿蜒前進，地平線上的湖水粼粼閃爍。

「你們看！」紫羅蘭掌率先看到暮色底下發亮的湖水。

花蜜掌在她旁邊興奮地跳來跳去。「就是那裡嗎？」

「你們在說什麼？」礫石掌從她們擠過去，伸長脖子。

「湖就在那裡！」紫羅蘭掌用鼻口示意。哪怕是從這裡遠眺，湖的面積看起來也很大，從山腰處一路迤邐到森林。她突然好想老家，好奇嫩枝掌在做什麼。被單獨留在天族營地裡，感覺一定很怪。紫羅蘭掌不免再度好奇當初嫩枝掌留下來的原因究竟是什麼。也許她是想證明給葉星看，她是忠心的族貓。紫羅蘭掌知道嫩枝掌有多喜歡討年長貓兒的歡心。**我想這只是她的一種生存方式吧。**紫羅蘭掌明白她姊姊必須被接納。**我以前不是也試著在說服影族接納我嗎？**只是後來又遇上惡棍貓。結果搞到最後，影族裡頭只有針尾待她如親姊妹。紫羅蘭掌再次悲從中來。自從他們抵達峽谷之後，針尾就再也沒來找過她。**她一定是很氣我。**

灰白掌打斷她的思緒。「我們的新營地在哪裡？」

紫羅蘭掌伸長鼻口，朝湖邊一處聳立的暗色林子示意。「你看到那些松樹了嗎？」

流蘇掌爬上他們正在走的兔徑路緣。「我看到了！」

「在哪裡？」灰白掌推擠著她妹妹。

「在那裡。」流蘇掌熱切地說道。

礫石掌皺起眉頭。「營地在森林裡？」

「那裡一定一天到晚都很暗。」灰白掌不安地看了紫羅蘭掌一眼。

「營地離湖邊不遠，」紫羅蘭掌告訴她。「住在森林裡頭很棒，不僅遮風蔽雨，獵物也不缺。」

「峽谷裡的獵物也不缺啊。」礫石掌告訴她。「而且還有溪水可以喝。」

「新的營地裡也有一條小溪。」紫羅蘭掌喵聲道。

薄荷皮跟著蕁水花、兔跳走在前面幾條尾巴之距的地方，這時回頭看了一眼。「希望不會淹水。」

紫羅蘭掌頓時不安到身子微微刺癢。要是淹水了怎麼辦？要是營地在他們離開的時候被大水沖走了怎麼辦？

她後面的鷹翅漫不經心地吸吸鼻子。「小溪的水絕不會淹出來的。」他緩步走在雲霧和櫻桃尾之間，錢鼠鬚和花心走在他們兩側。「林地長滿青苔，雨水很容易被吸乾，還有溝渠可以把水排到湖裡。」

礫石掌遠眺地平現。「我們還要走多久才會到？」

「再兩個日出。」鷹翅不太確定地看了錢鼠鬚一眼。

錢鼠鬚點點頭。「我們來不及參加明天的滿月集會。」他的語氣聽起來一點也不擔心。紫羅蘭掌猜想雷族公貓應該是挺享受這次的天族探索之旅。

所以就算錯過了大集會又怎樣？還不如讓新到的族貓先安頓下來，再跟其他部族碰面比較好。她還記得自己第一次在大集會上看見那麼多貓時，有多招架不住。至於其他部族，就讓他們有較充裕的時間去習慣天族多了新成員的這件事吧。但她多少不安地在心裡納悶，影族對天族成長如此之快，將作何感受？她猜想當初他們提議分領地給天族時，應該沒料到會有這個結果。但她把這念頭推開。誰在乎影族怎麼想？反正她也不是影族貓了。她的新家在天族。

太陽沉入地平線，紫羅蘭掌覺得格外寒冷，肚子餓到咕嚕作響。

「我累了。」流蘇掌喵聲道。

「我餓了。」花蜜掌附和道。

薄荷皮停下腳步，朝隊伍轉身。她看著鷹翅。「我們應該在這裡休息過夜了吧？」

紫羅蘭掌將四隻痠痛的腳爪輪流抬高，甩甩腿，希望他會答應。

鷹翅掃視山腰，最後朝灌木叢生的凹地點頭示意。那裡有樹木環繞，可以遮風蔽雨。「我們去那裡過夜吧。」他喵聲道：「那個凹地看起來很適合當臨時營地。」

蕁水花揮動尾巴。「你們去探查一下凹地的環境，我跟薄荷皮帶礫石掌和花蜜掌去狩獵。」

「我也想去狩獵。」灰白掌喵聲道。

鷹翅點點頭。「好吧，等我們查探清楚了，再去找你們。」

「我來幫忙打理臥鋪。」紫羅蘭掌提議道。她看到下坡有大片蕨葉叢，她可以去那裡採集蕨葉。

斑顱瞇起眼睛，在漸暗的天色底下打量四周。「我好像看到一些牛蒡，我去挖一些牛蒡根回來，對痠痛的腳爪很有效。」

雲霧一臉感激地對著巫醫貓眨眨眼睛。「能再成為部族的一份子，感覺真好。」

紫羅蘭掌開心不已。等到月亮升起，她已經在新鮮的臥鋪上安頓好，肚子也吃得飽飽了，族貓們就圍在她身邊。她喵嗚笑了起來。部族生活遠比她以前想像得來的美好多了。

✦
✦
✦

紫羅蘭掌做夢了。陽光灑在廣漠的原野。前方有隻肥胖的老鼠正在草叢裡摸索前進。她舔舔嘴巴，準備撲將上去。但不知道什麼東西在戳她。**走開！**她沉入自己的夢裡。陽光下的老鼠睏乏地移動身軀。這應該很好抓。她又被戳了。**別再戳了！**紫羅蘭掌覺得火大，不知道是誰想叫醒她。她在睡夢裡低聲嘟囔，不去理會那惱火的感覺。

她又被用力戳了一下，硬是被挖醒。

她睜開眼睛。

小凹地漆黑一片。她聽到同伴們輕柔的呼吸聲。

是誰把她叫醒？她一臉不解地抬起頭來嗅聞空氣。

夜裡寒涼的空氣竟瀰漫著針尾的氣味。

她回來了！紫羅蘭掌爬出臥鋪，繞過族貓，走出凹地。山腰浸淫在月光下。她掃視如浪草波，尋找針尾的蹤影。**拜託別走。**山坡下面石楠叢生的地方有黑影在動。紫羅蘭掌衝過去，那影子立刻滑進石楠叢裡。「針尾！」她一靠近便放聲大喊。「妳別走！」

她鑽進灌木叢，看見針尾身影在枝葉間移動。

「等等我！」紫羅蘭掌很是火大。「既然妳要逃走，幹嘛叫醒我？」這是針尾在報復她嗎？「我很抱歉我當初棄妳而去！但別忘了，是妳叫我快逃的！我想救妳，可是我覺得我根本救不了妳。如果我留下來，反而會被暗尾殺了。然後也殺了我們所有族貓。

難道這是妳想看到的結果嗎？」

針尾的身影穿梭在灌木叢間。這時突然寂靜無聲。**她離開了嗎？**

紫羅蘭掌鑽出石楠叢，進入一處小空地。針尾等在那裡。綠色眼睛在月光下閃閃發亮著。

「妳在氣我嗎？」紫羅蘭掌瞪著她看。「所以才不停地出現在我面前？」

針尾朝一隻公貓點頭示意，後者蜷伏在一叢石楠底下的青苔臥鋪上。

紫羅蘭掌愣在原地，然後快步走向針尾，壓低音量。「他是誰？」

針尾對她眨眨眼睛。「他是我在幾個月前認識的貓兒。」

紫羅蘭掌很驚訝自己竟然能再聽見針尾的聲音，以致於根本沒留意聽她剛剛說了什麼。**什麼？**她強迫自己專心聽針尾接下來的話。

「我生前就認識他了。現在每次我回來，都會遇見他。」

「回來？」紫羅蘭掌的思緒開始奔騰起來。「從哪裡回來？你現在跟星族住在一起嗎？」

針尾低頭看著自己微微發光的身子。但是一點星光也沒有。「我看起來像是星族貓嗎？」

紫羅蘭掌愣了一下。「那麼是黑暗森林囉？」她緊張地問道。

「不是，」針尾蠕動著腳。「我不知道我去了哪裡。我只知道我一睜開眼睛，就會在他附近。」

「他看得到妳？」

「看得到。」針尾彈動耳朵。「只有他看得到我，還有妳也看得到。」

「他也死了嗎？」紫羅蘭掌緊張到背上的毛全聳了起來。

「沒有。」針尾看她的眼神彷彿她長了顆鼠腦袋。「這也是為什麼我要帶他來見妳。我想他對部族來說應該很重要，所以我才會被卡在這裡，老是遇見他。」

「找他來見我做什麼？」紫羅蘭掌一臉不解。

「帶他一起走，」針尾下令道：「帶他回部族去。」

「為什麼？」

針尾聳聳肩。「我不知道。我只知道我能看見他，也能看見妳。我想我註定得安排你們兩個碰面，而妳註定要帶他回部族去。如果我們幫上部族的忙，也許我就能找到去星族的路。」

紫羅蘭掌凝視著針尾，心裡很是不忍。**在這裡一定很孤單。**「我會帶他回去。」她承諾道。

針尾轉身朝石楠走去。

「妳要離開了嗎？」紫羅蘭掌眨眨眼睛看著她。

「現在這是妳的責任了。」

「別走！」一個念頭在紫羅蘭掌心裡閃過。**妳還在氣我嗎？**但她太害怕知道答案，以致於不敢大聲說出口，反而用眼睛探尋她。但她的朋友眼神急迫。

「拜託妳了。」針尾懇求道。

她需要我幫忙！紫羅蘭掌這才安下心來，慶幸自己還有能力幫她。**可是她原諒我了**

嗎？「等一下……」但還沒來得及把話說完，針尾就消失在石楠叢間。野風吹散了她的氣味，紫羅蘭掌知道她走了。

她聽見旁邊的青苔窸窣作響。公貓醒了。她退後，豎起毛髮，這時公貓抬起頭，打了個呵欠。

他一看到她，立刻愣住。「妳是誰？」他站起來，頸毛豎得筆直。

「針尾帶我來的。」紫羅蘭掌很快說道。

「針尾！」公貓一臉驚訝。「妳也看得到她？」

「看得到，」紫羅蘭掌無法完全相信這隻公貓。她朝石楠叢的缺口看了一眼，心想要是他突然不懷好意，她就可以隨時逃走。「她是我朋友，我是說她生前的時候。」

「她還是見習生時我就認識她了。」公貓瞇起眼睛。「後來她死了之後，我才又見到她。」

「你為什麼一直跟著她？」紫羅蘭掌問道。

公貓表情有點生氣。「是她一直跟著我。」他環顧小空地。「她還在這裡嗎？」

「她剛走。」紫羅蘭掌蠕動著腳。「是她帶我來見你的。」

公貓的眼神頓時淘氣了起來。「她心真好，搞不好她以為我們是靈魂伴侶。」

「靈魂伴侶？」紫羅蘭掌一臉不解。

「這很浪漫啊，妳不覺得嗎？有月光，有石楠叢？」

浪漫？紫羅蘭掌毛髮賁張。「你是不是遇到不認識的母貓就會挑逗對方？」

「我只會挑逗那些半夜出現，說是鬼魂帶她來的母貓。」

紫羅蘭掌氣到不知道該說什麼。這隻公貓真是夠了。「你不要再鬧了！」她厲聲道。「針尾帶我來找你是有原因的。」她看見他眼裡又閃過淘氣，趕緊繼續說道：「她認為或許你可以幫助部族。」

公貓翻翻白眼。「妳是部族貓？」他語氣聽起來失望。

「那又怎樣？」紫羅蘭掌怒瞪他。

「我對部族貓的瞭解只有兩點，」他從臥鋪裡爬出來。「他們不喜歡陌生貓兒進入他們的領地，他們每件事都太大驚小怪。」

「我沒有。」紫羅蘭掌不高興地說道。

公貓抽動著耳朵。「妳現在就很大驚小怪。」

「那是因為這件事很重要。」紫羅蘭掌轉身背對他，氣沖沖地穿過石楠叢。

「嘿，等一下。」他快步追在後面。「你跟針尾不是要我去幫忙部族嗎？」

「我懷疑你連自己的忙都幫不上，還幫我們咧。」紫羅蘭掌繼續走。

「妳這樣說太不公平了，妳根本不瞭解我。」公貓繞過她，跑到前面把正要走進月光下，爬上山腰的她攔住。

她瞪著他，沒有說話。

「我叫樹。」他一臉歉然地瞪大眼睛。「我不是故意要調侃妳。我不知道妳會這麼生氣。」

紫羅蘭掌看著自己的腳，很氣他為什麼總能搞得她忐忑不安。「我叫紫羅蘭掌。」她喃喃說道。

「這名字很美。」

她扭頭。「你不要再挑逗了。」

他退後一步。「我沒有。這名字真的很美。我認識的貓兒不是叫石頭，就是叫蛇，再不然就是很蠢的名字，比如說我就叫樹啊！」

紫羅蘭掌一臉疑色地瞇起眼睛。「你是惡棍貓嗎？」

樹聳聳肩。「我不知道我算什麼。我獨自旅行，想狩獵就狩獵，想睡覺就睡覺。」

紫羅蘭掌別過臉去，吸吸鼻子。「獨行貓。」

「部族貓是這樣定義我的哦？」

這是她第一次聽見他語氣的不確定。「我猜總比惡棍貓要好吧。」她退讓道。她仔細打量，發現他其實肌肉結實，有一身厚重的黃色毛髮，梳理得很乾淨，琥珀色眼睛晶亮清澈。**帶他跟妳一起回去，**針尾的聲音在她心裡響起，**帶他回部族**。也許她朋友是對的。也許部族需要他。而且可能可以幫助針尾找到去星族的路。

「我們在那裡紮營。」她朝凹地點頭示意。

「我們？」

「我和我的族貓。」紫羅蘭掌解釋道。「我們正要回家，你應該跟我們回去。」

「為什麼？」

「針尾認為部族需要你。」

「針尾死了。」

「所以她知道的事情可能比我們多啊。」這隻公貓一定要這麼為難她嗎？「天亮時，你再到凹地來。如果你現在過去，一定會嚇到他們。」她轉身離開，但因為沒聽到他接話，於是又停下腳步。「你到底會不會來？」

「應該會吧。」

紫羅蘭掌聳聳肩，故作不在乎的樣子。「恐怕也只有這樣，針尾才不會老回來找我。」她緩步離開，暗自希望他到時會來。**我盡力了，**她在心裡告訴針尾。

✦✦✦

一聲怒吼驚醒了紫羅蘭掌。她扭頭張望，在晨光中瞇起眼睛。她同伴們的臥鋪都空了。凹地邊緣傳來嘶吼聲。**樹！**她突然想起來，趕緊跳起來。

「你在這裡做什麼？」灌木叢外頭傳來鷹翅的吼聲。

「紫羅蘭掌要我來的。」

紫羅蘭掌聽見樹的聲音，忙不迭地鑽出灌木叢。「他說得沒錯。」她停在鷹翅旁邊。「是我叫他來的。」

蕁水花和兔跳站在樹的後面，頸毛高聳。薄荷皮和花心守在兩側，斑願瞇起眼睛瞪看他。見習生們縮在一旁觀看。他被團團包圍。

當他看見紫羅蘭掌時，眼神如釋重負。「妳怎麼這麼久才出現，」他的毛髮平順下來。「我還以為我被妳耍了。」

鷹翅看著紫羅蘭掌，一臉不解。「他是誰？妳在哪裡認識他？」

「我昨晚才發現他。」她喵聲道。「針尾帶我找到他的。」

鷹翅瞪大眼睛。「針尾不是死了嗎？」

「她是死了。」紫羅蘭掌頓時感到無助。她要怎麼解釋呢？

斑願從族貓當中鑽了出來。「針尾來自星族嗎？」

紫羅蘭掌看著巫醫貓，心中燃起一線希望。「她還沒找到星族，可是她說她好像老是遇到這隻貓，所以她認為他很重要。她說如果我們帶他回部族，也許他能幫助我們，這樣她就能找到去星族的路。我覺得我們應該帶他回去。」

蕁水花大步繞著樹走了一圈，不停嗅聞他。「他想跟我們回去嗎？」

「反正我也沒有別的事好做。」樹吸吸鼻子。「如果你們認為我幫得上忙，那麼我想對我來說應該也沒差吧。」

躁掌從灌木叢裡出來，嘴裡叼著一隻田鼠。他扔下嘴裡的田鼠，瞪著樹看。「這誰啊？」

「他叫樹。」蕁水花不耐地彈動尾巴。「紫羅蘭掌一位死去的朋友發現了他。她認為他對部族來說可能很重要，要他跟我們回去。」

礫石掌從薄荷皮旁邊擠了過來。「他是像暗尾一樣的惡棍貓嗎？」

樹吸吸鼻子。「紫羅蘭掌說我是獨行貓。」

「獨行貓沒什麼危險性。」薄荷皮喵聲道。

「他看起來挺友善的。」兔跳發表看法。

「他會狩獵嗎？」花心問道。

樹坐下來，一臉饞相地看著躁掌。「在你們討論我的同時，你介意我吃這隻田鼠嗎？」他用舌頭舔舔嘴巴。「我快餓死了。」

躁掌把田鼠推過去給他。「你吃吧，這裡好像還有很多獵物。」

「謝了。」樹一把抓過田鼠，咬了一口。

「我不確定葉星會不會高興我們帶一隻獨行貓回去。」花心喵聲道。

薄荷皮抽動尾巴。「但要是紫羅蘭掌是對的呢？要是他真的對部族很重要呢？如果我們留他在這裡，就可能再也找不到他了。」

「要是他騙我們呢？」礫石掌不安地抽動耳朵。「他可能是惡棍貓。搞不好就跟暗尾一樣。也許有一幫惡棍貓正等著我們告訴他怎麼去我們的新營地。」

樹把田鼠推給紫羅蘭掌。「吃一口吧。」他喵聲道：「你一定餓了，你昨晚有大半夜都沒睡。」

她看著他，好奇他怎麼能這麼怡然自得？

「你是惡棍貓嗎？」鷹翅對樹點點頭。

樹看著他。「我不確定什麼是惡棍貓。我昨晚告訴紫羅蘭掌……我獨自旅行、我在野外出生，我母親在我大到可以自己狩獵時就離開我了。我大半輩子都在設法遠離兩腳獸。牠們很頑固，一直想用食物把我引進他們的窩穴裡，但是我不想住在兩腳獸的窩穴裡。兩腳獸很吵，而且味道聞起來好怪。」

斑願喵嗚笑了起來。「我懂你的意思。」她迎視樹的目光，眼神溫暖。「我也才剛從兩腳獸的蜂窩裡逃出來。」

「真的假的？」樹一臉驚訝。「妳在那裡待了多久？」

「幾個月吧。」斑願朝紫羅蘭掌點點頭。「還好紫羅蘭掌想到方法幫我逃了出來。」

樹朝紫羅蘭掌使個眼色。「她顯然很有天份，很會拯救貓兒欸。」他又吞了一口鼠肉，打了個飽嗝。「所以呢？」他環顧天族貓。「我要跟你們回去嗎？」

鷹翅和斑願互看一眼。斑願點頭答應。

「好吧，」鷹翅向黃色公貓垂頭致意。「如果你願意的話，就跟我們回去。」

紫羅蘭掌瞥了天空一眼，好奇星族是不是正在觀看他們。**這是不是代表祢們會幫忙針尾找到路去星族？**她看著樹。後者正在舔洗那雙沾滿田鼠味的腳爪。如果針尾可以找到去星族的路，那麼就算得忍受這個傲慢的鼠腦袋，也算值得了。

第十九章

這是好幾天來，嫩枝掌第一次覺得全身乾爽。她跟著雀皮和沙鼻沿著通往雷族邊界的山脊走著，一路享受涼爽的微風。葉星派他們過來重新標示多日來被雨水沖刷掉的氣味記號線。

沙鼻朝松樹與橡樹接壤的那片林地點頭示意。嫩枝掌深吸口氣，聞到邊界另一頭飄送而來的雷族氣味，只能試著忘卻對雷族的思念。她全身貫注在沙鼻的指示上。

「邊界記號標示清楚，才會有好鄰居。」他喵聲道。「要是每隻貓兒都很清楚自己的邊界在哪裡，就沒有誤會的藉口了。誤會是爭戰的開端。」

嫩枝掌設法裝出很專心的樣子。她推開心裡一股厭惡的念頭。沙鼻是在提醒她當初沒回報鴿翅和虎心在天族領地裡碰面的事情嗎？**他只是想當個好導師**，她只能這樣告訴自己。她下定決心要得到戰士封號。這不光是她的部族，也是鷹翅和紫羅蘭掌的部族。等他們回來時，她要他們以她為榮。

「我剛剛說了什麼？」沙鼻瞪著她看。

「邊界標示得好，才會有好鄰居。」嫩枝掌重複道，希望剛剛她在想別的事情時，他沒有又說了什麼重要的話。

「很好。」他看起來很滿意。

她吁了口氣，如釋重負。

雀皮正沿著邊界的松樹標示。「我好希望我的小貓快長大，這樣才能帶他們來這裡探險。」他環顧森林。「這裡很適合小貓長大。」適逢落葉季，林間隱約可見陽光下粼粼閃爍的湖面，腳下的針葉嘎吱作響，空氣裡瀰漫著獵物的氣味。

「小鷦鶉已經不流鼻水了嗎？」嫩枝掌問道。

「是啊，」雀皮喵嗚道。「葉池給了他一些款冬。今天早上他就覺得好多了，他還想要自己躍過那條小溪呢，小陽光和小鴿一直在激他。」

沙鼻彈動尾巴。「聽起來這三隻小貓應該會讓微雲忙得不可開交。」

「他們是開心果。」雀皮一邊喵嗚，一邊標示另一棵樹。「我希望部族能夠強大，不光是為了我的族貓，也是為了他們。」

「小貓也常令我們煩心。」沙鼻的眼神一黯，若有所思。「我們對他們總是有很多期待，但沒辦法一直守在身邊保護他們，所以他們難免會遇到危險，或者做出令我們感到失望的事。」嫩枝掌豎起耳朵，聽他繼續說。「他們很快就長大，卻自以為什麼都懂，什麼都想自己作主，哪怕做的決定是錯的。我們也只能祈禱星族保佑他們。」

嫩枝掌衝到前面去，循著一條味道很淡的氣味記號線走，一邊走一邊重新標示。如果他是想抱怨鰭掌跟她走得太近，那麼她不想聽。

「做得很好。」沙鼻隔著林子對她喊道。「妳的氣味記號線標得沒錯。」

他真的是在稱讚她嗎？她一臉不解地看著他。也許他不是在影射她跟鰭掌走得太近。**別疑神疑鬼了！**

「妳對邊界位置的概念還不錯。」沙鼻繼續說道。嫩枝掌沒告訴過他，這裡以前是雷族跟影族的邊界，她跟藤池曾來標示過很多次。「妳往湖的方向去，到那裡標示邊界。」他告訴她。「雀皮和我會往溝渠的方向走。」

他相信她可以獨立作業。嫩枝掌抬起尾巴。她終於贏得他的信任了嗎？心裡燃起一線希望的她，越過隆起的土丘，循著溝壑，朝大湖走去，每經過一棵樹，便小心標示。

「嫩枝掌！」

她聽見鰭掌喊她，不禁愣了一下。他的身影在一叢荊棘後方閃現，然後跳了出來，開心地停在她面前。

她緊張地瞥了林子一眼。她看得到沙鼻和雀皮正往內地走去。「你不是跟貝拉葉去上課了嗎？」她很小聲地說道。

鰭掌興奮地前後走動。「她說我今天早上的課上得夠多了，可以自由活動。所以我就想，我來找妳好了。」

「我在受訓欸。」嫩枝掌不安地蠕動身子。

「妳不是在標示邊界嗎？」鰭掌喵聲道：「我可以幫妳啊。」

她內疚到毛髮微微刺癢。「我不能跟你在一起。」她小聲說道。

鰭掌皺起眉頭。「為什麼不行？」

嫩枝掌朝沙鼻的方向看了一眼。他已經消失在蕨葉叢後方。「你父親認為如果我害你分心，會不利於你的學習。」

「沙鼻這麼說？」鰭掌瞪大眼。「他腦袋長蜜蜂了嗎？妳幫了我很大的忙欸。」

「也許你現在應該好好跟著貝拉葉上課。你的確有很多進度得加緊趕上。」嫩枝掌試圖化解尷尬的處境。她不想挑撥鰭掌和他父親的關係。「等我們當上了戰士，就能在一起了。」

「是哦，」鰭掌憤怒地甩動尾巴。「意思是等妳成了偉大的戰士之後，妳才想跟我一起玩，因為我只剩半截尾巴，可以像一頭笨拙的獾一樣吃力地跟在妳後面。」

嫩枝掌瞪著他。「我一直都想跟你在一起啊。」

「所以妳覺得我以後會像一頭笨拙的獾？」

「不會，」嫩枝掌不安地抽動著耳朵。「你當然不會。你也會成為很棒的戰士，如果你努力學習的話。」

鰭掌憤憤不平地嘟囔。「我永遠當不了沙鼻想要我成為的那種戰士。他很清楚，我也很清楚。這可能也是他不希望我跟妳交往的原因，他認為我會拖累妳。」

嫩枝掌瞪著他。「才不是這樣。」

「不然他為什麼硬要拆散我們。」

嫩枝掌聳聳肩。她該告訴他，她懷疑沙鼻一直視她為一隻叛變的雷族貓嗎？

「不公平，」鰭掌坐下來。「我永遠當不了偉大的戰士，而現在又不准我跟妳交往。」

「誰都不能阻止我們交往。」嫩枝掌挨近他。她一直看著他，直到他迎視她的目光為止。「你對我來說很特別。」

的事了。」

「是嗎？」

「當然囉。」嫩枝掌用鼻子輕搓他的面頰。「等我們當了戰士，就沒有誰能拆散我們了。我才不在乎沙鼻會不會氣到尾巴扭成一團。你要證明給他看，你會是偉大的戰士，我也一樣。我們一定要成為天族最厲害的戰士。這樣他就不能阻止我們做我們想做的事了。」

鰭掌抬起鼻口。「妳說得對。他可能自以為什麼都懂。不過等我們跑得比他快、狩獵技巧比他好，戰技比他強，他就不能管我們了。」

「沒錯，」嫩枝掌突然瞥到林間的棕色身影，心抽了一下。沙鼻正在監看他們。「但你現在最好離開，去找貝拉葉。我得趕在你父親過來之前標示好邊界。」

「好吧，」鰭掌站起來，開心地彈動半截尾巴。「營地見囉。」他快步離開，一邊走一邊回頭看她。

等他消失在荊棘叢後面，嫩枝掌才朝沙鼻走去，她的導師也朝她走來。她試圖讀出他眼神裡的含意。他在生氣她跟鰭掌說話嗎？

「是他來找我說話的。」她語帶防備地說道。

「而妳叫他離開。」沙鼻看起來很滿意。「這一點妳做得很好。你們兩個越專心接受訓練，就能越快得到戰士封號。」

鰭掌也會越快對雷族叛徒失去興趣？嫩枝掌轉身離開。「我去標示剩下的邊界。」她朝湖邊走去。

「等妳標示完了，我們在岸邊碰頭。」沙鼻在她後面喊道。

嫩枝掌盡量不讓自己的毛髮豎起來。她應該高興自己終於能取悅沙鼻。可是她就是覺得委屈。若是在雷族，她早就是戰士了，絕不可能讓一隻天族貓對她這樣頤指氣使。她真的這麼渴望當天族貓嗎？渴望到寧願像隻獵物一樣被沙鼻擺弄？她全身焦慮不安。她到底能不能像在雷族一樣也在天族這裡得到大家的尊重？這就是為了跟鷹翅、紫羅蘭掌、和鰭掌在一起所必須付出的代價嗎？

嫩枝掌跟著沙鼻和雀皮走回營地。快走到雪松林時，她突然愣住。**有雷族的氣味！**小路兩邊的蕨叢充斥著熟悉的藤池、煤心和蜂紋氣味。她低下身子，嗅聞針葉林地，味道迎面撲來。他們一定是最近才從這條路經過。

她加快腳步，快步穿過營地入口。

三名雷族戰士正跟葉星低聲說話。貝拉葉和鼠尾草鼻專心聆聽，鰭掌則在後面煩躁地走來走去。葉池焦急地繞著她的族貓轉。嫩枝掌看得出來一定出事了。藤池的毛髮凌亂，蜂紋身上沾著泥巴。她甚至看到煤心的耳朵有點腫。

「來得很突然。」藤池喵聲道。

「營地整個毀了。」蜂紋瞪大眼睛，眼色黯沉。

「發生了什麼事？」她趕緊過去，打斷談話。

藤池神情嚴肅地眨眨眼睛。「營地裡發生土石流。」她冷靜地說道。

嫩枝掌試圖想像，胃不禁揪緊。「是崖壁坍方嗎？」

蜂紋點點頭。「那裡的土石因連日大雨而鬆動，大片崖壁滑了下來。」

「有誰受傷？」嫩枝掌不相信自己的耳朵。

「大家都多少受了點傷，身上到處是瘀青，」藤池告訴她。「不過沒有貓兒喪命。」

「雪灌木傷勢嚴重。」煤心的眼裡閃著憂慮。「赤楊心一直守在他身邊。」

嫩枝掌的喉頭一緊。「百合心還好嗎？」百合心對她來說就像母親一樣。

「她很好。」煤心告訴她。「可是她很擔心雪灌木，我們也很擔心。」

雀皮走近。「花落的小貓逃出來了嗎？」

「我們趕在情勢惡化之前，就先把他們送出營地了。」藤池說道。

葉池看著葉星。「也許我應該回雷族去幫忙照顧傷患。」

「沒關係，」藤池要她安心。「赤楊心和松鴉羽還忙得過來。」

「可是妳說巫醫窩都被土石掩埋了。」葉池背脊上的毛髮如波起伏。

「這就是我們來這裡的原因。」藤池告訴她。「我們搶救了一些藥草出來，但多數都來不及搶救。所以我們希望妳能騰出一點藥草給我們使用。」

「當然可以。」葉池朝她的窩穴看了一眼，彷彿正在思索庫房裡有哪些藥草可以挪用。

「我們可以幫你們採集藥草。」葉星提議道。

「我知道藥草長什麼樣子，我可以幫忙。」嫩枝掌自願道。她自小就跟在當時還是見習生的赤楊心身邊。

沙鼻甩著尾巴。「妳還在受訓。」他告訴她。

她瞪著他看。「但這事很緊急。」

「是雷族很緊急，不是我們。」

嫩枝掌不敢相信自己的耳朵。雷族幫了天族這麼多忙，他怎麼可以在他們最需要援手的時候袖手旁觀？

葉星環顧營地。鹿蕨、哈利溪和梅子柳都在小溪邊觀看。「我的貓兒數量不多，不過我很樂意派幾隻貓兒前去幫助你們。」她告訴藤池。「當然嫩枝掌也可以幫忙。」她厲色地看了沙鼻一眼。「我相信她的訓練可以先暫緩。」

藤池的耳朵不停抽動。「我其實很驚訝，她該學的不是早都學會了嗎？」她喵聲道。「不過我們很感激你們的協助。雷族暫時紮營在湖邊，等到窩穴的土石都清乾淨了，才會搬回去。自從雨停了之後，我們就日夜趕工。進度還不錯，但是我們需要藥草治療傷者。」

葉星朝嫩枝掌點頭示意。「如果葉池告訴妳需要哪些藥草，妳就帶支隊伍去採集。」

嫩枝掌熱絡地點點頭。

「他們會需要百里香、紫草和金盞菊，」葉池告訴她。「如果妳能找到金菊黃，當然最好，找不到的話，就摘蕁麻好了。」

葉星用尾巴示意。「帶鹿蕨、哈利溪和梅子柳跟妳去吧。」她告訴嫩枝掌，然後朝藤池轉身。「貝拉葉和鰭掌會護送你們回營地，不用客氣。」

沙鼻的毛髮聳了起來。「派出這麼多貓，我們的營地誰來保護？」他望著育兒室，微雲正從入口窺看他們。

「我相信太陽下山之前，我們不會有事的。」葉星告訴他，說完用鼻頭示意嫩枝掌可以走了。「你們越早出發，收集到的藥草就越多。」

嫩枝掌往入口走去，很開心自己總算能出一份力。

沙鼻跟在她後面，擋住去路，並趁鹿蕨和馬蓋先快步朝她走來時，貼近她耳邊。「妳不能兩個營地都想兼顧。」他嘶聲說道。

她後退一步，眨眨眼睛看著他。「你是在指控我不忠於天族嗎？」

「不是，」他的目光冷漠。「妳總有一天會成為偉大的戰士，但首先妳得先決定妳要為哪個部族而戰。」

他的話像刺一樣狠割她的心。她看著他趾高氣昂地走開。但是她並不氣他。反而在心虛他說得沒錯。她滿身羞愧。沙鼻看出了她自己都不願承認的事實。她的心被雷族和天族各占據了一半。如果留在這裡意謂她再也不能關心以前的部族，她受得了嗎？

第二十章

赤楊心用腳墊挖了一坨他剛嚼成泥的藥草，輕輕塗在栗紋的腿上。她眉頭微皺。

「很痛嗎？」他檢查了一下破皮處的邊緣是否紅腫，還好沒有。

「只是刺刺的。」她告訴他。

「過幾天就好了。」赤楊心跟她保證。他收回身子，環顧臨時營地。臨湖垂生的樺樹枝葉底下塞滿了臥鋪。水位高漲的湖水輕舔著附近的卵石。他們的臨時營地建得很匆忙，臥鋪都有點散了，木條和小樹枝掉了出來，青苔也散置在臥鋪邊緣。

據棘星回報，谷地裡的營地快要可以住了，但還要很長一段時間才能清空所有土石。有些落石太大，無法搬動，只能留在空地，時刻提醒他們這場災難的曾經存在。

沒有貓兒喪命，赤楊心看著雪灌木躺臥的那床臥鋪。至少還沒有。自從那隻公貓癱躺在臥鋪之後，就再也沒有移動過位置。赤楊心和松鴉羽已經固定了他的斷腿，並餵他吃了些蜂蜜和蕁麻，試圖幫他退燒。百合心幾乎寸步不離。她現在就在他旁邊，前爪擱在臥鋪邊，眼裡閃著憂慮。赤楊心巴不得能告訴她，雪灌木很快就會復元，但是感染的問題一直沒好。而他看得出來松鴉羽在他四周悄聲走動的樣子似乎是在表示，他其實對這隻白色公貓的病情一點把握也沒有。

栗紋一拐一拐地走了，赤楊心疲累到骨子裡。自從土石流過後，他幾乎沒有闔眼睡覺。因為有太多貓兒得照顧。這場土石流害得所有族貓不是被割傷，就是身上有瘀青。雖然現在他可以打個盹，但今晚就是大集會，他不想錯過。萬一有族長提到六趾貓呢？

或者有更多證據顯示即將來襲的風暴？

湖面無波，他看著反照在湖面上的藍天，努力說服自己。雨已經停了。他很想相信最糟的一刻已經過去。但等星族的預言實現後和找到六趾貓兒後，還會有什麼陰暗的東西伺機等候呢？

他蹲伏下來，下巴擱在腳爪上，想暫時闔一下眼。他的族貓們在他附近走動，腳下卵石嘎吱作響。空氣裡飄散著生鮮獵物的氣味。小鷹和小莖在林間興奮地吱吱尖叫。**至少我們還在這裡**，赤楊心自我安慰，睡意襲上他的思緒。

「赤楊心！」百合心驚恐的尖叫聲當場嚇醒他。

他跳了起來，看見百合心猛搖著雪灌木。白色公貓的頭往後癱軟，露出眼白。赤楊心躍過卵石地，在臥鋪旁邊止住腳步。「松鴉羽！」他的嚎聲迴盪岸邊。他去哪裡了？

他用腳爪輕觸雪灌木的胸口，腳爪下的白色公貓猛地抽搐。赤楊心的腳墊一股熱燙。「我們得快點幫他退燒！」他從臥鋪上撕了一塊青苔下來，丟給百合心。「用湖水浸溼，再拿給我。」百合心用牙齒叼住，衝向水邊。

雪灌木身子再度抽搐，從臥鋪一邊彈到另一邊，眼白上吊，嘴角冒出白沫。「快幫我抓住他。」赤楊心絕望地大喊。

罌粟霜跳過來幫忙，衝到雪灌木的後腿處。蜂紋也跑過來，腳爪抵住雪灌木的胸口。赤楊心試圖穩住雪灌木的頭，但公貓還是痙攣得厲害。他思緒紊亂。有什麼藥草可以止住抽搐？他努力回想，這時雪灌木的四隻腳爪仍不停掙扎。松鴉羽以前有提過嗎？

「他怎麼了？」罌粟霜哭喊道，眼裡閃著恐懼。

「高燒。」赤楊心看了雪灌木的斷腿一眼，儘管已經被罌粟霜壓住，還是胡亂踢打。雪灌木有痛覺嗎？他知道他在抽搐嗎？公貓眼神狂亂絕望，嘴裡不斷吐出白沫。

突然間，公貓不動了。赤楊心跌坐下來，鬆了口氣。痙攣總算停住了。但這時他卻看見公貓的眼睛……死白無神，這才驚覺死神帶走了他，不禁悲從中來。

地上卵石飛濺，百合心衝到他旁邊，把溼淋淋的青苔丟在臥鋪旁。「他還好嗎？」她注視著雪灌木。

赤楊心把目光從公貓身上移到體型嬌小的暗色虎斑母貓身上。「他死了。」他沙啞地說道。

「死了？」百合心後退。「可是他逃過了土石流，只是斷了腿而已，不是嗎？」她不敢相信地眨眨眼睛。

「我們治不好他的感染問題。」赤楊心無助地看著她。「感染是在體內，我們看不到。」

他說話的同時，松鴉羽匆忙趕過來，繞過罌粟霜和蜂紋，後二者仍一臉驚恐地瞪著雪灌木的屍體。盲眼貓走到臥鋪那裡，伸出鼻子抵住雪灌木的喉嚨，然後嘆了口氣，用腳掌闔上他的雙眼。「從現在起，星族會保護他。」

百合心的眼裡閃過怒光。「祂們怎麼不在他生前保護他？」

松鴉羽不發一言地低下頭去。

赤楊心想找話安慰母貓，但她的質疑竟像貓頭鷹的悲嚎不斷在他心裡響起。**祂們怎麼不在他生前保護他？**

✦✦✦

前往小島的這趟路走得很慢。赤楊心的腳步跟他的心情一樣沉重。蜜妮和灰紋正在臨時營地裡守夜，其他族貓等大集會結束後也會加入。族貓們默默地移動，彷彿還未從過去幾天的驚嚇中復元。松鴉羽也留下來守夜。

火花皮緩步走在赤楊心旁邊，毛髮與他的輕拂。他感覺得到她不時轉頭看他，但沒有說話，他也一樣不發一語。

棘星帶隊步上樹橋，進入空地。風族已經等在巨橡樹底下，他們滿心期待，身上毛髮如波起伏。河族沒來。難道赤楊心以為他們會現身嗎？也許吧，但他知道他的希望落空了。

天族貓往中央聚攏。他們好像變得跟一個月前隨著雷族來到小島時的樣子不太一樣。這一次，他們坦然迎視風族貓和影族貓的目光，抬頭挺胸，步伐堅定。

影族貓盤據在空地邊緣。花楸星坐在暗處，遠離他的族貓們。出了什麼事嗎？他還記得他跟柳光去拜訪他們時，營地裡出現的緊張場面。赤楊心試著捕捉水塘光和褐皮的目光，但就像在風中抓捕蝴蝶一樣飄忽不定。他的胃頓時揪緊。

赤楊心在隼翔和葉池旁邊找到自己的位置。水塘光前來會合，但仍刻意避開他的目光。

「雪灌木還好嗎？」葉池問。

赤楊心對她眨眨眼睛，巴不得能用一個較為平和的方式來傳遞壞消息。「他今天下午死了。」他到現在還是不敢相信。

她淚眼模糊。「是因為感染嗎？」

「我們阻止不了它的擴散。」赤楊心內疚到毛髮微微刺癢。

在他旁邊的水塘光蠕動身子。「很抱歉，」他喵聲道。「這件事我完全不知道。」

他注意到水塘光瞥了花楸星一眼。「你還好嗎？」他問道。

「我很好。」水塘光不安地蠕動著腳。

赤楊心一臉不解地看了隼翔一眼。

隼翔聳聳肩，但沒有對水塘光的緊張表示看法，反而把話題拉回雷族的對話上。

「是什麼引發雪灌木的感染？」他問道。

「暴風雨來襲，土石流毀了我們的營地，」赤楊心告訴他。「雪灌木被落石砸到。」

隼翔瞪大眼睛。「你覺得這算是預言嗎？」

赤楊心迎視他的目光。「我不知道，」他喵聲說，「我只希望我們能盡快找到六趾貓。如果是黑暗的天空帶來這一切，誰知道還會帶來什麼？」

水塘光立刻別過臉去，似乎在隱藏自己的想法。

棘星跳上巨橡樹的低矮樹枝，然後移動位置，讓兔星和葉星也能上來。花楸星萎靡不振地穿過空地，跳上去站在他們旁邊。

「沒有柳光和蛾翅在這裡，感覺好怪哦。」隼翔低聲喵道，同時瞥了旁邊的空位一眼。

赤楊心這才發現這次好多貓兒都缺席，不只河族貓，還有鴿翅和雪灌木。他望向副族長們平常落座的位置。只有松鼠飛坐在鴉羽旁邊，他猜鷹翅應該是還沒從天族貓的搜索之旅回來吧，可是虎心呢？

棘星的喵聲打斷他的思緒。

「我們今晚帶著星族的祝福在這裡相聚。」他喵聲道。「連日來的大雨襲擊了每個部族，尤其在雷族營地釀成悲劇。向來為營地遮風蔽雨的崖壁出現土石流，雪灌木今天傷重不治，宣告死亡。」部族貓們的驚愕聲連連，棘星繼續說道：「我們的營地得花很久時間才能清理乾淨。還好其他族貓都只是輕傷而已。」他對葉星點點頭。「天族也很好心地提供了我們所需要的藥草。」

「我們只是略盡棉薄之力。」葉星垂下頭。「天族為這場悲劇感到遺憾。我們一直很感激你們在我們缺少巫醫貓的時候，讓葉池暫住在我們營地。因為她的幫忙，微雲生了三隻健康的小貓。我們的營地建設也快要完成。我們很喜歡我們的新領地，也希望不久之後會有更多天族貓回來團聚。鷹翅的搜索隊隨時可能回來。我相信他一定能把留在峽谷的族貓們帶回來。」她抬起鼻口。「天族將會再度成為一個完整的部族。」

「雖然天候不佳，但風族昌旺興隆。」兔星大聲宣布，同時朝棘星垂首致意。「對於你的損失，我深表遺憾。如果高地上有什麼藥草是你們需要的，歡迎赤楊心和松鴉羽隨時過來採集。星族很護佑風族，我們並沒有因這場大雨而遭到任何損害，反而還趕走了兩腳獸和牠們的狗，總算讓我們能有一個平靜又安全的狩獵環境。」

赤楊心燃起一線希望，也許他太在乎雷族的悲劇了，風族和天族似乎都過得不錯。他們有了小貓。雷族雖然遇到土石流，但營地是可以修復的。雪灌木的死固然令他們心碎，但過去幾個月來，已經死了太多的貓兒，所以這個月只有一隻貓兒喪命，是代表風暴即將結束了嗎？有沒有可能五大部族就連自己已經避開了災禍都不知道？

他挺起胸膛，儘管有某種不安在心裡囓啃他，但他刻意不去理會。這時花楸星在巨橡樹上動了動，眼窩凹陷的影族族長抬起鼻口，他的毛髮緊貼在身上，肋骨歷歷可見。

「你們可能注意到了，」他開口道：「虎心今晚沒有參加。」部族貓全往松鼠飛旁邊的空位張望，松鼠飛坐立不安。

「他幾天前失蹤了。」

赤楊心背脊上的毛全豎了起來。他看了藤池一眼，後者的耳朵緊張地抽動。蕨毛在煤心耳邊低語了幾句。蜂紋和蜂蜜毛互看一眼。琥珀月看著自己的腳。虎心住在雷族的那段期間，他們都曾見過虎心和鴿翅分食獵物。每當這兩名戰士熱絡地報名同一支狩獵隊時，他們也常心照不宣地互換眼神。鴿翅和虎心在部族會議時，總是坐在一起，那時候的長老窩和育兒室早已耳語滿天。

鴿翅失蹤時，雷族貓都很擔心，但除了擔心之外，也都隱約懷疑，只是不敢在藤池的眼皮底下多說什麼。

此刻的藤池身子好像縮小了一圈。虎心的失蹤未免太巧合了。鴿翅真的為了影族副族長而背棄了自己的部族嗎？

花楸星繼續說道：「我們已經派出搜索隊，可是他顯然刻意隱瞞行蹤，因為找不到任何蹤跡。他也沒有留下任何線索告訴我們他去了哪裡或者離去的原因。」

蕨歌抬起鼻口。「也許他去找六趾貓了。」

鴉羽皺起眉頭。「虎心最喜歡讓大家記住他是拯救部族的英雄。」

赤楊心寧願這是真的，自行出發尋找星族預言裡的六趾貓，的確是虎心可能會做的事。也許鴿翅只是去幫他。也許他們的目的只是想保護部族。

花楸星眼色陰鬱地看著貓群。「如果虎心想拯救部族，他應該會留在最需要他的地方。」

他的喵聲像是不祥的警鐘。赤楊心突然感受到落葉季的刺骨寒意。

「我一直很努力地想要鞏固影族，」花楸星的目光冷冽。「我曾經以為我可以仰賴虎心這位實力堅強的副族長，來幫忙影族克服過去幾個月來因眾叛親離所造成的分裂問題。但他離開了我們。」他怒目掃視他的族貓。「在惡棍貓分裂我們之前，我的族貓就對我失去了信心，如今我也沒有能力再重新修復當時所造成的傷害。」

赤楊心看見影族貓瞪看著他們的族長，眼裡映照著冰冷的月光，心不免跟著揪緊。他們的忠誠到哪兒去了。

「我不再有能力領導影族。」花楸星喵聲道。

赤楊心倒抽口氣。風族、雷族和天族都不發一語地看著這一幕，影族貓則是面面相覷。他們早就知道花楸星會這麼說嗎？

焦毛瞪著花楸星，眼神莫測高深。刺柏爪貼近爆發石，在他耳邊低語。只有螺紋掌、花掌和蛇掌神情緊張。

花楸星繼續說道：「葉星，」他垂下頭。「我要把領地送給你們，交換棲身之所，請容我和僅剩的幾位影族貓加入天族。」

焦毛甩打著尾巴。「你不能把我們的領地送給別族。」

草心朝暗灰色公貓轉身。「要不是你那張嘴一直挑撥影族，害我們分裂，他也不會這麼做。」

「不要怪到我頭上。」焦毛表情憤怒。

「不是只有焦毛想要一位更有能耐的族長。」刺柏爪吼道。

褐皮毛髮豎得筆直。「任何一個族長都沒有這麼大的能耐，可以應付得了這麼多的背叛。」

螺紋掌、花掌和蛇掌往後退了幾步，拉開跟自己族貓的距離，他們瞪大眼睛，眼神驚恐。石翅和草心趕緊過去保護他們的小貓。水塘光這時從貓群裡擠了出來。

影族巫醫貓對葉星眨眨眼睛。「花楸星做了最明智的決定。沒有虎心，我們就跟一群爭吵不休的八哥鳥沒什麼兩樣。我們需要一個安定的部族來確保族貓們對戰士守則的效忠。」

焦毛瞇起眼睛。「我一向奉行戰士守則。」

「那你就乖乖奉行戰士守則，支持你的族長所做的決定吧。」水塘光怒目瞪他。

「他要放棄我們的領地！」刺柏爪呸口道。

「他是想確保他的族貓安全無虞。」

石翅緩緩地眨眨眼睛。「影族沒有足夠的貓兒可以巡邏邊界。如果我們加入天族，至少還可以訓練我們的見習生，讓他們成為比我們更優秀的戰士。」

赤楊心看見大家震驚得說不出話來，自己也嚇得屏住呼吸。影族正在消失。怎麼會有部族就這樣化為烏有呢？他看著葉星。

「我們歡迎任何願意加入天族的影族貓。」天族族長冷靜回答。「我們很榮幸能有他們的加入。但那些不願加入我們的，請離開這裡的領地。我絕對不准任何自我放逐的貓兒住在花楸星所贈予的領地上。」

焦慮的喵聲四起。

夜雲的耳朵緊張地抽動。「天族不能取代影族。」

「當初星族帶他們來這裡，並不是要他們來取代影族。」葉池喊道。

赤楊心滿腔熱血地喊道：「我們一定要有五大部族！」

他看見火花皮傾身向前，想要開口。她這次會附和他嗎？「才沒過多久，天族就索取了更多領地！」她一臉責備地看著天族貓。「我早就知道不該讓他們定居在這裡。」

「這些領地不是我們要來的！」沙鼻回嗆。「都是被免費贈與的。」

「我們來這裡的時候，湖邊的四大部族就已經分崩離析，」鼠尾草鼻補充道。「不能怪我們。」

這句話對赤楊心來說猶如晴天霹靂。鼠尾草鼻說得沒錯。是惡棍貓瓦解了影族，還害得河族像獨行貓一樣躲在邊界裡面，不肯出來。**本來應該有五大部族的，如今卻只剩下三個部族**。赤楊心頓時覺得天旋地轉。**原來風暴是指這個**。帶天族回來，本當讓部族更強大，結果反倒造成影族的末日。

他一臉絕望地看著葉池。「這樣不對！」他低聲說道。

她凝視著他，眼神暗如兩池潭水。「我們束手無策，只能聽命星族了。」

星族！赤楊心怒火中燒。是星族的插手才引發這場風暴。憑什麼要他相信祂們解決得了？

第二十一章

野風呼嘯湖面，細浪化成滔滔白浪。太陽攀上碧藍的天空。落葉季的森林充斥著霉味。紫羅蘭掌深吸一口氣，她聞到高地的泥炭味，於是朝覆滿石楠的山丘眺望，好奇風族貓是否正監看著她的搜索隊繞過湖岸。

她腳爪痠痛，回頭瞥了雲霧和櫻桃尾一眼。她們的腳爪也因長途跋涉而皮開肉綻。畢竟她們不習慣走這麼遠的路，看上去很疲累和焦慮。

雲霧緊張地看看湖水，又看看森林。「天族住在哪裡？」

緩步走在她旁邊的鷹翅朝半橋和後面的松樹林點頭示意。「我們的領地在那裡。」

樹瞇起眼睛。「上次我來這裡的時候，被戰士給趕走。」

「這次他們不會趕你走了。」鷹翅保證道。

他們快走到林子時，櫻桃尾嗅聞空氣，興奮到毛髮如波起伏。「我聞到天族的氣味了。」

躁掌和斑願抬起鼻子，眼睛一亮，因為他們也聞到了。

礫石掌看了他的同窩夥伴們一眼。「聞起來不像我們的味道。」他嘟囔道。

「像啊，」流蘇掌爭辯道。「只是麝香味比較濃一點。」

紫羅蘭掌開心地彈動尾巴。「等你吃了一個月的森林獵物之後，身上的氣味就會跟他們一樣了。」

礫石掌氣呼呼地說：「我才不想改變身上的氣味。」

薄荷皮朝她的小貓緩步走近，身子輕輕刷過他的毛髮。「改變是有點難，」她同情地說道，「但你會有很多族貓啊。」

「我在峽谷裡就有族貓了啊。」礫石掌抱怨道。

紫羅蘭掌來到他旁邊。「等你認識了嫩枝掌，你就知道有多棒了。她很厲害，鰭掌也是，還有蘆葦掌和露掌，他們個性都很好。」

錢鼠鬚在他們後面停住腳步。「我該在這裡跟你們告別了。」他看了湖岸頂的橡樹林一眼。他們正要穿越雷族的領地。

鷹翅面對棕黃色公貓。「謝謝你一路上的協助。」他垂頭致意，然後用鼻口輕觸錢鼠鬚的肩膀。「天族欠你一份情，以後若需要幫忙，天族一定鼎力相助。」

錢鼠鬚熱情地眨眨眼睛。「這趟旅程很有趣，」他看了斑願一眼。「而且我也很高興幫忙你們從兩腳獸那裡救了一隻族貓回來。」

斑願喵嗚笑了。這趟旅程她比誰都還樂在其中。她總是一馬當先地跑到前方去看隆起的土丘上有什麼東西，再不然就是爬上丘頂享受毛髮被風吹拂的滋味。她顯然很開心能逃離兩腳獸的囚禁。

雷族公貓朝橡樹林走去，紫羅蘭掌感激地對著他的背影眨眨眼。「再會了，」她喊道。「謝謝你。」

他彈動尾巴作為回應，隨即消失在矮木叢裡。

他們快到半橋的時候，鷹翅加快了腳步，轉向內地，往松樹林走去。紫羅蘭掌不免心跳加快。嫩枝掌還好嗎？她想念他們嗎？她等不及想跟姊姊分享這一路上的見聞。

鷹翅帶隊爬上短峭的湖岸，這時兔跳的毛髮不安地倒豎。

紫羅蘭掌看了他一眼。「你怎麼了？」

花心皺起鼻子。「你們有聞到嗎？」

鷹翅後面的隊伍在走進松樹林時，腳步慢了下來。

紫羅蘭掌嗅聞空氣。族貓們在緊張什麼？一股酸味迎面撲來。「是影族的味道嗎？」

「沒錯。」鷹翅停下腳步，掃視林子，頸毛豎了起來。

兔跳伸長鼻口，嗅聞一叢荊棘。

花心緩步向前，不斷嗅聞地面。「到處都是欸，而且很新鮮。」

雲霧緊張地瞪大眼睛。「你們確定我們是在天族的領地嗎？」

「當然確定。」鷹翅的毛髮豎得筆直。他緩步向前。

紫羅蘭掌伸出爪子。難道是影族在搜索隊離開的這段期間，把領地收回去了？

「我們去營地看看。」兔跳提議道。

鷹翅點點頭，快步經過荊棘叢，步上通往雪松林的小路。

紫羅蘭掌跟在後面，其他族貓也隨行左右。影族的氣味在他們快抵達營地時變得愈來愈強烈。紫羅蘭掌嘴巴發乾。影族把天族趕走了嗎？她再次嗅聞空氣，竟然也聞到新鮮的天族氣味，不禁一頭霧水。林間隱約可見營地的蕨葉圍籬，熟悉的氣味從那裡飄送過來。

鷹翅皺起眉頭，顯然很是困惑。紫羅蘭掌豎起耳朵聆聽可能的衝突聲響，可是當他們走近入口時，竟聽見鰭掌開心的喵嗚聲。

「我們需要很多青苔！」

「還有蕨葉。」嫩枝掌回答他。

「我帶螺紋掌和花掌去森林採集。」鰭掌語氣亢奮。「妳留在這裡跟露掌還有蛇掌把剛開始動工的臥鋪完成。」

螺紋掌、花掌和蛇掌。他們不是影族見習生嗎？怎會在這裡幫忙嫩枝掌打理臥鋪？她捕捉到兔跳的目光，她的導師也是一臉不解。影族的臭味強烈到他們一走近營地，紫羅蘭掌便忍不住閉上嘴巴。「這是怎麼回事？」

她才剛開口，鰭掌就從營地入口衝出來。螺紋掌和花掌跟在後面。他一看到搜索隊，立刻剎住腳步，驚訝地瞪大眼睛，隨即露出喜色。「你們回來了！」他的目光彈向跟在鷹翅和花掌後面的貓兒們。「你們找到我們的族貓了？」

鷹翅瞪著螺紋掌和花掌。「這裡是怎麼回事？」

鰭掌看了影族見習生一眼。「葉星會跟你們解釋，」他很快回答。「我們得去找蕨葉和青苔了。」他的目光掃過礫石掌、流蘇掌、灰白掌和花蜜掌。「看來見習生窩會爆滿哦。」

他沒多做解釋就匆忙離開，衝進林子。螺紋掌和花掌跟在他後面。

紫羅蘭掌看到他的尾巴已經痊癒，而且看起來很開心，自然為他感到高興。可是她不懂為什麼會這麼興奮地跟影族見習生去補貨？

鷹翅蓬起毛髮。「走吧，」他低吼。「去看看到底怎麼回事。」他大步走進營地。

紫羅蘭掌跟著他穿過蕨葉通道，驚訝地眨著眼睛。他們離開時，營地才蓋了一半，但現在變得完全不一樣了。窩穴的牆面編織得十分緊密。巫醫窩覆蓋著地衣和荊棘。小溪四周的青苔已全數清除，騰出一大塊空地。

到處都有貓兒。她看見沙鼻和梅子柳正在草叢上打瞌睡，微雲翻著肚子躺在他們旁邊，任由小鶺鴒、小鴿、和小陽光爬上爬下她的肚皮。營地的另一頭，影族戰士們正把幾坨青苔塞進戰士窩入口，雀皮在裡面指揮。「這裡是有足夠的空間再多塞五個臥鋪，不過我想如果禿葉季想住得暖和一點，恐怕得蓋第二座戰士窩。」

石翅從外面打量荊棘牆面。「這裡有空間可以把牆往外擴，」他看了一眼垂在頭上的雪松樹枝一眼。「這棵樹可以當作天然的屋頂。」

「我們可以到我們的舊營地搬點東西過來。」草心喵聲道。

鷹翅張大嘴巴，瞪看他們。「我的星族老天，這到底怎麼回事？」

他話才說完，葉星就從老雪杉凹洞裡的窩穴入口探出頭來，然後從苔蘚簾幕底下鑽出來。她一看到搜索隊，眼睛立刻一亮。「你們回來了！」她抬高尾巴，從歪扭的樹根上爬下來，快步過來找他們。她繞著櫻桃尾和雲霧轉，用鼻頭輕觸蓴水花和薄荷皮，最後停在斑願面前。「你們都平安無事。」她兩眼發亮，與巫醫貓互搓面頰。

葉池和水塘光緩步走出巫醫窩，好奇地打量剛回來的貓兒們。樹往後退了幾步，這時梅子柳和沙鼻也跳了起來，衝過來打招呼。

「這一路上還好嗎？」

「你們好嗎？」

他們互相寒喧，這時鹿蕨、貝拉葉、和鼠尾草鼻也快步過來找他們。

紫羅蘭掌目光越過他們，望向嫩枝掌。

嫩枝掌兩眼炯亮地瞪視著她，然後從見習生窩那邊衝了過來。她大聲喵嗚，用鼻口摩搓著紫羅蘭掌的下顎，再用面頰搓揉鷹翅的鼻子。「你們平安回來了！」她發出興奮的嘆息聲，眨眨眼睛看看其他隊員。「你們找到這麼多天族貓！」

「好開心能回到家。」鷹翅告訴她。「妳過得好嗎？」

「很好！」

紫羅蘭掌總覺得嫩枝掌的目光閃過猶豫。她真的過得好嗎？

嫩枝掌沒有給她機會多想。「這趟旅行怎麼樣？找族貓很難嗎？有遇到狗嗎？還是狐狸？」她興奮到上氣不接下氣。

「晚點再告訴妳。」鷹翅的語氣顯得心不在焉，他的目光老是瞟向花楸星，後者正僵硬地蹲伏在褐皮旁邊，而影族貓們都在旁邊觀看天族的大團圓。「首先我們得先知道這裡發生了什麼事。」他緩步走向葉星，打斷她和斑願及躁掌的談話。「為什麼有影族貓在我們的營地裡？」他唐突問道。

天族貓突然陷入沉默。影族貓不自覺地往前聚攏，花楸星瞇起眼睛。只有蛇掌還在吱吱喳喳說個不停。「我希望鰭掌多搬一些蕨葉回來，我們需要的臥鋪數量比想像得多。我從來沒見過這麼多……」她突然噤聲，環顧四周，彷彿現在才發現只剩她還在說話。

葉星迎視鷹翅的目光。「花楸星昨晚在大集會上解散了影族。他要求讓他和他的族貓們來這裡避難。」

「避難？」鷹翅環目四顧。「為什麼？惡棍貓回來了嗎？」

「不是，」葉星看了影族族長一眼，然後壓低音量。「我想他是想要一個庇護所來躲開他的族貓。」她低聲道。

鷹翅瞇起眼睛。「可是他們也跟他一起來啦。」

「他們現在是天族貓了，」葉星告訴他。「我不像花楸星，我絕不容許族貓的不忠和彼此之間的爭鬥。」

紫羅蘭掌不安地蠕動著腳。她看見影族族長弓身坐在營地邊緣。她可以理解何以他的族貓對他失去尊敬。他看上去一副吃了敗仗的模樣，如果是葉星，絕對不會讓自己變成那樣。

花心皺起眉頭。「所以影族是天族的一部份囉？」

「是的，」葉星喵聲道。「花楸星把他們的領地給了我們。沒有了土地，部族是活不下去的。」

「我們就活下來了。」鷹翅提醒她。

「只算勉強活下來。」葉星環顧這幾位失而復得的族貓。「但現在我們又團聚了，也有了自己的領地。」她喵嗚道。「你們一定餓了，我來組織幾支狩獵隊好了。」

紫羅蘭掌這才發現她的肚子好餓。她那天早上吃的老鼠根本無法填補她長途跋涉下的饑餓感。

「貝拉葉！」葉星對著淺橘色的母貓點頭示意。「帶沙鼻和兩個影族戰士去影族舊營地附近狩獵。梅子柳，帶鼠尾草鼻……」

沙鼻突然打斷她。他瞪著樹。「他是誰？」

獨行貓跟他們保持一條尾巴的距離，緊張地蠕動身子。「我叫樹。」他低聲道。

葉星對蕁水花眨眨眼睛。「你是在峽谷徵召到他的嗎？」

蕁水光搖搖頭。

紫羅蘭掌上前一步。「是我發現他的，」她喵聲道。「他獨自生活。我覺得他應該跟我們回來。」

「針尾帶紫羅蘭掌找到他的。」鷹翅解釋道。

葉星一臉不解。「針尾不是死了嗎？」

「她是死了，」鷹翅告訴她。「但她來找紫羅蘭掌，告訴她樹對部族很重要。」

褐皮緩步走了過來，瞇起眼睛瞪看樹。「他看起來很眼熟，」她喵聲道。「幾個月前，我好像見過他跟針尾走在一塊。」她繞著獨行貓打量。「如果是針尾的朋友，我不建議你們帶他回來。」她眼神厲色地射向紫羅蘭掌。

「這不公平！」紫羅蘭掌豎起毛髮。「針尾為了救族貓，犧牲了自己。」

「那是在她背叛了他們之後。」褐皮吼道。

鷹翅走近紫羅蘭掌。「紫羅蘭掌相信針尾，而我相信紫羅蘭掌。」

「紫羅蘭掌太年輕，容易犯錯。」葉星嚴厲的目光從紫羅蘭掌身上彈向花楸星。「我們都親眼見過讓陌生貓兒加入部族，會有什麼下場。」

紫羅蘭掌的心一沉。**她要趕他走！**「可是他很重要！」她必須阻止葉星做出錯誤的決定。

葉星一臉懷疑。「如果他很重要，星族會帶你找到他，而不是透過針尾，針尾不值得信……」

「等一下！」水塘光打斷她的話。巫醫貓瞪著樹的腳爪看。他從天族貓群當中擠了過來，還把褐皮推到一旁。「你們看他的後腳！」他興奮到毛髮豎了起來。

葉池快步跟在他後面，循著他的目光望過去。「六根腳趾！」她喃喃說道，然後瞪著葉星。「真的有六趾貓欸。這就是星族要我們找的貓兒！」

鷹翅皺起眉頭，一臉不解。「星族有跟你們說樹的事？」

「祂們讓柳光看見異象，」水塘光告訴他。「她看到一隻後腳有六趾的貓，並對她說『要抵禦風暴，你們需要多一根爪子』。」巫醫的眼神如釋重負。「我們找到了！」

葉池若有所思地看著樹。「我們得搞清楚他有什麼獨特之處。」

「還有他能怎麼幫我們。」水塘光興奮地繞著獨行貓轉。

葉星抽動尾巴。「我想如果星族已經給了預言，那麼我們就得接納你了。」她緩步走近樹，眼神謹慎。「暫時接納。」

紫羅蘭掌總算鬆了口氣。她好奇針尾有沒有看到這一幕。她正在往星族的路上嗎？

「貝拉葉！梅子柳！」葉星示意兩名戰士。「帶狩獵隊出去。我們有很多貓兒得餵飽。」

兩個部族立刻行動起來。紫羅蘭掌眨眨眼睛，只見戰士們在她四周忙絡著。回到家後突然被這麼多貓兒包圍，這種感覺好怪。她朝見習生窩那裡張望。

嫩枝掌輕輕刷過她身邊。「自從妳離開後，我和鰭掌就忙著製作臥鋪。只是沒想到會有這麼多見習生。」她朝流蘇掌和她的同窩手足看了一眼。「我不確定見習生窩塞不塞得下這麼多隻貓。」

葉星朝她們走來，鼻口抬得高高的。「你們兩個不需要臥鋪，」她捕捉到紫羅蘭掌的目光。「你們姊妹倆該搬到戰士窩了。」

紫羅蘭掌激動到胸口漲得滿滿的。「真的嗎？」她簡直不敢相信自己的耳朵。

葉星垂下頭。「嫩枝掌對天族的一切已經嫻熟，而妳也跋涉了這麼遠的路去把族貓帶回來。你們都有資格獲得戰士封號。」

紫羅蘭掌轉向嫩枝掌，她欣喜若狂。她們終於可以一起當戰士了，為同一個部族打仗和狩獵。她喵嗚地笑，輕觸嫩枝掌的面頰。一切總算圓滿。

第二十二章

嫩枝掌感覺得到紫羅蘭掌的氣息吐在她的面頰上。她們終於要成為戰士了。她以為她會開心到不能自己，可是沒有。

鷹翅的喵嗚笑聲傳進她耳裡。「我以妳們兩個為榮，」他低聲說道，「妳們會成為天族最厲害的戰士。」

流蘇掌、蘆葦掌和露掌都圍了上來。嫩枝掌不知所已地眨眨眼睛，納悶自己怎麼一點感覺也沒有。

「妳就要有自己的戰士封號了！」露掌用鼻口輕觸她的。「恭喜哦，」他瞪大眼睛。「我要去跟鰭掌說。他一定想要參加妳的受封大典。」

公貓跑出營地，嫩枝掌卻動也不動。

「嫩枝掌！」紫羅蘭掌的喵聲嚇了她一跳。

「啊？」她眨眨眼睛看著她妹妹。

「妳不開心嗎？」紫羅蘭掌不安地瞪著她。

嫩枝掌甩甩毛髮。「我當然開心。」她勉強擠出笑容。「我等這一刻已經很久了。」**我想要當戰士……一位天族戰士**，她感覺得到貓兒正在她四周走動，營地似乎突然變得很擠。影族貓還在緊張戰士窩的事情，但天族貓卻聊得起勁。嫩枝掌突然覺得自己快要不能呼吸。「我得出去一下。」

紫羅蘭掌似乎沒聽到，她只顧著跟鷹翅說話。「我很好奇我會得到什麼封號。希望它夠好聽。你覺得嫩枝掌也會有一個適合她的戰士封號嗎？她的封號應該很犀利吧，因為她向來務實。」

嫩枝掌後退幾步。

鷹翅捕捉到她的目光。「妳要去哪裡？」

「我只是想呼吸一點新鮮空氣。」她喵聲道。

「別去太久，」鷹翅雙眼炯亮。「受封大典馬上就要開始。」

「我馬上回來。」嫩枝掌轉身繞過天族貓和影族貓，快步走向入口，飛奔離營。

她離開小徑，穿過蕨葉叢，飛快地往前奔，到任何地方都好，只能能獨處就行。她抵達一座斜坡，地上交錯橫倒著幾棵樹，天空清朗開闊。她停下腳步，氣喘吁吁。**我到底怎麼了？**為什麼她突然恐慌起來？**這不是我想要的嗎？**

「嫩枝掌！」鰭掌的喵聲嚇了她一跳。她轉身，看見他在山腰前面，低頭看著她。

「我就覺得那個身影是妳。妳要去哪裡？露掌說妳要受封為戰士了。他去找螺紋掌和花掌回營地觀禮。」他瞪著她看，一臉不解。「妳出來做什麼？」

「我需要呼吸一點新鮮空氣。」跑了一段路的她，毛髮凌亂，全身熱燙不已。

鰭掌緩步走近，眼睛瞪得又圓又大。「妳還好嗎？」

「沒事，」嫩枝掌假裝自己很開心。「只是葉星剛剛的宣布嚇了我一跳而已。營地又好擠，我需要一點空間。」

「我想受封為戰士應該是件大事吧。」他喵聲道。

「是啊，」她注視著他。他的黃色眼睛炯炯發亮，毛髮如波起伏。「紫羅蘭掌好興奮。」鰭掌體型看起來比較像戰士，而非見習生。「我相信你也快得到戰士封號了。」

「我要學的事情還有很多。」他小心翼翼地看著她，彷彿察覺得到她的閒聊只是為了隱藏一些心事。

「我應該回營地了。」嫩枝掌喵聲道。「受封大典就要開始。如果我遲到了，紫羅蘭掌永遠不會原諒我。」

「你們分開了這麼久，現在總算要一起受封為戰士，這對你們來說一定意義重大。」鰭掌猜想道。

「是啊，」嫩枝掌從他旁邊走過。「這是我們一直以來的夢想。」她的心揪成一團。**只是我一直以為我們會在雷族受封為戰士**。她想到百合心和赤楊心。他們沒辦法來觀禮。還有藤池。**她總是支持我**。她好奇他們現在在做什麼。他們在重建營地嗎？她一直找不到機會告訴百合心，她對雪灌木的事有多遺憾多不捨。大集會上，她看見那群陪她長大的貓兒被土石流弄得傷痕累累，卻不敢上前安慰他們，只因為沙鼻一直監視她，想要證明她是叛徒。

鰭掌走在她旁邊。「妳好像沒有很興奮。」他輕聲說道。

嫩枝掌抬起鼻口。「我很興奮啊。」她努力甩開雷族的念頭。**這是我選擇的路**。「今天一定很棒。」她加快腳步，循著來時路走回去，穿過荊棘通道，走進營地。

她的族貓已經在小溪旁圍成一圈。影族也加入她們。盡頭處，她妹妹正站在鷹翅旁邊。葉星大步走進中央位置。

「妳終於回來了！」紫羅蘭掌趕緊用尾巴示意她。嫩枝掌穿過貓群，鰭掌緩步走到貓群外面，鑽到露掌旁邊。「妳到哪裡去了？」紫羅蘭掌斷聲道。

「我剛不是說了嗎，」嫩枝掌小聲回答：「我去呼吸一點新鮮空氣。」

鷹翅舔舔她的額頭。紫羅蘭掌繞著她轉，邊用腳爪撫平她凌亂的毛髮。「妳得打理得乾淨一點。」她的眼睛瞪得很大，表情緊張。「我太興奮了，只希望我待會兒別說錯話。」

「只要照葉星的話做就行了，她說什麼，妳就答什麼。」鷹翅建議道。

「她會提問？」紫羅蘭掌緊張地眨眨眼睛。「那要是我不知道答案怎麼辦？」

「妳會知道答案的。」鷹翅用鼻口輕觸她的面頰，然後把她往葉星的方向推。

「紫羅蘭掌。」天族族長挺起胸膛，紫羅蘭掌聞言穿過空地，朝她走來。葉星用鼻頭輕觸紫羅蘭掌的頭。

嫩枝掌的胃一陣翻攪。**等一下就是我了**。

「我，天族的葉星，召喚我們的祖靈保佑這位見習生。她受過嚴格的訓練，已學會奉行戰士守則。我舉荐她升格為戰士作為嘉勉。」她迎視紫羅蘭掌的目光，後者正熱切地望著她。「紫羅蘭掌，妳願意恪遵戰士守則，哪怕犧牲性命，也要矢志保衛這個部族嗎？」

「我願意。」紫羅蘭掌感性地說道。

「那麼我代表星族賜妳戰士名號。」葉星的眼裡閃著驕傲的光芒。「紫羅蘭掌，從這一刻起，妳將更名為紫羅蘭光，一方面紀念妳的母親，另一方面也表彰妳可佩的精神。星族以妳的膽識和忠誠為榮，我們歡迎妳成為天族的全能戰士。」說完，便將鼻口棲在紫羅蘭掌低垂的頭顱上。

「紫羅蘭光！紫羅蘭光！」天族貓齊聲大喊紫羅蘭光的名字，歡呼聲響徹營地。石翅見狀跟進，草心、刺柏爪、雪鳥和爆發石也跟著歡呼。就連花楸星也動了動嘴巴。焦毛憤怒地瞪了他的族貓們一眼，但最後也跟進。

「紫羅蘭光！」嫩枝掌聽見自己的聲音跟著其他貓兒一塊響起。**我一定能辦到！**她告訴自己。**我只要說我願意就行了。**

鷹翅的歡呼聲帶著哽咽，眼裡閃著淚光，胸口劇烈起伏。**他很以她為榮。**嫩枝掌的心像被爪子揪住。**我要他也以我為榮。**

她緩步向前，穿過草地，朝葉星和紫羅蘭光所在的地方前進。她步履沉重，越走越慢，最後竟停下腳步。她眨眨眼睛看著葉星，一陣反胃。

她辦不到。她覺得她快窒息了，好像吸不到空氣。**不行，我不是天族貓……**

她還來不及想清楚便脫口而出。「我是雷族貓，」她粗啞地說道。「我真的很抱歉，我必須回去他們那裡。」

葉星驚愕地瞪大眼睛。

天族貓的歡呼聲頓時消失。嫩枝掌不敢看紫羅蘭光的眼睛，也不敢想像鷹翅臉上的表情。

她緊緊盯著葉星。「我很希望我可以是天族貓。」她想逃離營地，她想奔過林子，衝進雷族營地，告訴他們，她回來了。她想看見他們眼裡的喜色，聽見他們喵嗚歡迎她回家。**但事情沒有那麼簡單。**有哪個部族會接納一隻三心二意的貓？**我下定決心了，這次我知道我做得很對。**可是有誰會相信她呢？「但我徹頭徹尾是隻雷族貓。」

葉星眼帶怒光。「妳應該早點說的。」她聳起毛髮。「妳不應該挑這個時間點改變心意。」

嫩枝掌渾身發抖地迎視她的目光。「總比受封大典過後再反悔要好。」

沙鼻快步過來。嫩枝掌等著聽他開罵，但他的表情平靜，站在她旁邊，毛髮輕拂過她身上。「嫩枝掌並非率性做下這個決定。我看得出來她一直在掙扎。自從她來到天族之後，就兩頭為難。」他看著葉星。「她有勇氣說出來，這一點我很佩服。」

葉星嘟囔道：「她浪費了我們大家的時間。」

「只要她找到了真正想效忠的部族，就不算是浪費大家的時間。」沙鼻喵聲道。「如果她留在這裡，心卻留在雷族，對我們來說並無好處。」

嫩枝掌走上前去。「我很抱歉。」她羞愧難當，瞥了鰭掌一眼，只見他瞪著她看，黃色目光難掩失望。

葉星轉身離開，彈動尾巴。「受封大典結束了。」她喵聲道，直接遣散圍觀的貓群。

鷹翅快步走到嫩枝掌旁邊。「沙鼻說得對，」他喵聲道。「妳很勇敢。」

嫩枝掌看見他眼裡的感傷，一顆心頓時揪緊。「我很想跟你還有紫羅蘭光住在一起，」她難過地說道。「但是自從我來到這裡之後，我一直對離開雷族這件事感到內疚。」她垂下目光。「而且我很想念他們。」

她身後傳來低吼。她轉過身去。

紫羅蘭光怒目瞪她。「妳又要棄我而去。」

「不，我沒有。」嫩枝掌驚慌地愣在原地。「我還是妳姊姊，這一點永遠不會改變。」

紫羅蘭光沒聽進去。「我們還在影族的時候，妳就棄我而去，現在又舊事重演。而這一切全都是為了妳那寶貝的雷族！他們到底有什麼好？他們只是一群愛管閒事、自以為什麼都懂的貓兒。妳真的想離開我，跟他們住在一起嗎？」

嫩枝掌聽得出來她妹妹語氣有多受傷。她多希望她能修補這一切。她多希望她能假裝自己的心始終常在天族，陪在紫羅蘭光和鷹翅身邊。「如果我留下來，我永遠都不會開心。」

「我才不在乎！」紫羅蘭光嘶聲道。「我不在乎妳開不開心！妳有沒有想過我？為什麼我永遠都沒有資格開心？」她瞪大眼睛，這才發現自己剛剛說了什麼。她全身顫抖，垂下目光。「對不起，」她喃喃說道。「我只是以為一切都會如我所願。」

嫩枝掌鼻口緊緊抵住紫羅蘭光。「我永遠愛妳，也愛鷹翅。和你們相處的這段日子是我這輩子最美好的回憶。」

鷹翅緊挨著她們，用尾巴輕輕搓揉著紫羅蘭光，試圖安慰她。「嫩枝掌說得沒錯，」他輕聲說道。「我們是永遠的血親。我們會想念嫩枝掌。可是與其明明知道她心在別處，卻還硬要她留下來，倒不如欣見她找到心之所屬，不是嗎？」

紫羅蘭光抬起泛著淚光的眼睛。「我只是希望她會想留在我們身邊。」她哽咽道。

嫩枝掌內疚到胸口隱隱作痛。

葉星在他們後面清清喉嚨。「嫩枝掌，如果妳不想當天族貓，」她說道，聲音冷靜。「也許妳應該回雷族去。」她的目光瞟向營地入口。

嫩枝掌看著天族族長。葉星的眼睛卻移到別處。**她對我很失望。**「我會離開，」她喵聲道。「謝謝你們為我做的一切。」

葉星點點頭，然後連看都不看她一眼地轉身離開。

嫩枝掌用鼻口輕觸紫羅蘭光的面頰，然後又碰碰鷹翅的面頰。「你們要好好照顧自己。」

鷹翅感傷地眨眨眼睛。紫羅蘭光轉身離開。

嫩枝掌走向蕨葉通道，心像碎了一樣。她感覺得到族貓們的目光都集中在她身上，她甚至聽得到他們的竊竊私語。

「雷族！」

「她在這裡一直都不快樂。」

「那她當初幹嘛來啊？」

吧。

「天族會原諒她嗎？」

入口處，有腳步聲自身後響起。「嫩枝掌！」鰭掌追上她。

她看著他，等著迎接更撕心扯肺的痛苦。向鰭掌道別恐怕比被出鞘的爪子抓到更痛

「我很抱歉。」她開口道。

「為什麼？」

「因為我要離開你了，」她喵聲道。「我會想念你。」

「妳不必想念我。」他目光堅定地看著她。

他是要她留下來嗎？

「我跟妳走。」他頑固地抬起鼻口。「誰都阻止不了我。」

「可是這是你的部族！」嫩枝掌簡直不敢相信自己的耳朵。

「從現在起，雷族就是我的部族。」

他是認真的嗎？「那沙鼻和梅子柳怎麼辦？還有蘆葦掌和露掌？」

「沒有我，他們也一樣過得很好。」鰭掌鼓起胸膛。「我不在乎是雷族、天族、影族，只要能跟妳在一起，我都可以。」

嫩枝掌瞪看著他，不知道該說什麼。她點點頭，走出營地。他跟在後面走了出來，

她的心漸漸卸下憂傷，好像又可以跟著枝頭的小鳥一起鳴唱了。她喵嗚地笑了。

第二十三章

「她為什麼要求我們來這裡見面？」夜裡空氣冷冽，赤楊心不斷呼出熱氣。他緩步走在湖岸，腳下的卵石嘎吱作響。這裡現在是天族的領地，但仍有影族的氣味。風族的邊界就在幾條尾巴的距離之外。

「我不知道，她說我們得盡量走到離河族湖岸線最近的地方。」隼翔窺看邊界。「我猜等她來就會告訴我們原因了。」

葉池那天早上有回雷族營地，承諾她很快就搬回來，但在此之前，所有巫醫貓都得趁月亮爬上天頂時，到湖邊碰面。說完她就離開，趕著去通知風族。

現在弦月爬上了鴉烏烏的夜空，星群照亮湖水。赤楊心蓬起毛髮，抵禦寒氣，同時瞥了松鴉羽一眼。

他很驚訝盲眼巫醫貓竟然沒有出聲抱怨。他靜靜地坐在那裡，對著漆黑的空間眨著眼睛。

「你會不會冷？」赤楊心問道。

松鴉羽吸吸鼻子。「有差嗎？反正我都到了，不管冷不冷，我都得待在這裡。」

赤楊心這才放心下來。松鴉羽終究是松鴉羽，不像他對葉池的隱密不宜那麼緊張。但這件事完全不像葉池的作風。當她告訴他要開這個會時，他試圖解讀她眼神裡的含意。但她完全不露痕跡。她是要宣布什麼壞消息嗎？難道除了影族的瓦解之外，還有其他惡耗？

不過有件事倒是令赤楊心最近心情好過一點，大集會過後兩天，嫩枝掌竟偕同鰭掌來到雷族營地，懇求棘星收留他們，還告訴他，當初她決定追隨她父親和妹妹加入天族是錯誤的決定，因為她自己並不知道她對雷族的感情有多深厚。

棘星沒有立刻答應。他擔心嫩枝掌的三心二意，而且也不確定能不能信賴鰭掌。根據棘星的說法，天族公貓離開天族的決定太過草率。不過他也保證只要他們能證明他們對雷族的忠心不二，他會考慮接納他們。赤楊心私底下其實有十足的保握，他父親絕不可能在他們無處可去的時候，不理他們。

「你們看！」隼翔興奮地抬起尾巴。

一隻貓頭鷹俯衝而過湖面。水面無波，反照出月光下那雙橫展的巨翅。貓頭鷹掠過整片湖域，遁入高空，繞行小島，最後消失林間，嚎聲在丘陵間迴盪。

「是星族在預警什麼嗎？」隼翔倒抽口氣。「貓頭鷹很少飛近水面。」

松鴉羽收緊自己的腳爪。「你覺得祂們想告訴我們什麼？」他嘟囔道：「難道是貓頭鷹會拯救我們？」

隼翔很不高興地回嗆他：「為什麼這不算是一種預警？」

「我們已經有很多預警了，」松鴉羽用盲眼瞪看他。「不缺這一個。」

赤楊心走到他們中間。「我希望我們先解決眼前的預言，再來談其他的。」如果說找到六趾貓是他們的使命，但目前根本毫無進展，令他十分受挫。發生土石流之後，他就再也沒有時間去部族邊界以外的地方搜尋。

岸頂的矮木叢窸窣抖動，四個身影走進月光底下。

「葉池！」赤楊心還沒認出她的身影，便先聞到她的氣味。水塘光在她旁邊，另外兩隻貓他倒是從沒見過。

他們緩步走下湖岸，停在他面前。

葉池垂下頭。「謝謝你們依約前來。」

松鴉羽抽抽鼻子。「他們是誰？」他的盲眼直盯著葉池身後的兩隻貓兒。

水塘光開心地揮著尾巴。「他們是天族的巫醫貓。」

雜黃色的母貓緩步向前，兩眼炯亮。「我叫斑願，」她朝她身後黑白相間的公貓點頭示意。「這位是我的見習生，躁掌。」

「大家好。」躁掌語氣聽起來很緊張。

「天族現在有三隻巫醫貓了！」隼翔語氣訝異。「只剩風族只有一隻巫醫貓。看來該是時候幫我自己找個見習生了。」

赤楊心捕捉到水塘光的目光。隼翔把影族公貓也算作是天族的巫醫貓了。他怎能如此輕易地承認影族已經消失？他趕緊別過臉去。「嫩枝掌說搜索隊回來了，但她沒提到他們也把巫醫貓帶回來了。」

松鴉羽朝葉池彈動尾巴。「既然天族不再需要妳，妳可以回家了。」

「我會的，」她保證道。「等斑願和躁掌都安頓好，還有等我告訴他們哪裡有最好的藥草可以採集，我就回去。」

「我們先別擔心藥草的事，」斑願不耐地蠕動身子。「還有更重要的事情得討論。鷹翅的搜索隊不只帶回族貓。」

她的喵聲亢奮。赤楊心對她眨眨眼睛。

隼翔抽動耳朵。「他們還帶誰回來？」

葉池朝林子轉頭。第五個身影從矮木叢裡出來。

松鴉羽皺起鼻子。「一隻獨行貓？」

赤楊心一聞到公貓的味道，立刻緊張起來。獨行貓看起來毛色光滑，肌肉結實，他走了過來，黃色毛髮在月光下閃閃發亮。

他一走到葉池面前，立刻向巫醫貓們垂頭致意。「我叫樹。」

松鴉羽瞇起眼睛。「你是六趾貓？」

「你怎麼猜到的？」赤楊心驚訝地朝盲眼貓轉身。

松鴉羽緩步向前，嗅聞公貓。「不然葉池幹嘛大費周章地叫我們出來開會？」

葉池吸吸鼻子。「我找你們出來其實還有另一個理由。我要你們到湖岸這邊碰頭，你們不覺得奇怪嗎？」

「我還以為妳是想省得我們跑到月池去呢。」松鴉羽沒好氣地說道。

赤楊心沒在聽他們說什麼，他正瞪著樹的腳趾看。到底哪一隻腳有六根趾頭？月光下很難看清楚。突然間，他看到了……他的後腿趾間多出一根爪子，就跟星族的預言一模一樣。他真希望柳光可以在這裡親眼目睹。

隼翔眨眨眼睛看著葉池。「這地方有什麼特別之處？」

斑願和葉池互看一眼。

「有，」斑願回答。「我們跟樹聊過，才知道他有一種特異功能或許能幫我們。」

「最好是有，」松鴉羽吸吸鼻子。「不然星族幹嘛叫我們找到他？」

隼翔彈動尾巴。「是什麼特異功能？」

「這跟這裡的湖岸有什麼關連？」赤楊心抽動耳朵。六趾貓要怎麼幫他們？

林子邊緣響起腳步聲。有貓兒自林子裡走出，悄悄步上湖岸。影族的氣味充斥空氣。焦毛和刺柏爪率領著他們的族貓越過卵石灘。褐皮走在花楸星旁邊。影族族長一臉茫然地看著前方，由褐皮幫他帶路。紫羅蘭光尾隨其後，看起來很緊張，彷彿很不好意思是這裡頭唯一的天族貓。

松鴉羽毛髮倒豎。「他們來這裡做什麼？」他質問道。

隼翔對著水塘光眨眨眼睛。「你知道他們要來嗎？」

「他們必須來。」水塘光解釋道。「他們得親眼見到樹可以讓我們看見的東西。」

赤楊心思緒紊亂。六趾貓會幫他們看到什麼？影族貓跟這有什麼關係？他的心跳加快。難道樹知道如何讓影族免於滅絕嗎？

「這地方夠近了吧？」葉池看了紫羅蘭光一眼，這時年輕戰士走近水邊，目光越過邊界，眼裡閃著懼色。「夠近了。」她小聲說道。

松鴉羽甩打尾巴。「到底怎麼回事？」

「我們必須盡量靠近針尾身亡的地方。」葉池輕聲說道。

「還有其他貓兒身亡的地方。」刺柏爪走上前來，眼色暗沉。他的族貓在他四周不安地蠕動。

「樹有特異功能，可以把死去的貓兒從黑暗中召喚回來，讓我們看見他們。」葉池解釋道。

看見亡者？赤楊心的毛髮不安地豎了起來。「用什麼方法？」

葉池對他眨眨眼睛。「我也不知道。他自己也不知道。這是他與生俱來的本領。」樹走向邊界。「亡者是無時無刻無處不在的。」他喵聲說道。「我可以感應得到他們，有時候也可以讓他們現身。」

赤楊心回頭張望，全身發抖，不安像蟲一樣爬滿全身。**難道平常不只有星族貓在盯著我們看？**他想念針尾的時候，她就在他身邊嗎？

「我無法讓所有亡者都現身，」樹繼續說道。「針尾跟我說過星族的事，我從沒見過星族貓。我想可能是我只能感應到那些仍滯留陽間的亡者吧。他們被卡在我們這裡，除非完成他們自覺必需完成的心願，才有辦法前往另一個世界，就像針尾一樣。」獨行貓看著紫羅蘭光。「等到她把在這裡的未竟之事處理完之後，她就會找到那條通往星族的路。」

紫羅蘭光神情感傷、眼泛淚光地聽著樹這樣說道。

水塘光興奮地瞪大眼睛。「他說也許他也能讓那些失蹤的貓兒現身。」他氣喘吁吁地喵聲道。「有太多貓兒不見了。我們不知道他們究竟是生是死？是迷路了？還是跟著惡棍貓走了？」

松鴉羽毛髮凌亂。「你就只想知道這個？你有哪些族貓死了？」

隼翔走近獨行貓，循著他的目光眺望邊界。「看見亡者，為什麼能抵禦風暴？六趾貓不是來幫忙我們對抗風暴的嗎？」

葉池和水塘光、斑願互看一眼。「我們也不知道。但這是他的特異功能，就讓他使用看看吧。」她朝樹轉身，似乎在示意他可以開始了。

赤楊心感覺到四周一片死寂，連風聲都被吞沒。貓兒們像冰塊一樣動也不動地看著樹凝視水面。赤楊心屏住呼吸，等看動靜，但廣漠無波的湖面沒有任何東西現身。他不禁失望。

「我們來這裡做什麼？」花楸星的粗嘎聲劃破寧靜的空氣。「什麼也看不到，你們瘋了嗎？這隻獨行貓的腦袋裡長蜜蜂了。他在耍我們！」

「噓！」褐皮安撫他。

紫羅蘭光朝樹走近，她用一種完全信任的眼神看著他。赤楊心再次望向湖面。他突然發現有動靜，一顆心立時抽緊。在這片令眾貓屏息的空氣裡，湖面突然震動了一下，水面有身影現身，漣漪四起。

有貓兒們逐一涉水而出，他們個個瞪大著眼睛，滴水未沾地步上湖岸，體內發出幽微的光。

「蜂鼻！」焦毛快步上前，與他的孩子互觸鼻頭。他的族貓們也魚貫過來，忙著寒暄。

「霧雲！」

「獅眼！」

「曦皮！」

他們喊著他們的名字，悲喜交加。

水塘光焦急地抽動耳朵。「苜蓿足和板岩毛呢？」

「莓心和蓍草葉呢？」焦毛詢問蜂鼻。

「還有光滑鬚呢？」刺柏爪掃視亡者，尋找他的手足。

「如果他們沒跟我們在一起，也不在星族，那就一定還活著。」蜂鼻低聲道。

「活著？」刺柏爪眨眨眼睛。

「他們在哪裡？」石翅喵聲道。

「他們為什麼不回部族？」草心瞪大眼睛，一臉疑問。

赤楊心眨眨眼，他跟影族一樣都很訝異竟然有這麼多影族貓還活著，只是不知道去了哪裡流浪。他突然認出其中一個幽靈般的身影，注意力立刻被吸引過去，心頓時抽緊。「針尾！」他看著她涉水而出，毛髮滴水未沾，體內發出微光。他不由得哽咽。

她停在他面前，一如生前，眼裡閃著嘲諷的黠光。「你想念我嗎？」

「當然想念。」赤楊心的喵聲哽在喉間。她一點也沒變。哪怕是氣味也跟以前一樣。她轉頭過去，他感覺得到她的鼻息掃過他的面頰。

「紫羅蘭掌。」針尾兩眼炯亮，憐愛地看著她的朋友。

「我現在是紫羅蘭光了。」她跑過來見針尾，快樂的喵嗚聲哽咽在胸口。她突然停下動作，眨眨眼睛，似乎想到了什麼。「妳沒有在星族那裡？」

「還沒。」針尾告訴她。「可是我現在跟族貓在一起了，這都要謝謝妳和樹。在確保你們平安無事之前，我們不會走遠。」

「妳不再氣我了？」紫羅蘭光焦急地眨眨眼睛。

「我從來沒有氣妳。」針尾低聲道。「妳是我這輩子最好的朋友。我們永遠都是好姊妹。」

花楸星站在那兒動也不動，彷彿成了岸邊的一尊化石，他不發一語地瞪看他們。

褐皮快步從他身邊離開，用鼻口先抵住樺樹皮的鼻口，接著抵住獅眼。「能再見到你們真是太好了！」

「我們從來沒有離開妳。」獅眼喵聲道。

「我們沒有辦法離開，」樺樹皮告訴她，「除非我們見到以往的錯誤被糾正和彌補。」

蜂鼻鑽到他們中間，面對褐皮。「你們一定要拯救影族。」

「怎麼救？」花楸星從他的族貓當中擠過來，對著亡者吼道。「什麼都沒有了！」

蜂鼻瞪著他看，眼底閃著星光。「只要你還在，就有希望。花楸星，你必須為你的部族奮戰。」

「你必須找到失蹤的族貓。」獅眼告訴他。

花楸星甩打尾巴。「別再指望我擔起領導的責任，」他吼道，「我的部族被我搞垮，我的孩子對我失望。」他表情痛苦。他想到虎心了嗎？「我不配當他們的族長。」

赤楊心難過到胃揪了起來。原來他想放棄！「花楸星，」他面對薑黃色公貓。「你可以試試看，你可以……」

花楸星嘶聲打斷他。「不要再叫我花楸星，我不配擁有這個封號。」

「但這是星族賜給你的！」他怎麼能否定祖靈賜給他的禮物？他是在懷疑祂們的智慧嗎？

「星族錯了，」花楸星的綠色眼睛燃著怒火。「從現在起，我改名為花楸爪。」

他說話的同時，亡者的魂體開始消失。

「不！」赤楊心衝上前去，試圖抓住正化為烏有的針尾。

水塘光一臉絕望地瞪看著消失中的族貓們。「別走！」

「我們還有問題要問！」褐皮哭喊。

針尾只剩那雙眼睛多逗留了一會兒。她用一種心照不宣的眼神瞥了赤楊心一眼，隨即消失不見。

「對不起，」樹打破驚愕的沉默。「要讓他們久留此地很難。」他滿懷企盼地看著這群心急如焚的貓兒。「所以他們把話說清楚了嗎？」

葉池走到樹的旁邊。「是啊，」她輕聲對他說。「謝謝你帶他們回來這裡。」

樹緊張地眨眨眼睛。「所以現在沒問題了吧？你們可以拯救部族了嗎？」

獨行貓在等一個答案。但沒有貓兒開口。

赤楊心看著他，納悶樹怎麼會如此單純地認定？他難道不知道這些亡者並未傳遞任何希望的訊息給他們嗎？他們只是來預警。

自從他當了巫醫貓之後，星族給的所有預言都在告訴他要做一件事：團結五大部族，才能永保實力。現在星族又透過另一條途徑告訴他們同樣的訊息……他們必須拯救影族。但少了一個救星，影族根本無法存活下去。花楸星若是不願擔此大任，那麼誰來拯救他們？

他凝視著亡者消失的水面，一陣寒意冷到骨子裡。

影族究竟還剩下什麼？還有多少時間可以拯救他們？

國家圖書館出版品預編目資料

貓戰士六部曲．四，黯黑之夜 / 艾琳．杭特（Erin Hunter）著；高子梅譯．-- 初版．-- 臺中市：晨星，2018.07
面；　公分．--（Warriors；47）

譯自：Darkest Night

ISBN 978-986-443-455-8（平裝）

874.59　　107006359

貓戰士六部曲之Ⅳ

黯黑之夜 *Darkest Night*

作者	艾琳．杭特（Erin Hunter）
譯者	高子梅
責任編輯	陳品蓉
文字校對	陳品璇、陳品蓉、蔡雅莉
美術編輯	陳柔含
封面繪圖	萬伯
封面設計	陳嘉吟
創辦人	陳銘民
發行所	晨星出版有限公司 407台中市西屯區工業區30路1號1樓 TEL：04-23595820　FAX：04-23550581 行政院新聞局局版台業字第2500號
法律顧問	陳思成律師
初版	西元2021年10月01日
再版	西元2022年10月15日（六刷）
讀者訂購專線	TEL：（02）23672044 /（04）23595819#212
讀者傳真專線	FAX：（02）23635741 /（04）23595493
讀者專用信箱	service@morningstar.com.tw
網路書店	http://www.morningstar.com.tw
郵政劃撥	15060393（知己圖書股份有限公司）
印刷	上好印刷股份有限公司

定價250元

（缺頁或破損的書，請寄回更換）

ISBN 978-986-443-455-8

☐ 我已經是會員，卡號＿＿＿＿＿＿＿＿＿＿

☐ 我不是會員，我要加入貓戰士會員

姓　名：＿＿＿＿＿＿＿＿　性　別：＿＿＿＿＿　生　日：＿＿＿＿＿＿＿＿

e-mail：＿＿＿＿＿＿＿＿＿＿＿＿＿＿＿＿＿＿＿＿＿＿＿＿＿＿

地　址：☐☐☐＿＿＿＿縣／市＿＿＿＿鄉／鎮／市／區＿＿＿＿路／街

＿＿＿＿段＿＿＿＿巷＿＿＿＿弄＿＿＿＿號＿＿＿＿樓／室

電　話：＿＿＿＿＿＿＿＿＿＿＿＿＿＿＿＿＿＿＿＿＿＿＿＿＿＿

我要收到貓戰士最新消息　☐要　☐不要

我要成為晨星出版官網會員　☐要　☐不要

貓戰士鐵製鉛筆盒抽獎活動

請將書條摺口的蘋果文庫點數與貓戰士點數黏貼於此，集滿2個貓爪與1顆蘋果(點數在蘋果文庫書籍)後寄回，就有機會獲得晨星出版獨家設計「貓戰士鐵製鉛筆盒」1個!

點數黏貼處

若有問題，歡迎至官方Line詢問

請填妥後對折裝訂，再貼妥郵票寄出

請黏貼
8 元郵票

407

台中市工業區30路1號

晨星出版有限公司

TEL：（04）23595820　FAX：（04）23550581

e-mail：service@morningstar.com.tw

http://www.morningstar.com.tw

請沿虛線摺下裝訂，謝謝！

加入貓戰士俱樂部

【貓戰士會員優惠】

憑卡號在晨星出版社購書可享優惠、擁有限定商品、還能獲得最新消息等會員福利。

【三方法擇一，加入貓戰士會員】

1. 填妥本張回函，並寄回此回函。
2. 拍照本回函資料，加入官方Line@，再以Line傳送。
3. 掃描後方「線上填寫」QR Code，立即填寫會員資料。

Line ID：
@api6044d

「線上填寫」
QR Code

★寄回回函後，因郵寄與處理時間，需2～3週。